音画与时日——普鲁斯特与绘画、音乐及艺术哲学

臧小佳　著

国家社科基金青年项目"马塞尔·普鲁斯特与绘画、音乐及哲学的关系研究"（12CWW032），西北工业大学专著出版基金资助

科学出版社
北　京

内 容 简 介

马塞尔·普鲁斯特在《追忆似水年华》中将人类感官融于艺术与想象，使其小说作品像宏伟的教堂，似交响乐，如浮世绘。普鲁斯特笔下反复出现的绘画、音乐，以及艺术家形象，其实是生命、时空、内心世界与艺术哲学之间无尽的探究思辨，才使这部小说呈现出可见、可听、可感的成百上千个世界。与其说"追忆"关乎时间，不如说它关乎艺术，因为艺术能超越时间，是重现"似水年华"的方式，也是认识自我的方式。对于热爱文学，热爱艺术，热爱普鲁斯特的读者，本书或许有一定的参考价值。

图书在版编目（CIP）数据

音画与时日：普鲁斯特与绘画、音乐及艺术哲学/臧小佳著. —北京：科学出版社，2018.4
ISBN 978-7-03-057062-8

Ⅰ. ①音⋯ Ⅱ. ①臧⋯ Ⅲ. ①普鲁斯特（Proust, Marcel 1871-1922）-文学研究 Ⅳ. ①I565.074

中国版本图书馆 CIP 数据核字（2018）第 059962 号

责任编辑：任俊红　南一荻/责任校对：王　瑞
责任印制：吴兆东/封面设计：华路天然工作室

科 学 出 版 社 出版
北京东黄城根北街 16 号
邮政编码：100717
http://www.sciencep.com

北京九州迅驰传媒文化有限公司 印刷
科学出版社发行　各地新华书店经销
*

2018 年 4 月第　一　版　　开本：720×1000　B5
2019 年 1 月第二次印刷　　印张：9 1/2
字数：203 000
定价：69.00 元
（如有印装质量问题，我社负责调换）

前　　言

生命短暂，而艺术长存。

——希波克拉

一

人类文明可以产生不同事物，例如文学作品或诗歌，雕塑或画作，交响曲或歌剧，如普鲁斯特的文学作品《追忆似水年华》[①]（简称《追忆》），莫奈的画作《睡莲》，瓦格纳的歌剧《帕西法尔》，它们是自然秩序的一部分，是文化的组成要素，更是社会的产物。通过怎样的视角，我们可以置身于它们富有启发性的相互关系中？是什么在文学家的文字、画家的色彩，以及音乐家的旋律中，激发出我们对世界的热爱和对艺术的向往？

司汤达曾说过，"文学和音乐都是人类心灵的画卷"，一语涵盖了三种艺术——文学、音乐、绘画，它们之间有差异，也有类似，更有丰富的交流，它们是息息相通的。自久远的古代文化起，这三种艺术始终在相互吸引和靠近，文学与绘画、绘画与音乐、作家与画家、文学与音乐、作家与音乐家，它们之间通过某种默契、亲近或交往，建立起了亲缘关系。法国评论家丹纳在《艺术哲学》中，从文学与绘画的模仿角度，认为这两种艺术的共同点都是在表现对象的内部深层

[①] 本书中对《追忆似水年华》的引文页码均参见七星版四卷本 Marcel Proust, *A la recherche du temps perdu*, édition publiée sous la direction de Jean-Yves Tadié, Paris : Gallimard, 1987-1989. 引文的中文译文均参见马塞尔·普鲁斯特：《追忆似水年华》，李恒基等译，南京：译林出版社，2001 年。为方便普鲁斯特学者对原文进行研究及尊重原文权威性，文中引文仅标注法文原文页码。同时，向为我们提供这部优美而不失精彩的中文译本的以下译者表示崇高敬意：李恒基、徐继曾、桂裕芳、袁树仁、潘丽珍、许渊冲、许钧、杨松河、周克希、张小鲁、张寅德、刘方、陆秉慧、徐和瑾、周国强。

次结构与组织，同时又都在进一步改变对象各部分之间的关系，目的是凸显表现对象的"主要特征"[①]；音乐同样是源自音乐家想要表现事物的主要特征而产生的艺术。因而这些意欲表现事物某个"主要特征"的艺术之间，可以产生出相互服务的效果。

在中国，诗与画历来是相互配合的，诗可以进入画面，成为绘画空间的一部分，所谓"诗画相融"正寓意于此。一幅优雅的图画，题一首意境幽远的小诗，加上几枚朱印，熔书、诗、画于一炉，这正是中国传统艺术所追求的美学境界。在西方，文学与绘画的配合通常体现为在诗集或小说中配以插图。例如，1949年，德国浪漫派诗人、小说家诺瓦利斯[②]的名作《塞斯的学徒》[③]在纽约出版时，便配以六十幅瑞士画家保罗·克利[④]的自然风景素描，英国批评家斯蒂芬·斯宾德（Stephen Spender）在序言中说：

> 一个奇异的内心世界，一个纯艺术和纯观赏的世界，意象派诗的世界，一个强烈而热情、却又诙谐而细致的想象的世界。印在这里的画……是诺瓦利斯的世界在保罗·克利的世界里的一种反映。[⑤]

我国南朝文学评论家刘勰在《文心雕龙·乐府》中主张，诗是音乐的心灵，声调旋律是音乐的形体，"诗为乐心，声为乐体"[⑥]，音乐与诗歌亦能相互补充，相互和谐。在西方同样有海涅（H. Heine）和缪勒（F. M. Müller）为舒曼（R. Schumann）和舒伯特（F. Schubert）的音乐提供歌词，让他们的诗得以更广泛地传播，让诗与音乐相得益彰。获得诺贝尔文学奖的艾略特，在他的名作《诗歌的音乐性》中说：

[①] "主要特征"的观点是丹纳为了论证诸种艺术而引入的重要概念，参见丹纳：《艺术哲学》，傅雷译，南京：江苏文艺出版社，2012年。

[②] 诺瓦利斯（Novalis, 1772—1801），德国早期浪漫派文学的代表人物，他的作品充分展示了他所处时代德国浪漫主义文人的精神世界。

[③] 《塞斯的学徒》（Die Lehrlinge zu Sais），是自然哲学小说的代表作。该小说以更接近通过诗歌的形式表达内心感受，可被称为"诗化小说"。

[④] 保罗·克利（Paul Klee, 1879—1940），出生于瑞士，是一位富有诗意的造型大师。年轻时受象征主义及年轻派风格影响，通过蚀刻版画反映对社会的不满；后受到印象派、立体主义、野兽派及未来派的影响，画风以平面几何拆解、色块分割为走向。

[⑤] 参见乐黛云：《论文学与艺术的关系》，《深圳大学学报（人文社会科学版）》1987年第3期，第2页。

[⑥] 全段为："故知诗为乐心，声为乐体；乐体在声，瞽师务调其器；乐心在诗，君子宜正其文。好乐无荒，晋风，所以称远；伊其相谑，郑国所以云亡。故知季札观辞，不直听声而已。若夫艳歌婉娈，怨志诀绝，淫辞在曲，正响焉生？然俗听飞驰，职竞新异，雅咏温恭，必欠伸鱼睨；奇辞切至，则拊髀雀跃；诗声俱郑，自此阶矣。"

  我认为诗人研究音乐会有很多收获,我相信,音乐当中与诗人最有关系的性质是节奏感和结构感……使用再现的主题对于诗,像对于音乐一样自然。诗句变化的可能性有点像用不同的几组乐器来发展一个主题;一首诗中也有转调的各种可能,好比交响乐或四重奏当中不同的几个乐章;题材也可以做各种对位的安排。[1]

  有时候,各种艺术之间的关系不仅表现为相互参与和配合,也表现为互相孕育和启发,使一种艺术从另一种艺术中获得灵感。法国诗人马拉美(S. Mallarmé)的名诗《牧神的午后》[2]是作者在英国国家美术馆欣赏了布歇[3](F. Boucher)的一幅画后受启发而创作的,而音乐家德彪西的管弦乐作品《牧神的午后》,其灵感又正源自马拉美的这首诗歌作品;英国诗人济慈(J. Keats)也是从洛兰(C. Lorriah)的画中构思出《希腊古瓮颂》的细节的。[4]

  从东方到西方,从古老的对话到后来的文字插图,从过去到现在,诸多艺术作品的产生之源,能让我们汲取出对历史的认知,看到不同艺术间历时与共时的相互影响,同时艺术的传统与文化作为过去之物,也从未停止过对现代文化施以影响。

二

  在普鲁斯特的《欢乐与时日》(Les plaisirs et les jours)最初出版时,出版社为彰显作品品质,在其中附上了安纳托尔·法朗仕所写的序言、雷纳尔多·哈恩[5]

---

[1] 约翰·赫华德:《艾略特散文选》,企鹅丛书版,1953年,第66-67页。转引自乐黛云:《论文学与艺术的关系》,《深圳大学学报(人文社会科学版)》1987年第3期,第2页。
[2] 《牧神的午后》(L'Après-midi d'un Faune),讲述的是西西里岛上的午后,半人半兽的牧神正在午睡,恍惚间他看到了水畔的精灵,并且和这些水精灵度过了一段缠绵悱恻的时光,但是当牧神醒来,他再也分不清之前的浪漫究竟是梦境还是真实。《牧神的午后》可以说是画作、诗歌和音乐之间互动与启示的典型范例。
[3] 弗朗索瓦·布歇(François Boucher, 1703—1770),法国画家、版画家、设计师,是一位将洛可可风格发挥到极致的画家。曾任法国美术院院长、皇家首席画师。出版过画册《千姿百态》。
[4] 参见乐黛云:《论文学与艺术的关系》,《深圳大学学报(人文社会科学版)》1987年第3期。乐黛云在这篇文章中援古证今,详细探讨了文学与艺术的关系。
[5] 雷纳尔多·哈恩(Reynaldo Hahn, 1874—1947),委内瑞拉裔法国作曲家。他的父亲是犹太人,母亲是巴斯克人。哈恩三岁和父母来到巴黎,10岁进入巴黎音乐学院。1909年他成为法国公民,第一次世界大战爆发后,他志愿加入军队作战。战后曾在戛纳和巴黎的歌剧院任指挥,并撰写音乐评论。哈恩与普鲁斯特是一生的挚友。

的四首钢琴曲及玛德莱娜·勒梅尔的几幅画作。在同一本书中，融合水彩画、音乐及文字，在当时看来是一种半诗学半哲学的做法，但这并不完全是普鲁斯特艺术观念的初衷。起初的普鲁斯特喜爱孟德斯鸠式的"风雅造作"，从他自己在着装上的生硬矫饰便能看出这一点，而他着手写作的时代，正值艺术的"一体化"理论开始风行之时。彼时的音乐家、画家、诗人或哲学家的尝试，不仅仅是为了实现艺术的相互协调，也力图让各种艺术达到一体化。对于这一宏伟却也难以实施的计划，普鲁斯特始终充满一丝忧虑，是否能真正将各种艺术融为一体？而"他想要发现的，是他称之为'隐喻'的等价物：被刻画的人物让人想到活着的人，活着的人能让人忆及被再现的人物"[1]，这是否真的可以通过文字来实现？

在生活和写作中，普鲁斯特就像是一位唯美主义艺术家，是"美"之宗教的信徒，热衷于能让他远离尘世纷扰的艺术。普鲁斯特年轻时所生活的时代，正是一个兼收并蓄的时代，他与他所处的社交界，都拥有足够的财富和资源供给对艺术的追求，是时代也是境遇让普鲁斯特的生活与各种艺术，尤其是绘画和音乐产生了诸多交集。普鲁斯特开始对艺术进行系统的关注，他关于艺术的思考也逐步走向成熟：艺术（绘画、音乐、文学）中一定暗含着许多个可能的不同世界。

普鲁斯特成了卢浮宫的常客，他在这座博物馆中不知疲倦地景仰着夏尔丹[2]、华托[3]、莫奈……博物馆里的大师唤醒了他的感官，通过大师的眼睛，他学会观看整个世界。1902年在从比利时到荷兰的旅途中，他了解到弗拉芒画派、伦勃朗、凡·迪克，以及画出"一小块黄色墙面"的维米尔。普鲁斯特汲取了大量艺术参照，开始供给他最初发表的文字，以及后来的传世之作《追忆》。普鲁斯特用词语绘制着属于他自己的画卷，词语变成了映射的、图像的笔触，用语句和纸张构成风景，让叙述者在当下重现的记忆无法轻易地消失。在《重现的时光》中逐渐逝去的主人公，也因变成了埃勒或是惠斯勒的画中模特而永恒；夜晚的降临，失

---

[1] Jean Grenier, "Elstir ou Proust et la peinture", In Marcel Proust, *Collection Génies et Réalité,* Paris : Hachette, 1965, p.200.

[2] 夏尔丹（Jean-Baptiste-Siméon Chardin, 1699—1779），法国画家，擅长风俗画和静物画。普鲁斯特尤为欣赏其画作中对普通事物的表现，其中的构图及光色的协调，让平凡的内容融于优美的画面，代表作有《勤劳的母亲》《烟斗与茶具》《自画像》等。

[3] 华托（Jean Antoine Watteau, 1684—1721），法国18世纪洛可可时期最重要的一位画家，他的画多数带有喜剧色彩，同时兼有富含哲理的爱，依托于浓重的背景。普鲁斯特在《追忆》中，将华托和拉都（La Tour）两位画家誉为"为法国带来的荣誉胜过所有大革命中的人物"。普鲁斯特尤爱华托作品中浓郁的血色，同时他也在华托的画作中看到了"现代爱情"。有关普鲁斯特与华托的关系研究可参见Junko Sugiura: "Proust et Watteau", *Études de langue et littérature française,* No.76, Tokyo: La Société japonaise de langue et littérature fransaises, 2000。

眠或是梦境，都成为可被描绘的图景。

在法国文学史上，谈论过绘画的杰出作家，可以从启蒙时代的狄德罗到戈蒂埃（Gautier），再到波德莱尔和龚古尔，是他们让画家与作家的关系变得无比坚固。普鲁斯特继承了19世纪作家的传统，像他那个时代的作家一样谈论绘画，对绘画充满热情，但他更多的是作为欣赏美的观者而非专家。在沙龙的附庸风雅与上流社会的束缚中，这位作家始终秉持着饱满的艺术情趣直至生命终结。从埃勒、贝朗（Bérand），到惠斯勒、塞尚，或是弗拉·安吉利科（Fra Angélico）及伦勃朗，他对绘画的热情中也充斥着他异于常人的好奇心和古怪情趣。绘画作品给他启发，促进着他的文学创作，无论作家还是画家，都是他仿作的启示者。可以说普鲁斯特用自己的方式对画作进行仿作，用他的羽笔在言语中绘画，从中寻找灵感，在这言语的画布中，仿佛随时能置身于雄浑的落日前，或是梅塞格利斯的山楂树小径旁。

在普鲁斯特与艺术之间有许多媒介，拉斯金无疑是最重要的一位。普鲁斯特在1904年着手翻译《亚眠的圣经》（*The Bible of Amiens*），1906年翻译《芝麻与百合》（*Sesame and Lilies*）。他跟随拉斯金的足迹，两次探访威尼斯，并在那里看到了贝里尼[①]和卡帕契奥[②]。普鲁斯特在《追忆》中提及威尼斯之旅，描述了叙述者对将要看到的具有重大价值的事物无比憧憬的心理活动，当叙述者反复思索威尼斯是"乔尔乔内[③]画派的所在地，是提香的故居，是中世纪住宅建筑最完善的博物馆"时，便能感到幸福。

通过诸多画家和画作，通过错综复杂的线条和结构安排，普鲁斯特深入艺术深处的思考轨迹，必然会让他触及另一种重要的艺术——音乐。成长在音乐氛围浓厚的家庭环境中，当普鲁斯特步入社交生活时，便自然而然地开始频繁出入一些沙龙。他的朋友雅克·比才将他带到其母亲，作曲家卡门的遗孀斯特劳斯夫人创办的沙龙中，普鲁斯特开始对这些"只有母亲才会出入"的沙龙流连忘返。他交往一生的挚友雷纳尔多·哈恩、让·谷克多也都极具音乐天赋。普鲁斯特甚至

[①] 让迪勒·贝里尼（Gentile Bellini，1429—1507），意大利威尼斯画派中贝里尼家族的第二代画师。卢浮宫藏有他所作的《基督受难图》等画品。

[②] 卡帕契奥（Vittore Scarpazza Carpaccio，1465?—1526?），意大利文艺复兴早期威尼斯画派最伟大的叙事体画家。拉斯金曾以发现了卡帕契奥为傲，拉斯金对卡帕契奥的推崇影响了普鲁斯特，普鲁斯特曾在1906年所写的一封信中说道：卡帕契奥是一位如此令人着迷的艺术家，总是让人渴望了解更多他的作品和生活。

[③] 乔尔乔内（Giorgione, Giorgio da Castelfranco，1477—1510），意大利文艺复兴时期威尼斯画派最优秀的画家之一。他的艺术对提香及后代画家有很大影响。

在《欢乐与时日》中，直接加进了哈恩的乐谱。自《欢乐与时日》起，普鲁斯特已开始在自己的写作中尝试插入绘画和音乐片段，用散文、诗歌、肖像、仿作等文体加以表现，似乎是在为将来的"真正的作品"——《追忆》——探索一条可行的叙述之路。除去对音乐的个人兴趣，这种艺术也是他能够用于揭示真实、激发回忆、模仿并再现感知的工具。绘画和音乐在普鲁斯特笔下共同构成了一个关于艺术创造和再现时光的完美隐喻。

无论在普鲁斯特之前还是之后，音乐在作家笔下并不罕见，并往往以真实的或想象的音乐家为参照而呈现，如乔治·桑的《康素爱萝》（Consuelo）和托马斯·曼（Thomas Mann）的《浮士德博士》（Doktor Faustus）。也有以文本对音乐作品进行参照的，这些作品将客体变成一种艺术搬移，如巴尔扎克的《冈巴拉》（Gambara）和《玛西米拉·多尼》（Massimilla Doni）。同样，文本也可以呈现为音乐的结构方式，与音乐形式形成类比，如托马斯·曼的《托尼奥·克勒格尔》（Tonio Kröger），或是赫尔曼·黑塞（Hermann Hesse）的《荒原狼》（Der Steppenwolf）中的奏鸣曲形式；还有保罗·策兰（Paul Celan）的《死亡赋格》（Todesfuge），或是德·昆西（De Quincey）的《梦之赋格曲》（Dream Fugue）中的赋格；雷蒙·格诺（Raymond Queneau）的《风格练习》（Exercices de style）的主题及变奏；还有乔伊斯在《尤利西斯》中美人鱼章节里的回旋曲；罗曼·罗兰的《约翰·克利斯朵夫》的交响乐模式。米兰·昆德拉在《小说的艺术》（1986年）和《被背叛的遗嘱》（1992年）中，着力追求一种"多声部小说"，让音乐创作的"复调"进入小说的诗学结构。更常见的方式还有对诗歌（诗句或散文），或是诗意表达中"音乐性"的研究，如马拉美的《骰子一掷，不会改变偶然》（Un coup de dés jamais n'abolira le hasard）。在与音乐相关联的作家中，普鲁斯特也许是唯一一位像作曲家那样，在作品中同时谱写出声音、绵延、色彩与节奏的作家。普鲁斯特对音乐的天赋与异于常人的认知，使他懂得如何能渗透到音乐的本质之中，而非仅仅唤醒灵魂或进行音乐式的书写描述。

马歇尔·布朗[1]在探讨诗歌与乐曲之间的互动时说："假定诗歌反映的是时间上的压缩，抑或以某种方式扩展一下，抑或只关注某个瞬间，但在歌曲中体现的却是时间的流动，是有规律的十六分音符滑向四分音符。"[2]音乐中流动的时间性

---

[1] 马歇尔·布朗（Marshall Brown）美国华盛顿大学比较文学教授，著有《啃噬心灵的牙齿》（The Tooth That Nibbles at the Soul, 2010年），专门探讨音乐与诗歌间的关系。

[2] 转引自杨革新：《音乐与诗歌的互动：〈啃噬心灵的牙齿〉述评》，《当代外国文学》2015年第2期，第154页。

也是文学家普鲁斯特渴望在文字中再现的时间性。普鲁斯特将记忆中一连串偶然涌现的小事件串联在宏大的时间网中，这种工作就像音乐创作一样，通过专深的写作技巧，体现了仿佛薄雾笼罩般难以捉摸，却不拐弯抹角、易于感知、善于表达的作曲精神。普鲁斯特作品中有主调与复调的并驾齐驱，时而似古典风格般阴郁沉闷，时而如歌剧般咏叹，时而如爱情的舒缓小调，乐曲的音调、基调在情感的变化中被巧妙修饰，文字所要表现的欲望与重复尽在流动的如一连串音符构成的长句中铺展。可以说，音乐为普鲁斯特提供了另一种语言，能表达情感，能捕捉思想，能绵延时间。

从绘画到音乐，包括绘画与音乐之间的关联，始终体现着普鲁斯特在文本中所要表达的听与看的交感与互通。普鲁斯特在音乐中寻找支撑起美学与文学理论的根基。在德国浪漫主义的影响下，他将音乐置于人类活动的顶点，在文字描述上，普鲁斯特以他擅长的纯粹印象的描述方式，谈论音乐赋予感知的体验。

普鲁斯特在小说中创造出的虚构音乐家凡德伊，承担起普鲁斯特艺术信仰的代言人、体现出对艺术有崇高追求的圣人，以及联系小说除了音乐之外的爱情、嫉妒、倒错和性虐等主题的中间人角色。凡德伊和小说中的另外两位艺术家——画家埃尔斯蒂尔、作家贝戈特共同构成了小说艺术家形象的三部曲。当然我们也从凡德伊身上看到了他所喜爱的真实音乐家的影子，尤其是瓦格纳，可以说，瓦格纳的几乎全部特征都能在凡德伊身上找到。凡德伊的多义性与小说作为虚构作品的多义性成为普鲁斯特建立在小说写作层面上的一种新的辩证书写。

三

普鲁斯特生活在两个世纪之交，他的美学丰富而多样，既是对19世纪的概括，又可作为20世纪的开篇。他长期被社交生活和艺术家的内心世界间的关系困扰，现实与艺术间的关联是这位作家渴望一探究竟的神秘地带。普鲁斯特在对艺术领域的理解和对艺术知识的实际操作上耗费了大量的精力与时间，他调遣小说中的各个角色去呈现他的美学观，让社交谈话中的每一次点头示意或冷嘲热讽，都带有自己的美学观点。他关于艺术有无法穷尽的言谈，将我们带入了一个饱和甚至有些膨胀的艺术空间。

一个世纪以来，我们已经看到大量有关马塞尔·普鲁斯特及其作品的研究，这些研究绝大多数都集中在文本批评的范畴内，在20世纪文论发展的过程中，批评家以不同角度、不同理论和不同方法对作家和其文学作品进行研究。20世纪本身是一个文论空前繁荣的时代，在这个时代中，普鲁斯特最重要的小说《追忆》与文学理论相互关照，随时间的推移、随文学流派的变迁不断更新着小说的新意义和文学研究的新方法。在这种背景下，我们甚至已经能够通过针对这部小说的研究文本，去回顾文学理论或是文学批评的发展轨迹。然而，普鲁斯特的文字中蕴含了太多一触即发的可能，任何一个字眼、任何一句平凡简单的话语都有可能重新定义我们对文学、对生活的理解，因而才会有文学批评家和读者感叹"普鲁斯特读不完"、"一百双眼就能创造一百个小说的新天地"。因此，对普鲁斯特及其作品的研究必然还有更多可能的领域。半个世纪前，已有西方学者意识到普鲁斯特研究终将跳出纯粹文学研究的范畴，在一些文本中，普鲁斯特被放在现代性美学范畴内讨论（如安娜·亨利的《普鲁斯特的美学理论》[1]）；或是针对普鲁斯特与绘画的关系比较（以大卫·瓦戈的《普鲁斯特的色彩》[2]及日本学者的《普鲁斯特与绘画艺术》[3]为代表）；学者丹尼斯·梅耶（Denis Mayer）也曾就普鲁斯特与音乐的关系进行过专门探讨，但仅是通过普鲁斯特的信件寻找其对音乐的理解；让-雅克·那提耶（Jean-Jacques Nattiez）的《音乐家普鲁斯特》[4]可算作较为全面地探讨普鲁斯特与音乐关系的专门论著；在普鲁斯特与哲学的关联思考中，不乏深入而全面的学术探讨（例如，普鲁斯特与现象学、柏格森哲学、符号的关系等）。然而，在纯文学范畴之外的普鲁斯特研究，尤其是专门研究普鲁斯特与艺术及艺术哲学的成果，相较之下仍仅限于个别文章、个别专家的论述。尤其是在国内，我们对普鲁斯特的研究依然普遍停留在文学层面的探讨。

《追忆》出版百年之后，我们已能清楚地看到其中蕴藏的宝藏，文学批评家和读者早已意识到普鲁斯特的财富在"此处"堆积，也在"别处"掩藏，在更宽广的地方仍能无尽地挖掘。在不断扩大的内涵阅读中，我们总能从中发掘出更多丰富的再现，这些财富就栖居在滋养着这部浩荡作品的材料中。人们已对普鲁斯特的记忆天赋惊叹了一个世纪，对他的细节观察能力感到震惊，对其中充盈的无数人物感到眼花缭乱，《追忆》的作者普鲁斯特还有无数多样的感知需要在文字中表达，同样，他还要表达他几乎所有关于艺术的理念——文学、戏剧、建筑，以及音乐和绘画。我们意欲探讨的文学、艺术与哲学三者之交粹与互动，或能为国

---

[1] Anne Henri, *Marcel Proust : Théorie pour une esthétique*, Paris : Klincksieck, 1981.

[2] Davide Vago, *Proust en couleur*, Paris: Honoré Champion, 2012.

[3] Kazuyoshi Yoshikawa, *Proust et l'art pictural*, Paris: Honoré Champion, 2010.

[4] Jean-Jacques Nattiez, *Proust Musicien*, Paris : Christian Bourgois Éditeur, 1999.

内外的普鲁斯特研究提供独特的视角和参考。

从夏尔丹、透纳到居斯塔夫·莫罗，再到惠斯勒、马奈、德加、莫奈、雷诺阿；从瓦格纳、德彪西到肖邦、贝多芬，普鲁斯特的样本众多。从《卡尔克迪伊的海港》（*Le port de Carquethuit*）①开始，关于艺术与记忆、与自然（自然、空气、光线）之间的关系成为作者所思考的最重要主题之一，艺术主题增强了《追忆》中可见的记忆之光斑，美学情感在无法穷尽的散文诗学流动中释放。普鲁斯特以一种旺盛的渴望，渴望吞噬艺术在男人、女人和事物面前闪现的瞬间。在时光的推进、回顾与新的感知中，普鲁斯特开始起草这部伟大的著作《追忆》，让与他同在的绘画、音乐、文学和世界，通过非自主记忆中的图像，通过艺术手法的对照与临摹，为埃尔斯蒂尔绘制出像印象派画家一样的朦胧世界，为凡德伊谱写出像赛萨尔·弗兰克②或圣桑③作品一样的智力与感知交融的曲谱。

普鲁斯特最喜爱的画家之一莫罗曾说，生命中有一个时刻，艺术在此间转换，以寻求其临近艺术的精髓。艺术，总是坚持不懈地需要借助其他艺术去完成对自身的定义。而艺术深深地存在于普鲁斯特的规划中，作为一种不安的、强迫的和神经质的追寻，他需要用各种方法，努力去捕捉小说美学的本质。因此，文学艺术之外的其他艺术形式将在普鲁斯特的写作系统中辩证而复杂地运用到极致。

这些艺术形式，在整部《追忆》中，被普鲁斯特逐一进行对比、参照，相互碰撞，为他带来了一种元语言，同时在触及他最终的主题"时光重现"时，提供一个答案：何为艺术？何为文学？

自罗兰·巴特和德里达以全新视阈提出"从文本出发"，文本便不再是纯粹语言学意义上的符号，其中囊括思想的、哲学的、美学的或社会历史的多重内涵。用更开放的方式阐释文学，用相似的形象建立起一种在场时，文学与绘画及音乐便有了可以进行比较的土壤。或者，如果可以假设存在一个文学与绘画、文学与音乐的对话体，那也是因为它们一个与另一个相似，它们总是用相互对话的方式建立起一种形象的迁移，让它们在彼此的交互中产生出不可名状的感知。

---

① 《追忆》中虚构画家埃尔斯蒂尔所画的风景画。

② 赛萨尔·弗兰克（César Franck，1822—1890），原籍比利时的法国作曲家，管风琴演奏家，1872年任巴黎音乐学院管风琴教授。在1913年之前，普鲁斯特在信件或文字中鲜有提及弗兰克。自1913年4月，在听过弗兰克的《奏鸣曲》之后，普鲁斯特印象深刻，并在其后的写作中将这首奏鸣曲附于凡德伊的奏鸣曲中。

③ 卡米尔·圣桑（Camille Saint-Saëns，1835—1921），法国浪漫时期的钢琴及管风琴演奏家，对法国乐坛及后世带来深远影响，重要作品有《动物狂欢节》《骷髅之舞》《参孙玉大利拉》等。普鲁斯特在1919年写给友人让·谷克多的信中说，"说到圣桑，我不得不说他是我最不愿提及的一位音乐家"，然而这样的评判并不影响圣桑在普鲁斯特的笔下多次出现。

卡尔维诺曾说，揭示一位作者在我们身上唤起的共鸣，也许不应从宏大的归类着手，而应从更准确的、与写作艺术相关的诸多动机着手。艺术的召唤占据着普鲁斯特生命和作品的核心。作为艺术家——画家也好，音乐家也好，作家也好，都是在用他们崇高或精妙的作品装点世界，用于满足人类对美的追求。在普鲁斯特的著作中，他将不同的艺术法则进行叙说，将艺术转化为许许多多可分离、可转化的现实，这也许正是普鲁斯特开始创作的动机。普鲁斯特年轻时代的朋友吕西安·都德在描述他陪普鲁斯特参观卢浮宫的情景时说道："他在一幅作品中发现的一切，既是绘画的，也是智力的奇妙，可以被感染的东西；这并不是一种个人的印象或任意的感受，而是画作让人难以忘怀的真实。"[1]

莱昂·皮埃尔-甘在《普鲁斯特传》中说，"他（普鲁斯特）深深地融进了艺术品，而艺术品因此也生动起来，经久不衰，使我们想到道德，想到哲学，而这正是存在于艺术之中，存在于艺术品之中"[2]。艺术或生活，往复交错，在普鲁斯特的生活中交汇，在作家的脑海中、感官中交汇，在《追忆》的所有主人公面前交汇。在创作之前，作家和所有其他艺术创作者一样，都会经历沉思于梦想的过程，即沉思诸物本质的梦想，让"它（物质）不再属于外界，而是一个人的财富，一个人的内心世界，在凝视整个生命的过程中找到基本真实"[3]，这似乎就是普鲁斯特文学的梦想。

此时，普鲁斯特的文学生活似乎意味着：通过艺术所创造出的精华，构成这个进入"重现时光"之前的"似水年华"。

---

[1] Lucien Daudet, *Autour de soixante lettres de Marcel Proust*, Paris : Gallimard, 1929, p.18.
[2] 莱昂·皮埃尔-甘：《普鲁斯特传》，蒋一民译，重庆：重庆大学出版社，2011年，第183页。
[3] 加斯东·巴什拉：《梦想的权利》，顾嘉琛，杜小真译，上海：华东师范大学出版社，2013年，第51页。

目 录

前言

第一章 从观看绘画到书写绘画 ⋯⋯⋯⋯⋯⋯⋯⋯⋯⋯⋯⋯⋯⋯⋯ 1

    第一节 书写绘画的诗学 ⋯⋯⋯⋯⋯⋯⋯⋯⋯⋯⋯⋯⋯⋯⋯⋯⋯⋯ 1

    第二节 感知、色彩、爱情和城市 ⋯⋯⋯⋯⋯⋯⋯⋯⋯⋯⋯⋯⋯⋯ 6

    第三节 拉斯金 ⋯⋯⋯⋯⋯⋯⋯⋯⋯⋯⋯⋯⋯⋯⋯⋯⋯⋯⋯⋯⋯⋯ 26

    第四节 普鲁斯特与印象主义 ⋯⋯⋯⋯⋯⋯⋯⋯⋯⋯⋯⋯⋯⋯⋯⋯ 30

    第五节 画家埃尔斯蒂尔 ⋯⋯⋯⋯⋯⋯⋯⋯⋯⋯⋯⋯⋯⋯⋯⋯⋯⋯ 35

    第六节 普鲁斯特与画家 ⋯⋯⋯⋯⋯⋯⋯⋯⋯⋯⋯⋯⋯⋯⋯⋯⋯⋯ 41

第二章 逝去的时光与音乐 ⋯⋯⋯⋯⋯⋯⋯⋯⋯⋯⋯⋯⋯⋯⋯⋯⋯ 53

    第一节 文学与音乐 ⋯⋯⋯⋯⋯⋯⋯⋯⋯⋯⋯⋯⋯⋯⋯⋯⋯⋯⋯⋯ 53

    第二节 普鲁斯特与音乐 ⋯⋯⋯⋯⋯⋯⋯⋯⋯⋯⋯⋯⋯⋯⋯⋯⋯⋯ 57

    第三节 普鲁斯特与音乐家 ⋯⋯⋯⋯⋯⋯⋯⋯⋯⋯⋯⋯⋯⋯⋯⋯⋯ 62

    第四节 《追忆》中的音乐家凡德伊 ⋯⋯⋯⋯⋯⋯⋯⋯⋯⋯⋯⋯⋯ 72

    第五节 走向多样文学 ⋯⋯⋯⋯⋯⋯⋯⋯⋯⋯⋯⋯⋯⋯⋯⋯⋯⋯⋯ 79

第三章 普鲁斯特的艺术哲学 ⋯⋯⋯⋯⋯⋯⋯⋯⋯⋯⋯⋯⋯⋯⋯⋯ 83

    第一节 "向上的努力" ⋯⋯⋯⋯⋯⋯⋯⋯⋯⋯⋯⋯⋯⋯⋯⋯⋯⋯ 83

第二节　柏格森哲学：美学的思辨 …………………………… 86

　　第三节　靠近叔本华 …………………………………………… 94

　　第四节　从现象学到艺术 ……………………………………… 98

　　第五节　艺术的符号世界 ……………………………………… 105

　　第六节　进入深层现实的绘画 ………………………………… 111

　　第七节　朝向未来的音乐 ……………………………………… 114

　　第八节　从艺术走向真理的文学 ……………………………… 118

结语 …………………………………………………………………… 122

参考文献 ……………………………………………………………… 132

附录 …………………………………………………………………… 136

第一章　从观看绘画到书写绘画

如何抓住视线，这无牙的嘴在讲述什么，它为何如此精致？我只能用一些黄色的线条和大片的蓝色去呈现。

——凡高

我欠你绘画中的真理，我画了画但还欠你真理，我将向你说出它。

——塞尚

第一节　书写绘画的诗学

一切都能在历史中找到源头和踪迹。难忘的场景、曾经说过的话，也许都已留在时间长河中的某个夜晚，而我们相信欲望正源于我们所拥有的记忆。

远古时代有一个寓言：画家宙克西斯[①]在绘画技艺上登峰造极，而另一位画家帕尔哈西奥斯[②]同样画技高超。于是两人酝酿了一场比赛。宙克西斯画了孩子头顶着葡萄，吸引麻雀来啄食，而当大家看到帕尔哈西奥斯遮画的挡布便想上前去扯开。宙克西斯心悦诚服地说：我的画不过骗了麻雀，帕尔哈西奥斯的画却骗过了所有人的眼睛。

遥远的故事滋养着几个世纪人类的想象与追问。它让我们对艺术充满了理想和想象，也寓意着绘画之再生与自然模本之间的相似；同时，故事中包含着具有天赋的画家的神话，他们像创造者又像魔术师；这则故事中，也隐含着作为旁观者的观众，他们乐于参与到这一奇妙的事情中，并成为奇迹的"解说人"。

---

① Zeuxis，公元前5世纪的希腊画家。
② Parrhasios，与宙克西斯同时代的希腊画家。

观看者会随时光消逝，画幅前不再有那些人的踪影，但书写于纸张的文字却能记录下他们的踪迹，让观看者在"不可见"中永生。在万物消逝、物是人非之后，是画家的作品和被记录的文字留存于我们生活的世界中。作家，就好似古希腊画作中贪食的麻雀，飞入了形式之美与画卷色彩构建的陷阱中，渴望占有葡萄美味，体会隐秘的乐趣。

图像与文本之间的特殊关系，从二者创作之初便以活跃的动力紧密相连，并化身成为一个著名的公式——贺拉斯[①]在《诗艺》中所提出的等式：ut picture poesis（诗如画）。起初，这一著名的格言中包含着两种艺术形式的相互确认：诗歌作为具有语言的绘画，以及绘画作为沉默的诗歌。绘画提供了一个样本，从这一样本出发可以为诗下定义，反之亦然。诗与画之间的关系更多地不是去模仿，正如 ut（如）这个连词的含义。重建被观看的画作之美，是文本的特权。这也许意味着书写之梦已开始背叛初衷——对艺术作品的描写暗自怀有一种与被欣赏对象处于同样高度的梦想。"于是在欧洲文化中便产生了一种新的文学体裁，也可以将其视作一种新的'诗学'：书写绘画。"[②]

书写绘画，就是在赞美绘画艺术的同时让文学的空间变得无限，在"创造"中孕育"创造"。语言的功能在这一视角下被放大，同时被赋予了一种几乎超越自然的力量，让我们无法对它视而不见。作家在谈论绘画时，无须获得画家的许可，在自己的作品中重现别人的作品，这一可能性当然也基于绘画本身所拥有的功能：提供一个被观看的场景。

观看引发评论，画作激励书写，长久的传统已证明这一点，并在（欧洲）文化深处叙述着其间种种必然的联系。当画家在工作之时，以眼睛与自然接触获得历练。因而"绘画首先和最终都是视觉上的事情"[③]，让观看与创作形成同心圆。书写可以让曾经静止的东西展现于我们面前，让"不在眼前"变得"目光可及"。描述绘画不只是讲述，而是带给语言一种能力——无穷而神圣的能力、为存在赋予生命的能力。绘画与文字，作为两种再现模式，或两种文化形式，开始打破图像—辨认、文字—理解的传统思维图圄。在被书写的绘画中，二者开始呈现为时隐时现的交错变化，似是要证实：语言不曾脱离图像，而图文始终处于若即若离

[①] 贺拉斯（Quintus Horatius Flaccus，公元前65—前8），古罗马诗人、批评家。

[②] Pascal Dethurens(Ed.), *Ecrire la peinture-De Diderot à Quignard*, Paris: Edition Citadelle & Mazenod, 2009, p.9.

[③] 约阿基姆·加斯凯：《画室——塞尚与加斯凯的对话》，章晓明，许莳译，杭州：浙江文艺出版社，2007年，第43页。

的调试状态。

作家该如何谈论一幅画作？狄德罗在 1759~1782 年[①]，用二十年的时间撰写了《沙龙》。而这起止的两个年份，正是绘画与雕塑皇家学会在卢浮宫举办大型展览的两年，其目的是建立一个真正的法兰西艺术学派。这位伟大的文学家，可以说是法国文学史上最早也是最热爱绘画艺术的作家。狄德罗在 1751 年就贺拉斯的格言"诗如画"展开思考，并认为这是比莱辛更早的对"诗""画"二者的确认。狄德罗提出了关于语言与美学的特殊性问题，他认为绘画不应无视诗这一灵感和艺术的无穷资源，他也不断实践着关于绘画的写作。[②]狄德罗也许是艺术理论与修辞学理论衰落的同时代人（18 世纪标志着这两种艺术各自权利的两极），同时他也是美学时代来临的见证者。

狄德罗在传统的基础上开创了文学对绘画的描述，并被波德莱尔所继承。波德莱尔的文学生涯即从艺术评论开始，他努力用文字表现画作中的想象力与色彩，也善用诗歌表达对美的追求，同时他还主动参与到现代画家的活动中，将其关于美与真实的思想灌输给画家。波德莱尔认为，"一幅好的画，一幅忠于并等于产生它的梦幻的画，应该像一个世界一样产生出来"[③]。波德莱尔主张，作画与写诗，都是人与自然的交流，绘画应像写诗一样，源于并超脱于自然。他将自然比作一部词典，"人们从中提取组成一句话或一篇文章的全部成分，但是从来没有人把词典看做是一种组成，在这个词的诗的意义上的一种组成。服从想象力的画家在他们的词典中寻找与他们的构思一致的成分，他们在以某种艺术调整这些成分的时候，就赋予了它们一种全新的面貌了"[④]。二者同出于自然，诗可以说画，画可以说诗。在介绍马奈的《奥林匹亚》时，波德莱尔写道："当厌倦了做梦，奥林匹亚醒来了/春天进入那温柔的黑色信使的怀中/正是那同样的多情夜色中的奴隶/刚刚使看起来如此美妙的白昼绽放。"[⑤]一首托生于马奈绘画作品的诗，似是从画作中浮出的诗意，让赤裸的奥林匹亚多情有如春天，明亮似是白昼；有趣的是，马奈画作中的那只黑猫，有人说是从波德莱尔的诗作《恶之花》中得到的启发，

[①] 1759 年、1761 年、1763 年、1765 年、1769 年、1771 年、1775 年、1781 年，狄德罗没有错过这期间的任何一次沙龙。

[②] GitaMay, Jacques Chouillet, Jacques Chouillet(Eds.), *Diderot: Essais sur la peinture - Salon de 1759, 1761, 1763*, Paris：Hermann, 1984.

[③] 夏尔·波德莱尔：《现代生活的画家》，郭宏安译，上海：上海译文出版社，2012 年，第 96 页。

[④] 夏尔·波德莱尔：《现代生活的画家》，郭宏安译，上海：上海译文出版社，2012 年，第 94 页。

[⑤] T. J. 克拉克：《现代生活的画像——马奈及其追随者艺术中的巴黎》，沈语冰，诸葛沂译，南京：江苏美术出版社，2013 年，第 139 页。

作为性的隐喻，而画成了"波德莱尔化"的猫。

我们也在普鲁斯特的《驳圣伯夫》中，看到他用颜色描述波德莱尔的诗篇。他说波德莱尔在诗歌的意境中感受和描述赏画般的心境，因为每首诗都是一个思想的片段。在瞬息即逝的情景中，波德莱尔用文字画面写就美妙绝伦的诗句，他写黑女人和猫，就像生活在马奈的画中，他《头发》里的诗句就是在眺望莫罗的"家乡"：

> 船在黄金液和波纹绸里滑行，
> 张开巨大的臂膀去拥抱荣光，
> 纯清的天空中颤抖永恒的热。
>
> ——波德莱尔《头发》第十七至十九句诗[①]

艺术与美在波德莱尔的作品中占据着重要的位置，他所谈论的绘画作品被后继者认可为"美"之代表作，法国作家帕斯卡尔·皮亚[②]说："他事实上是第一位总是幸福地谈论艺术的法国作家。"[③]波德莱尔在对绘画艺术的欣赏中凝练出对美的观念，他先在《迸发》中写道"出乎意料、惊喜、讶异，乃是美的一个特征和基本成分"[④]，后又在《1859年的沙龙》中，得出"感到惊奇是一种幸福；不仅如此，梦想是一种幸福"的结论，他说："如果您一定要我授予您艺术家或美术爱好者的头衔的话，那么，全部的问题就在于，您要懂得通过神秘方法去创造或感受这种惊奇。"[⑤]波德莱尔在画作中找到了美的定义，并在自己的文字中实践着这种属于他的独特的美：热烈而忧伤的美、朦胧而神秘的美、遗憾又冷漠的美、令人惊讶和感到幸福的美。

书写绘画，如今已成为某种自治的领域，我们可以阅读而无须亲眼看到一幅"真正的"画。书写-绘画，脱离了原本的位置，同时也让想象的画作和想象的画家成为可能，如巴尔扎克的弗朗霍夫[⑥]，左拉的克劳德·兰蒂尔[⑦]和普鲁斯特的埃

---

① 马塞尔·普鲁斯特：《一天上午的回忆——驳圣伯夫》，沈志明译，北京：北京燕山出版社，2006年，第110页。
② 帕斯卡尔·皮亚（Pascal Pia, 1903—1979），法国作家、记者、学者。
③ 帕斯卡尔·皮亚：《波德莱尔》，何家炜译，上海：上海人民出版社，2012年，第99页。
④ 帕斯卡尔·皮亚：《波德莱尔》，何家炜译，上海：上海人民出版社，2012年，第100页。
⑤ 帕斯卡尔·皮亚：《波德莱尔》，何家炜译，上海：上海人民出版社，2012年，第103页。
⑥ 弗朗霍夫（Frenhofer），巴尔扎克《无名的杰作》（Le Chef-d'oeuvre inconnu）中的人物，在小说中是一位17世纪的荷兰画家。
⑦ 克劳德·兰蒂尔（Claude Lantier），左拉小说《杰作》（L'Oeuvre）中一位放荡不羁和失败的画家，主人公的原型是塞尚。

尔斯蒂尔，这种形式确切地说，"与现实主义的伟大阶段同时发生（在19世纪）"[①]，同时也是绘画的人文主义时期。

一幅画传递了什么？绘画所产生的理论或所具有的历史形态是什么？从狄德罗的时代起，绘画在文学实践的不同层面（叙事、诗学、批评）又带来了什么？这些问题所涉及的语言和科学（包括语言学、符号学、美学、文体学等）与艺术的美学和历史几乎具有相当的意义。文学与绘画相互关系的开启，要求各学科构成的批评相互交织，并为文本带来多重身份的需要："艺术话语产生其合法性及效用之时，将语言活动理论化的需要；将文本放置在表意（象征）实践中，尤其是思考它们与观看对象衔接时的文学研究的需要；在任何情况下，进行其边缘、界线、范围、门槛、过渡、纹路、异质性及重复性工作的需要。"[②]

世界作为被感知的对象，可以以被再现、被描述、被观看等诸多方式存在。绘画是再现对象，文本是描述对象，对绘画进行描述的文本则可看作世界的存在方式中的一种可行方式。[③]古德曼认为，"描绘和描述二者都参与世界的塑形（formation）和特征刻画（characterization）；它们互相影响，且与知觉和知识互相影响"[④]。当作家描述的对象是一个人，但这个对象的存在方式可能是一个朋友、一个浪荡子、一个附庸风雅者，或是好似一幅画里描绘过的人物，这些都是对象可能存在的方式。作家可以选择借用绘画对人物进行再现式描述，借用绘画描述存在，可以让被描述对象的存在变得更立体和丰满，甚或带有色彩。这种方式是对描绘的一种描述，也可称作一种书写绘画的诗学。

书写绘画的诗学，越来越受到作家的青睐，而不再是书写艺术的史学家之专属。这一诗学将小说与绘画相关联，格拉克在《文学与绘画》一文中说："在小说里，能否像现实生活中一样，找到这样的人：面对可随心所欲的物质世界，拥有一切的自主特权？来看看鸽子窝里工作的小说家吧，从容地进行着炼金术式的蜕变：像一脚把小圆桌踢到墙角，猛地抛开主人公苛刻的道德意识，因为现在首要的是加工人物：胖的、瘦的、高的、矮的，把他们放入环境里——菜园的小径、

---

① Bernard Vouillioux, *La peinture dans le texte, XVIIIe-XXe siècle*, Paris : CNRS Language, 1994, p. 53.
② Bernard Vouillioux, *La peinture dans le texte, XVIIIe-XXe siècle*, Paris : CNRS Language, 1994, p. 53.
③ 纳尔逊·古德曼在《艺术的语言——通往符号的道路》(*Languages of Art: An Approach to Theory of Symbols*)中提出，"世界存在的方式通过几种不同方式结合而获得"也许只是一种设想，因为结合本身是某些系统所特有的。但在这里，我们倾向于假设将文字与图画，或文字与音符结合起来是一种可行的世界存在方式。
④ 纳尔逊·古德曼：《艺术的语言——通往符号的道路》，彭锋译，北京：北京大学出版社，2013年，第33页。

剧院的大厅、落日的余晖。只有从这种意义上来看，真正的小说和绘画有关系：诗意的画。"①它可以作为作家的冒险，去完成这种真正的创造之努力，它渴求作家精炼细腻的观看，也苛求其创造式书写的能力。思考普鲁斯特的书写与绘画之间的关系，以及普鲁斯特想要通过词语所再现的绘画，其文本其实已然提供了对这两种艺术之间关系研究的方法。绘画在普鲁斯特的文本中有类似巴尔扎克或是左拉的文本之装饰作用，"绘画在其中表现为一种诗学，甚至是宗教经典解释学"②。

描绘一幅绘画或是画中的形象需进行怎样的转换？话语该如何谈论或是书写关于画面"想说"的东西？绘画本身带有怎样的理论或是可能性，或是形态和环境，使得文学在其实践的不同（叙事的、诗学的、批评的）领域能够完成描述？Taeko Uenishi 在《普鲁斯特的风格与绘画》一书中指出关于《追忆》中书写绘画研究的两种倾向："一方面，是关于普鲁斯特所参考的画作，这些研究的对象主要集中在重建作家虚构的博物馆，以评估其艺术文化之价值，梳理其影响，尤其是分析埃尔斯蒂尔这个人物与真实的画家；另一方面是对普鲁斯特为了刻画某些人物而借助的绘画之手段，考察其中之关联。"③然而，除以上两种主要倾向外，我们不能忽视，在普鲁斯特无法穷尽的小说主题中，在真实的或是想象的画作中，仍有更多美学或诗学之所指。

第二节　感知、色彩、爱情和城市

> 绘画艺术，有词，有声，有颜色，有线条，有形式。
>
> ——巴尔扎克

一、感知/印象

塞尚曾闭目回想他最钟爱的世间角落——在圣马可山头，闻到野菊清香，听到旷野上森林的香味化为韦伯（Weber）的音乐，由拉辛的诗句便能感受到一抹普桑画中的原色。塞尚说："当感觉达到极致，则它与自然万物和谐共存。这世

---

① 朱利安·格拉克：《边读边写》，顾元芬译，上海：华东师范大学出版社，2015年，第3-4页。
② Nayla Tamraz, *Proust portrait peinture*, Paris : Orizons, 2010, p.9.
③ Taeko Uenishi, *Le style de Proust et la peinture*, Paris : Cèdes, 1988, p.9.

界的运转犹如大脑靠着眼、耳、口、鼻传达对诗的感受；我们到处可看到颜色的变化。我们应去发现那到处为色彩所呈现的普遍和谐。"①于是这位伟大的画家意欲画出时间与空间，并使它们成为色彩的感性形式。感觉的机能对外呼应着与自然万物和谐共存，对内则承受着大脑运转之于五官所产生的相同运动。眼、耳、口、鼻的共同根源是感官，彼此之间相应相求。同样，感觉的对象，如色、音、诗、香亦可互通互换。只有通过感觉深入进自然万物，才能接近真实，亦能让他人在感觉上产生共鸣。

　　塞尚将他最重视的色彩与康德的重要观点联系起来，并将色彩提升至表现"自然之深邃处"与"世界之根源"的地位，寻求超乎世俗真理，而无限接近神性，对事物充满玄思妙想，此时的画家就如同一位音乐家或诗人，呈现出眼睛与物之间的真正距离。"距离"可以是"空间的"，也可以是"心理的"。"距离"一词涵盖了物质与精神的双重意蕴。对于塞尚来说，绘画中最重要的事情就是去发现正确的距离和色彩表现在深度方面的所有变化。色彩是表现"深度"与"自然永恒性"的重要媒介。

　　普鲁斯特在《重现的时光》伊始，最后一次提到贡布雷的教堂时写道："我看到了贡布雷教堂的钟楼，这钟楼漆成蓝色，和画面的颜色不同，只是因为它距离较远的缘故。这不是这座钟楼的一种形象表现，而是这座钟楼本身，它把地点的距离和年代的间隔展示在我的眼前，……仿佛是画在上面一般……"②一方面，这段文字为之后贡布雷在战争中被"摧毁"铺陈出一幅隐约而悲壮的画面③；另一方面，忧郁的蓝色并非教堂钟楼本身的颜色，而是一种在视觉中混合着对记忆行将消失的感知，以及距离所产生的色彩变化在空间中所形成的印象世界之描述。普鲁斯特用文字和细腻感知描绘出了教堂钟楼的颜色于空间与心理的双重变化中所呈现的画面。

　　如若我们走向艺术更宏大的脉络中，会发现几乎所有的艺术家都在其画布上展现着手与眼、触感与视感之间的复杂关系，此二者又都呈现为视觉经验。触觉和视觉是人类最活跃的感官，在这被空间包围的世界里，我们可由触碰的方式获取世界，同时也可由视觉产生的视像将我们延伸到世界之中。W.J.T.米歇尔在《图

---

①　尤昭良：《塞尚与柏格森》，桂林：广西师范大学出版社，2004年，第9页。

②　Marcel Proust, *A la recherche du temps perdu*, édition publiée sous la direction de Jean-Yves Tadié, Paris：Gallimard, 1987-1989, t. IV, p.275.

③　这座贯穿普鲁斯特回忆与写作建构的神圣教堂在第一次世界大战的炮火中被"摧毁"了，"贡布雷"这个引发感知的记忆载体被战争破坏，教堂成了遗忘之地，远远矗立的"蓝色"教堂钟楼画面成为记忆将消失的忧郁象征。详见臧小佳：《以战争视角重读〈追忆似水年华〉》，《外国文学研究》2016年第4期，第93-100页。

像学——形象、文本、意识形态》中提出，图像、视觉、感知、精神（梦、记忆、思想）及词语（隐喻、描写）同属于形象谱系中的不同分支。"图画、雕塑和建筑形象属于艺术史；词语形象属于文学批评；感知形象在生理学、神经学、心理学、艺术史以及不自觉地与哲学和文学批评合作的光学之间占据一个临界区域。"[①]约瑟夫·特拉普在《诗论》（1711年）中说，"诗人和画家都认为他们的行当就是从物的外表撷取物的相像性"[②]。通过对对象的原始形象进行观念或精神的加工，作家或画家能从中提取出某种形象落于纸上，"真正的直义的形象是我的感官，尤其是眼睛所接收的物质形状"[③]。

在对感知进行加工之前，"印象"是首先出现的东西，而这也正是普鲁斯特美学建构的精华。印象加强了文学作品，就好像在普鲁斯特的生活中设立一个标杆，或指明一个方向。他说"印象可以用一幅图画显现出来，是在平面上勾勒的东西，而不是我当今视觉印象的产物。……种种印象哪怕产生一分钟的现实感，在我也是难能可贵的一分钟，令人鼓舞的"[④]。在《追忆》中，"印象"一词每次出现，总是以艺术作品或是叙述者的美学经验作为参照——马丁维尔的钟楼、凡德伊的奏鸣曲或是七重奏、埃尔斯蒂尔的画作等。

19世纪末的法国社会思潮开始转向非理性的内心世界，强调探寻人类主观世界，表现瞬间的心灵感受和直觉印象。印象派画家（尤其是莫奈）崇尚直觉，音乐家德彪西崇尚直觉，诗人马拉美、瓦莱里都崇尚直觉。因为在直觉那里，有更为难以捕捉和玄奥的东西。当时的哲学家柏格森认为，直觉是由艺术家为了抓住生命运动所做出的充满激情的努力。普鲁斯特认同这一观点，但区别于柏格森之处在于，普鲁斯特认为画家并不知道自己在做什么。普鲁斯特以莫罗为例：莫罗不知道自己在画什么，他只是在画自己的梦。通过直觉获得印象无疑也是普鲁斯特艺术哲学的基础。他的直觉印象观表现为："不在于简单地用脑子随时记录转瞬即逝的印象，而在于不断克服思想的惰性，挖掘每个印象所包含的点滴真实。

[①] W.J.T. 米歇尔：《图像学——形象、文本、意识形态》，陈永国译，北京：北京大学出版社，2012年，第7页。

[②] Scott Elledge(Ed.), *Eighteenth Century Critial Essays*, 2vols. Ithaca: Cornell University Press, 1961, I, pp. 230-231. 转引自W.J.T. 米歇尔，《图像学——形象、文本、意识形态》，陈永国译，北京：北京大学出版社，2012年，第19页。

[③] W.J.T. 米歇尔：《图像学——形象、文本、意识形态》，陈永国译，北京：北京大学出版社，2012年，第36页。

[④] 马塞尔·普鲁斯特：《一天上午的回忆——驳圣伯夫》，沈志明译，北京：北京燕山出版社，2006年，第44页。

印象消失后，印象的含义却留在记忆里，嗣后加以汇总。"①普鲁斯特真正的才华也是通过他的直觉体现的，这一点毋庸置疑。他对绘画作品的感知其实并没有集中在作品本身或是作品品质上，而是更多地通过直觉感受艺术作品与周围世界的关联。绘画作品创作的灵感正是通过直觉渗透到自我深处，成为自身真正的一部分，带来隐秘的快乐。因而要去探索，因为探索的过程完全都在自我深处真正的部分。于是，绘画便成为普鲁斯特探寻自我深处的工具。

普鲁斯特专心致志、一丝不苟地将曾有所感的实况——例如，"一个屋顶，反照在石头上的一点阳光，一条小路的特殊气息"②，这些能让他感到特殊快乐的、驻步流连的东西记录于印象中，因为它们带给他一种无由的快感和一种文思活跃的幻觉，"那些印象以具体的形态、色彩和气味迫使我意识到严峻的责任：我必须努力找到隐藏其中的东西"③。波德莱尔谈到过，味道、颜色及声音都可以相互呼应。而普鲁斯特正在努力实践着直觉、印象、视觉之艺术的融合或自然的统一。他希望揭示一种平衡，或是等价关系，那些可以用眼睛看到、用鼻子嗅到的东西，在隐秘中蕴藏着某种东西，让他以作家的思想钻进这形象和这气息内部，用画家的方式探究和分辨，那隐藏在景色之中的东西大概和漂亮的句子类似，而文字的描绘大约如画面中的纹理和驳杂的色斑，用回忆的构图重重叠叠，堆在一起。

二、思想的颜色

塞尚曾说，"艺术把我们引领到了——我坚信这一点——一个优雅的境界，在这个境界里，我们以宗教性的，同时极为完美的自然方式体验到了一种普遍的情绪。正如我们在色彩中所找到的，普遍和谐围绕在我们身边，无处不在"④。色彩是"个人意识和周围世界相互作用的产物"⑤，是艺术家的智慧与宇宙相会合的地方，这也是为什么色彩在画家的眼里具有如故事般的戏剧性的原因。"在画家眼里，色彩有深度，也有厚度，色彩既在内在深处的维度、也在丰满的维度上发

---

① 马塞尔·普鲁斯特：《一天上午的回忆——驳圣伯夫》，沈志明译，北京：北京燕山出版社，2006年，第254页。

② Marcel Proust, *A la recherche du temps perdu*, édition publiée sous la direction de Jean-Yves Tadié, Paris : Gallimard, 1987-1989, t. I, p.176.

③ Marcel Proust, *A la recherche du temps perdu*, édition publiée sous la direction de Jean-Yves Tadié, Paris : Gallimard, 1987-1989, t. I, p.176.

④ 约阿基姆·加斯凯：《画室—塞尚与加斯凯的对话》，章晓明，许菂译，杭州：浙江文艺出版社，2007年，第14页。

⑤ Maria Elisabeth Kronegger, *Literary Impressionism*, New Haven: College and UP, 1973, p.48. 转引自孙晓青：《文学印象主义》，《外国文学》2015年第4期，第111页。

展。"①颜色是一种有创造性的力量，它对大自然进行加工，是外物的真正活动，依靠材料与光线之间的力持续交换而存在。弗朗卡斯泰尔（P.Francastel）曾证明，塞尚、高更和凡高这些画家是如何通过高度、质量，或仅仅是色彩的选择去产生空间。德勒兹也分析了这种用色彩对空间的建构方法（同时也是在没影点②上所建构的空间的阶梯），作为一种对感知逻辑的完善，是色彩形成图标的逻辑方法。色彩或是描绘形式，填满预先存在的形状和轮廓，或是凭借自身的丰饶，使自身形成耀目的空间。例如，塞尚通过光线与色彩创造了视觉性的舒张与收缩之间的平衡，创造出兼具主观观感和客观世界的"报告"，甚至可以说，"绘画将颜色与线条提升到语言的状态"③。

文字与色彩都有意涵，因而色彩在文学与图像领域，始终是重要的主题与诗学准则，正如乔托·迪邦多纳之于但丁，丁托列托（Tintoretto）之于莎士比亚，普桑之于笛卡儿；福楼拜在创作《萨朗波》时，说自己看到了紫色，而塞尚在画《戴念珠的老妇人》时，眼前浮现的则是一种福楼拜式的颜色。色彩或可被看作一种语言，它也有自己的文法。我们可以从艺术家其人、其画、其色彩中，发现其所思、所感与所见。

在印象派画家的绘画中，色彩尤为被强调，色彩像是印象主义绘画的灵魂，是展示心灵的媒介，将情感传达给风景，将灵魂赋予颜色。与印象主义几乎同时吸引普鲁斯特的还有绘画中的象征主义，该流派代表人物有高更、奥迪隆·勒东④、

---

① 加斯东·巴什拉：《梦想的权利》，顾嘉琛、杜小真译，上海：华东师范大学出版社，2013年，第50页。
② Point de fuite，透视画中平行线条的汇聚点。
③ 雷诺·博格：《德勒兹论音乐、绘画与艺术》，李育霖等译，台北：麦田出版社，2016年，第177页。这里的"语言"是德勒兹提出的"类比性语言"，与"数位性语言"相对应。德勒兹认为，几何图形在绘画中有数位式和类比式两种运用方法。数位式是透过符码来进行的，即画家用一组限定数量、简单抽象的形状来"翻译"自然界的复杂形势，或以这组形状作为形势组构的自主元素。塞尚所运用的方法是类比式。例如，动物的嚎叫、颜色的展现，以及姿势无疑都具有成为类比性语言的资格。一般人在塞尚的画中看到的类似标准几何图形的图像，事实上并不是具有生产力相似性的产物，而是借由非相似手段被生产的相似性。参见《德勒兹论音乐、绘画与艺术》，第六章"色彩"。
④ 奥迪隆·勒东（Odilon Redon, 1840—1916），法国19世纪末象征主义画派的主要画家。他的美学思想主要来自象征主义文学家和诗人马拉美等的作品。他认为绘画主要是想象的结果，而不是视觉印象的再现。因此，他反对印象主义的色光追求，而致力于表现现实世界中根本不存在的鬼怪幽灵和幻觉形象。勒东的主要作品有《在梦中》（1879年）、《埃德加·本》（1882年）、《起源》（1883年）、《戈雅颂》（1885年）、《夜》（1886年）、《圣安东尼的诱惑》（1888年）等。在这些作品中，勒东以丰富的想象力，创造了许多离奇的、梦幻的形象，例如在卵中孵化出来的诗人、夜空中同月亮在一起的眼睛、吞噬生灵的怪蛇、展开双翼的马等。评论家把这些作品称为超现实主义和达达主义的先驱。

莫罗等。象征主义运动试图抵达一种可见与不可见之间的综合，画作中的每一处细节都在暗示某种超越其所再现的东西。对于象征主义来说，艺术是一种抽象形式，如高更的画作，更多的是精神之画，而不再是模仿之画。色彩在象征主义画作中成为一种材料，"作为一种抽象装饰的材料，走在音乐般无法描述的道路上"①。颜色首先是材料，它也铺展着抵达"不可见"的和谐之路，同样也是进入音乐般"不可描述"的感官对应。普鲁斯特同样曾于材料与精神之间摇摆，他描述莫罗的画作时写道：

> 这所有的颜色、这个世界的颜色，它不再是我们这个世界的颜色，而是在这幅油画中的颜色，在这个精神的世界中，总是一幅夕阳美景，荒芜的山岗前有教堂，如果鸟儿一直跟随着诗人，鲜花生长在河谷，它们也都是按照与我们这个世界不同的规则出现……②

莫罗的形式、色彩和光线是充满智力与精神性的，它属于画家的灵魂，也属于一个精神世界，与现实的可见世界不尽相同。因而，普鲁斯特将莫罗画作中的颜色材料称作"思想的色彩"③，正如他把文学看作是精神力量的书写。马拉美认为，精神是作为唯一的现实而被理解的，在文学的土壤上，为精神所煎熬的人类通过虚构的形式汇聚了人类单纯的情感和形式，精神的基本经验在艺术的形式中溶解。然而精神和语言或艺术作品一样，不能等同于文学。我们认为普鲁斯特解决了这一矛盾：通过记忆和艺术的方式。在《追忆》这部关于作品可能性的小说中，普鲁斯特用他的敏感填充着该文学作品中每一个微小的部分，小说的材料就是他的根本经验：高低不平的石板带来的快乐，与一声不响的树木道别，透过薄纱看到的倒错场景，画面在精神中的呈现，抑或是一杯茶所呈现的世界，普鲁斯特用"印象"回答了小说的材料问题。普鲁斯特写下的更像是象形文字，通过刀叉发出的声响，或是脑海中的颜色勾勒出整个世界，让万物成为语言双重性的表达，完成了有意识和无意识的联合。

当普鲁斯特发现印象派画家、象征主义绘画之时，也对达·芬奇、伦勃朗、夏尔丹保持着浓厚的兴趣，他的品位几乎涵盖了从文艺复兴到现代艺术的不同风

---

① J.-P. Guillerm, "L'imaginaire de la couleur à la fin du XIXe siècle", *Portrait de la couleur*, Orléans: Institut d'Arts Visuels, 1993, p.57.

② 转引自 Davide Vago, *Proust en couleur*, Paris: Honoré Champion, 2012, p.38.

③ 转引自 Davide Vago, *Proust en couleur*, Paris: Honoré Champion, 2012, p.39.

格主题。从文艺复兴到普鲁斯特生活的时代,"在理论家眼中,每个时代的画家都体现着构图与色彩之间的冲突,如现代画家,德加或是塞尚,他们仍在重复着几个世纪以来的古老对抗"①。普鲁斯特时常引用达·芬奇的观念,说"绘画是思想性的事"②,色彩就是艺术家的思想创造。

当我们在普鲁斯特精心布置的画廊中匆匆浏览时,停留于我们最初印象中的一定是色彩:伦勃朗的金色光线、莫罗的虹彩、乔托壁画中石头考究的蓝色、"代尔夫特风景"在墙壁上呈现的一小片黄色,或是卡巴契奥紫色的天空——色彩在普鲁斯特的文学之中,幻化成为他独特的书写风格及写作隐喻。

三、维米尔③的黄色

1898年,普鲁斯特第一次来到海牙,并在这次旅行中去观看北方的海④:

> 有一天下起了雨,让桑德伊置身于海牙,却不知身在何处,他感到自己在大陆内部,却不自觉已身在北方的海岸。⑤

荷兰画家凡高曾这样描述海牙:

> 当我看到这里(海牙),我想到了维米尔的代尔夫特,海牙的风景。当我们近距离观看它时,它是不可思议的,而当我们离远看,这幅画又变成了完全不同的颜色。⑥

凡高所说的这种色彩变化源于眼睛的距离。所有的画作,在不同的距离观看,都会成为一种"单纯显现"。色彩参与到整个视线中,"色彩会根据观看距离,成为难以捉摸的物质,再现试图服从于构图"⑦,也就是说服从于绘画本身,线条与色彩位于某种合并的秩序当中。对于普鲁斯特来说,四年之后(1902年)再次

---

① J. Lichtenstein, *La Peinture*, Paris, Larousse, 1995, p.519.
② 思想性的事,原文为意大利语: cosa mentale, 引自 Marcel Proust, *A la recherche du temps perdu*, édition publiée sous la direction de Jean-Yves Tadié, Paris : Gallimard, 1987-1989, t. I, p.491.
③ 约翰尼斯·维米尔(Johannes Vermeer, 1632—1675),是荷兰最伟大的画家之一。代表作有《代尔夫特风景》《戴珍珠耳环的少女》。其现存作品共36幅,分别藏于德累斯顿画廊、爱丁堡国立苏格兰陈列馆、海牙莫瑞修斯皇家绘画陈列馆、卢浮宫博物馆。维米尔早期作品多取材于宗教和神话,后精于风俗画,以表现城市风景和市民生活为主,画作注重光、色和空间比例。
④ 普鲁斯特这次旅行的初衷本不是参观维米尔的画作。
⑤ Marcel proust, *Jean Santeuil*, Paris: l'Edition de la Pléiade, 1971, p. 392.
⑥ Philippe Boyer, *Le petit pan de mur jaune, sur Proust*, Paris: Seuil, 1987, p.18.
⑦ Philippe Boyer, *Le petit pan de mur jaune, sur Proust*, Paris: Seuil, 1987, p.19.

造访海牙，北方的海不再是最吸引他的风景，取而代之的是维米尔的画作。维米尔的画作中，运用的是不同于凡高所述的另一种手法，以增强距离与色彩之间的转变。这是夏尔丹和柯罗（法国风景画家）都曾使用过的技术，"这种转变在于用无数发亮的小点在平面上着色"①，远距离无法看出这些小点，它们只不过是一些色彩的加强，近距离观看时，它们变成了花斑，其加工方式变得可见。色彩仅仅是其真正的色斑，由这微小的发光点组成。我们不妨将点彩的绘画手法与普鲁斯特打乱时序的写作手法做一对比：近看时好像毫无关联，散置的笔触，如若从小说整体的空间布局和回顾过去的远景中观看，则能发现对客体生动而特殊的描绘效果，这应该也是普鲁斯特刻意体现的对故事情节的空间化处理，其中再现了作家的审美观及其对主体意识的建构。

1902 年，当普鲁斯特面对《代尔夫特风景》（图 1-1）时，想必已有了更真切的个人感受。一方面，《追忆》中已存在与维米尔作品内在的亲密关系；另一方面，《追忆》中也运用了某种色彩和结构。

图 1-1　《代尔夫特风景》(*View of Delft*)，Jan Vermeer，1659～1660 年
注：画布，油彩，96.5 厘米 × 115.7 厘米，藏于荷兰海牙莫瑞修斯皇家绘画陈列馆

---

① Philippe Boyer, *Le petit pan de mur jaune, sur Proust*, Paris: Seuil, 1987, p.19.

这幅画在《追忆》中被安排于"贝戈特之死"的段落：

>他是在这样的情况下去世的：尿毒症的轻微发作是人们建议他休息的原因。但是一位批评家在文章里谈到过的维米尔的《代尔夫特风景》（从海牙美术馆借来举办一次荷兰画展的画）中一小块黄色的墙面（贝戈特不记得了）画得如此美妙，单独把它抽出来看，就好像是一件珍贵的中国艺术作品，具有一种自身的美，贝戈特十分欣赏并且自以为非常熟悉这幅画，因此他吃了几个土豆，离开家门去参观画展。刚一踏上台阶，他就感到头晕目眩。他从几幅画前面走过，感到如此虚假的艺术实在枯燥无味而且毫无用处，还比不上威尼斯的宫殿或者海边简朴的房屋的新鲜空气和阳光。①

得益于去看展览之前读到的一篇文章指引，贝戈特对其他画作显然毫无兴趣，他的目光停留在这"一小块黄色墙面"上：

>最后，他来到维米尔的画前，他记得这幅画比他熟悉的其他画更有光彩、更不一般，然而，由于批评家的文章，他第一次注意到一些穿蓝衣服的小人物，沙子是玫瑰红的，最后是那一小块黄色墙面的珍贵材料。他头晕得更加厉害；他目不转睛地紧盯住这一小块珍贵的黄色墙面，犹如小孩盯住他想捉住的一只黄蝴蝶。"我也该这样写，"他说，"我最后几本书太枯燥了，应该涂上几层色彩，好让我的句子本身变得珍贵，就像这一小块黄色的墙面。"这时，严重的晕眩并没有过去。在天国的天平上，一个托盘盛着他自己的一生，另一托盘则装着被如此优美地画成黄色的一小块墙面。他觉得自己不小心把前一个天平托盘误认为后一个了。他心想："我可不愿让晚报把我当成这次画展的杂闻来谈。"
>
>他再三重复："带挡雨披檐的一小块黄色墙面，一小块黄色墙面。"与此同时，他跌坐在一张环形沙发上；刹那间他不再想他有生命危险，他又重新乐观起来，心想："这仅仅是没有熟透的那些土豆引起的消化不良，毫无关系。"又一阵晕眩向他袭来，他从沙发滚到地上，所有的参观者和守卫都朝他跑去。他死了，永远死了？谁能说得准呢？当然，招魂术试验和宗教信条都不能证明人死后灵魂还存在。人们只能说，今

---

① Marcel Proust, *A la recherche du temps perdu*, édition publiée sous la direction de Jean-Yves Tadié, Paris : Gallimard, 1987-1989, t. III, p.692.

生今世发生的一切就仿佛是我们带着前世承诺的沉重义务进入今世似的。在我们现世的生活条件下，我们没有任何理由以为我们有必要行善、体贴，甚至礼貌，不信神的艺术家也没有任何理由以为自己有必要把一个片断重画二十遍，他由此引起的赞叹对他那被蛆虫啃咬的身体来说无关紧要，正如一个永远不为人知，仅仅以维米尔的名字出现时艺术家运用许多技巧和经过反复推敲才画出来的黄色墙面那样。所有这些在现实生活中没有得到认可的义务，这似乎属于一个不同的，建筑在仁慈、认真、奉献之上的与当今世界截然不同的世界，我们从这个不同的世界出来再出生在当今的世界，也许在回到那个世界之前，还会在那些陌生的律法的影响下生活，我们服从那些律法，因为我们的心还受着它们的熏陶，但并不知道谁创立了这些律法——深刻的智力活动使人接近这些律法，而只有——说不定还不止呢——愚蠢的人才看不到它们。因此，贝戈特并没有永远死去这种想法是真实可信的。①

　　贝戈特在这幅珍贵的"中国艺术作品"前被征服，甚至在这幅画作前看见了死亡。可假设其与 1902 年普鲁斯特在画面前的感受相通。小说中虚构的作家贝戈特与作者有着相似的经历——在文学之路上受过挫，在看过这幅画之后，他一再用这句话强调自己作品的价值："一小块黄色墙面"——那个"永远不为人知，仅仅以维米尔的名字出现时艺术家运用许多技巧和经过反复推敲才画出来的黄色墙面"正是怀才不遇的作家心境。于是贝戈特说："我也该这样写，我最后几本书太枯燥了，应该涂上几层色彩，好让我的句子本身变得珍贵，就像这一小块黄色的墙面。"贝戈特到死前方才觉悟的书写与色彩的关系，似乎正是普鲁斯特在自己文学创作案头之反思。墙面的色彩之于文学的推敲，就像艺术家精心雕琢的黄色对应着文学家对句子的字斟句酌，这种彻悟自然是贝戈特此生书写时不曾有过的。当他意识到自己的失败时，才靠近了书写在艺术层面的意味，然而无奈死亡临近，那些失败的作品或许只能成为他复活的象征。

　　维米尔的这幅画作中，有穿蓝色衣服的小人物，有玫瑰红色的沙子，以及远处建筑中不同颜色的墙面，其中不同于其他墙面的这一小块黄色定是画家经过反复推敲和研磨所绘制出的颜色，这颜色之珍贵在于它呈现了建筑的仁慈、认真和奉献。为了传达文字推敲之重要性，相当于画家颜色的调制，而再伟大的文学家

---

① Marcel Proust, *A la recherche du temps perdu*, édition publiée sous la direction de Jean-Yves Tadié, Paris : Gallimard, 1987-1989, t. III, pp.692-693.

也无法仅用某种形容颜色的词汇表达此意，普鲁斯特唯有借用真正的色彩，去指谓他所要表达的语言，用房子的颜色标记出对文学创作中字句的打造，这里的"黄色"不仅仅是一只黄蝴蝶的黄，一块上了黄色漆的墙面的黄，也不是黄金的黄，它只能用维米尔画作中所呈现出的黄与作家意欲指谓的文字表达相结合[①]，让我们无法直接意识到的作家觉悟配合画作中的颜色共同产生出意识。让词汇和画作共同传达的东西一道呈现为弥足珍贵的（艺术）启示。

这段书写在艺术层面的意味，应当是普鲁斯特在经历了漫长旅程，看遍风景，洗尽铅华之后的凝练。贝戈特作为小马塞尔所崇拜的作家榜样，临终时终于顿悟，这闪现的灵光，也许就是贝戈特在画作前，以及作家本人在海牙时共同看到的"色彩"，是普鲁斯特从神秘的燧石中敲击出的真相的色彩。绘画艺术依赖于景色，当用文字表达艺术的时候，也有赖于景色或颜色去传达艺术如生命之重的感染力，才能直入情感与灵魂。

四、绘画里的爱情

小说家司汤达在《论爱情》（De l'amour，1822年）一书中，曾提出爱情发展的七个阶段，以及类似"情人眼里出西施"之"结晶现象"：第一次结晶意味着情人用种种美好的幻影来装饰他（她）的爱人，并让此种幻象扩大、反复而得到满足。司汤达的"抽象概念"爱情理论的第一次结晶，在普鲁斯特的小说中，正是斯万之恋淋漓尽致的体现。

《追忆》中有大量对女性装扮和面容的描述，其中不乏细致入微的观察与刻画。小说中的人物斯万有一种特殊的爱好，不仅喜欢从大师的画幅中去发现身边现实的人身上的一般特征，而且喜欢去发现最不寻常的东西。于是他发现奥黛特的样子与波提切利的塞福拉很像："她低垂着头，那双大眼睛在没有什么东西使她兴奋的时候一直现出倦怠、不快的神情。她跟罗马西斯廷小教堂一幅壁画上耶斯罗的女儿塞福拉是那么相像，给斯万留下了深刻的印象。"[②]

奥黛特与塞福拉的相像，日后将在斯万的爱情中产生持久的影响。因为奥黛

[①] 这里笔者借用了纳尔逊·古德曼的观点，他在《艺术的语言——通往符号理论的道路》中写道："如果我问你的房子的颜色，你可以说'红的'，或者你可以给我看一块红色的上漆木片，或者你可以用红墨水写出'红的'。也就是说，你可以用一个谓词来回答，用一个样品来回答，或者用谓词与样品的结合来回答。"参见纳尔逊·古德曼：《艺术的语言——通往符号理论的道路》，彭锋译，北京：北京大学出版社，2013年，第53页。

[②] Marcel Proust, A la recherche du temps perdu, édition publiée sous la direction de Jean-Yves Tadié, Paris : Gallimard, 1987-1989, t. I, p.219.

特从来都不是他适合的对象,但斯万对绘画的喜爱使得奥黛特成为一幅无法估量价值的艺术作品:"从此以后,当他在奥黛特身畔或者只是在想起她的时候,他就总是要寻找这个片段;虽然这幅佛罗伦萨画派的杰作之所以得到他的珍爱是由于他在奥黛特身上发现了它,但两者间的相像同时也使得他觉得她更美、更弥足珍贵。"①

"佛罗伦萨画派作品"这个词,使斯万把奥黛特的形象带进了一个她以前无法进入的梦的世界,并在这里身价百倍。"在小说的剧情中,他(普鲁斯特)借用绘画作为故事建构的手段与素材进行叙述。我们也发现,普鲁斯特对女性之美的喜好也借用了波提切利或佛罗伦萨画派的作品。"②斯万所陷入的爱情并不仅仅是对奥黛特的爱,也是对波提切利绘画中人物的想象的爱。对斯万来说,现实世界的爱情其实是:真正的奥黛特只不过是一个烟花女子,他对她的爱其实仅限于一种想象的形象。

斯万或者小说的作者,借助于画面和视觉,将爱情混合到一个模糊的幻梦中,并成为欲望的寄托。斯万的爱情只有建立在某种美学基础上时,才能得到保障。经由绘画产生想象的爱情,普鲁斯特并非要让我们质疑艺术,也许他还有更深层的原因:"去相信艺术作品可以实现一些真实,让我们去发现本质,而我们无法独自发现这些。斯万之恋中被绘画制造的爱情也许才是爱情的本质。"③

无论是斯万、埃尔斯蒂尔还是小说中以"我"自居的叙述者,以及那些对绘画作品无比熟悉的人,他们都在生命中不断重新发现和思考着他们在绘画中的发现。将绘画作品植入现实本身就是一种隐喻。普鲁斯特在隐喻方面展现出联想与视角的独特融合。隐喻是埃尔斯蒂尔艺术之根基,当他把卡尔克蒂伊港描绘成比喻,即在描绘这座港口时只使用海洋语汇,而在描绘大海时只使用城市语汇。在《追忆》中,普鲁斯特也借莫奈的睡莲描述维福纳河上的睡莲;马奈的芦笋被搬移到贡布雷;而乔托的壁画"善恶图"则被附身于帮厨女工(却不是悲天悯人的神圣形象)。

《追忆》中,因怀孕而发胖的帮厨女工由于腹部多了一件象征而高大起来,她本人却不理解这一象征,脸上并没有丝毫传达美与精神意义的表情。乔托的"善恶图"中的女子是美德的化身,而对作家来说,"善恶图"之所以具有特殊的美,

---

① Marcel Proust, *A la recherche du temps perdu*, édition publiée sous la direction de Jean-Yves Tadié, Paris: Gallimard, 1987-1989, t. I, p.220.

② Kazuyoshi Yoshikawa, *Proust et l'art pictural*, Paris: Honoré Champion, 2010, p.14.

③ Marcel Proust, *Chardin et Rembrandt*, Paris: Le Bruit du Temps, 2009, p.46.

是因为富含隐喻与象征，但象征是无法表现的，在赏画者看来，象征是作为真实来传达的。因而这一隐喻中，普鲁斯特似乎在讽喻"慈悲图"中没有慈悲，有的只是帮厨女工的形象与境遇。现实生活中实际的、痛苦的、昏暝莫辨的女工的形象经由绘画作品隐喻出了奇妙而丰富的寓意："一个人的灵魂往往不参与通过自己才得以表现的美德，这种不参与除了有其美学价值外，也还包含一种真实。"①而现实的形象会因真正的善良变得崇高，这也是他称为隐喻的东西——被画出来的人物让人联想到真实的人，活着的人又会引发被描述的人。

如果说，书写是对世界的描述，绘画是对世界的描绘，那么用文字描述绘画所描绘的世界，是否可看做是对世界的再造？因为这里所涉及的已不仅仅是相似性或模仿的问题，这一书写的方式让再现不再仅仅是一种镜面反射的物理过程，而可被看做一种相对的或可变的符号关系（这里借用了古德曼的说法），再现和描述可以被归结在指谓（denotation）之下。我们看到普鲁斯特在文学作品中借对绘画的描述，甚至可以走向更多不同于或高于模仿和再现的层面，如虚构，如爱情。在第二章，我们也将从艺术再现走向"表现"——如果可以将音乐归为一种表现世界的方式的话。

五、城市

夜晚的大部分时光，《追忆》的叙述者都在回忆往昔，追忆那些他度过美好岁月的场景，他所到过的城市，爱情发生的地方：贡布雷、巴尔贝克、巴黎、东锡埃尔、威尼斯和佛罗伦萨。有时只是将这些城市的名字念上一遍，它们所代表的地方便能激起他心中的愿望，那里是爱情的归宿，是漂亮女人的缩影，愿望都凝练在城市名称的这几个音节之中。哪怕是风雨交加的日子，在佛罗伦萨或是威尼斯，也有让他向往的太阳、百合、总督府或圣母百花教堂。精神充斥着记忆，记忆就像一帧帧画面播放。

普鲁斯特的非自主记忆（由玛德莱娜小点心的味道所引发的贡布雷的记忆，或是在盖尔芒特家高低不平的石板路上所忆起的威尼斯）尤其能让他沉浸在重新发现的失去的过去中。这一启示的效果同样也能描述那些提前进入到被希冀的未来的图像之中。

某些时候，叙述者马塞尔的疾病让他无法去贡布雷度假，父母会选择去诺曼

---

① Marcel Proust, *A la recherche du temps perdu*, édition publiée sous la direction de Jean-Yves Tadié, Paris: Gallimard, 1987-1989, t. I, p.81.

底的海滨浴场度过更有益健康的一段时间。在铁路的指示下，马塞尔拼读出了将巴黎和巴尔贝克海滩分开的所有站名，叙述者迷失在每一个地名所引发的幻梦中。城市中的建筑或雕像，或是每一件艺术品，都能够帮助马塞尔确定这些地方的名字和印象，当艺术品脱离城市进入印象时，便成了有生命的东西，盛开在内心的图景里：

> 我试着在脑子里想象这些渔民的生活，他们在中世纪聚居在这地狱海岸的一角，在死亡的悬崖脚下，又是怎样小心翼翼地、出乎意料地尝试着建立起人与人之间的关系……我可以看它怎样在特殊的条件下，在蛮荒的岩石上，萌芽生长，开出一朵尖尖的钟楼之花。有人令我去看巴尔贝克最著名的雕像的复制品，有头发蓬松、塌鼻子的使徒，有门厅的圣母像，当我想到我有一天可以亲眼看到它们耸立在那永恒的带有咸味的浓雾之间，我都高兴得喘不过气来了。①

这些在脑海中所设想的城市形象是经过改造的形象，是依照城市之名的自身规律重现到脑际的形象。当父母决定带他去意大利北部度假时，马塞尔会尤为兴奋。佛罗伦萨、帕尔玛、威尼斯，这些名字会使他脑海中产生即将要度过的时光的美好图景。当这些提前出现的图像和非自主记忆所产生的图像进行比较时，首先产生的就是它们被"简化"的形象②。当贡布雷、东锡埃尔的图像因为它们所具有的复杂性，和几乎无法汲尽的丰富而让马塞尔沉迷，那么提前出现的图像则仅限于一些底片的显影，是马塞尔在一些旅游书籍或是艺术手册上零星收集到的。因而，威尼斯、佛罗伦萨或帕尔玛的名字，从这一点来说非常有限：

> 那些名字也并不怎么包罗万象；我至多也只能装进每个城市的两三处主要的胜景，而这些胜景在那里也只能单独并列，缺乏中间的联系；在巴尔贝克这个名字当中，就像从在海水浴场卖的那种钢笔杆上的放大镜中，我看到一座波斯风格的教堂周围汹涌的海涛。但也许正因为这些形象是简化了的，所以它们在我身上才能起那么大的作用……佛罗伦萨这个名字当中没有地方装下通常构成一个城市的那些东西，我就只好以我所设想的乔托的天才，通过春天的芳香，孕育出一个超自然的城市来。

---

① Marcel Proust, *A la recherche du temps perdu*, édition publiée sous la direction de Jean-Yves Tadié, Paris: Gallimard, 1987-1989, t. I, p.378.

② Maarten van Buuren, "Proust phénoménologue", *Poétique*, No.148, Paris: Seuil, 2006/4, p.389.

既然我们不能让一个名字占用太多的空间与时间，我们至多只能像乔托的某些画中表现同一人物的先后两个动作那样——前一幅还躺在床上，后一幅则正准备跨上马背——把佛罗伦萨这个名字分成两间。在一间里，在一个顶盖之下，我观赏一幅壁画，那上面覆盖着一块晨曦之幕，灰蒙蒙的、斜照而逐渐扩展；在另一间里（当我想到一个名字时，我并不是想到一个不可企及的空想的事物，而是一个我行将投身其间的一个现实的环境，一个从未经历过的生活，我在这个现实环境中完整无损而纯净无瑕的生活赋予最物质性的乐趣、最简单的场景以原始人的艺术作品中的那种魅力），我快步迈过摆满长寿花、水仙花和银莲花的老桥，好早早地吃上正在等着我的那顿有水果，有基安蒂红葡萄酒的午餐。[①]

画家画笔下的城市，对于尚未亲自前往的马塞尔来说，是这个城市的超自然状态，甚至能从画布中辨认出方向。乔托的画作，仿佛成了两个关于佛罗伦萨形象的展厅，一间呈现的是佛罗伦萨晨曦中的自然景象，另一间则是充满生活趣意的都市即景：老桥上的花卉和令人垂涎的午餐。在但丁时代，佛罗伦萨的名字是Fiorenza——花之都，城市里大教堂的名称是圣母百花大教堂（Santa Maria del Fiore）。普鲁斯特对佛罗伦萨的向往在《追忆》中始终未见满足，现实中也同样，最重要的原因很可能是阿戈斯蒂奈里无法陪同前往[②]，而后来，这位"秘书"消失了。为了将痛苦转移，普鲁斯特最终在小说中用威尼斯代替了佛罗伦萨。

威尼斯这个城市的名字在普鲁斯特的生命中同样始终带有魔力，陌生又熟悉，威尼斯似乎正是他的梦想，创作的主题、精神、灵魂，以及艺术圣地之名。在普鲁斯特阅读拉斯金时，有些句子他反复品味，自那时起，圣马可钟楼所在的城市便成了普鲁斯特的梦想。1900年5月，普鲁斯特与母亲同游意大利，他手捧拉斯金的《威尼斯的石头》参观圣马可钟楼。

在叙述者最初失败的文学尝试中，他渐渐意识到，一系列的失望是种积累，一切价值就在于对主题的选择中、在城市中、在城市的名字所带来的魔力中。威尼斯便是一例。马塞尔对那里充满幻梦，梦想破碎，城市失去灵魂；而画面中重现的梦境，让威尼斯重现，成为神圣的异乡、艺术的天堂。

---

① Marcel Proust, *A la recherche du temps perdu*, édition publiée sous la direction de Jean-Yves Tadié, Paris: Gallimard, 1987-1989, t. I, pp.382-383.

② Annick Bouillaguet, Brian G. Rogers(Eds.), *Dictionnaire Marcel Proust*, Paris: Honoré Champion, 2014, p.388.

《追忆》叙述者对威尼斯的最初印象,也许是来自提香的一幅画,据说背景是环礁湖。威尼斯的印象反复出现在叙述者的脑海中,它是乔尔乔内画派所在地,是提香故居,是中世纪住宅建筑最完善的博物馆,单单是想到这些,他都会感到幸福。从梦想到印象中的幻影,再到遐想,最终威尼斯成了记忆中的艺术作品,威尼斯的主题贯穿了整个小说。当叙述者的父亲即将带着他去意大利旅行,他似乎已然看见"春天的太阳已经把威尼斯大运河的河水染成一片深蓝,染成一片碧绿,当它冲上提香的画作时,简直可以跟画上丰富的色彩比个高下"[1]。然而,因为身体原因,叙述者最终没能成行。他与威尼斯的距离就这样被拉远,那似乎已经闻到的威尼斯海上的冷空气,成了梦中无法形容的特殊空气。

真正的威尼斯,却似乎像睡眠中迷迷糊糊的幻影一般:

> 夕阳早已西下,天似乎全黑了,但由于视觉和听觉一样有持续作用,即使天黑了也看得见天黑前的形象,所以运河上空就像余音萦绕一样,久久回荡着最后一线光亮;多亏这个余音的、看不见的回声,我看见一座座披着黑天鹅绒的宫殿映照在灰蒙蒙的水面上,仿佛永远不会消失似的。[2]

回忆中出现的不再是昔日的印象,更像是旧时的欲望,这欲望愈发加深了他对威尼斯之梦的遐想:

> 威尼斯之梦给我一片遐想。大海犹如一条蜿蜒的河流,曲曲弯弯环抱着一个精心雕琢的城市文明。城池有一条湛蓝的纽带绕着全身,与世相隔,独立发展之中开创了独树一帜的绘画和建筑流派。它是一座神奇的花园,比比皆是彩色的水果和花鸟;它亭亭玉立于大海之中,海水拍击着柱子,为其爽身,而大海又像一对黑暗中永不闭息的蓝宝石的眼睛,投射在重雕的柱头上,使之永远五光十色,斑驳陆离。[3]

当母亲带他真正去过威尼斯之后,生活中留下的亲切印象都是艺术作品,他

---

[1] Marcel Proust, *A la recherche du temps perdu*, édition publiée sous la direction de Jean-Yves Tadié, Paris : Gallimard, 1987-1989, t. I, pp.384-385.

[2] Marcel Proust, *A la recherche du temps perdu*, édition publiée sous la direction de Jean-Yves Tadié, Paris : Gallimard, 1987-1989, t. II, p.444.

[3] Marcel Proust, *A la recherche du temps perdu*, édition publiée sous la direction de Jean-Yves Tadié, Paris : Gallimard, 1987-1989, t. III, pp.913-914.

见到了真正的威尼斯，这座城市对他而言堪比贡布雷：

> 母亲带我去威尼斯过了几星期。由于稀世珍宝和平凡之物都各有其美妙之处，我在威尼斯得到的印象与我过去在贡布雷常有的感受颇为相似，不过如以乐曲相比，前者是后者在完全不同的调式上的搬移，同时也比后者更为丰富。
>
> ············
>
> 在威尼斯这股凉气是由海风吹来的，不是吹到踏级很密的狭小木楼梯里，而是吹到庄严典雅的大理石台阶上，台阶的表面每时每刻都迸射出一线海蓝色阳光，台阶的建筑艺术既吸收夏尔丹的有益教导，又揉进了委罗内塞[1]的风格特点。在威尼斯给我们留下生活的亲切印象的是艺术作品，是那些华美的东西，因此借口威尼斯城举世闻名的部分在某些画家笔下只有一种冷漠的美（马克西母·德托马斯的精美习作除外），便反其道而行之，一味表现威尼斯的贫困面貌，即表现见不到它的辉煌壮美的那些地方，或者借口要使威尼斯显得更亲切、更真实，便把它画得有点像奥贝维里埃[2]，这样做实在是抹杀了这座城市的特点。不少名画家，出于对蹩脚画师笔下那个人工造就的威尼斯的一种自然的逆反心理，专门致力于描绘威尼斯平凡的郊野和被废弃的小水道，认为这才是现实生活中的威尼斯，他们真是大错特错了。[3]

保罗·莫朗曾写道："威尼斯之于普鲁斯特，就是他的无意识之城。我们每个人都被关在污水槽里。"[4] 这个污水槽（des Plombs）出自普鲁斯特自己在《追忆》中的隐喻，指无法意识到，却在自我内心深处的事物：

> 有几次黄昏时分在返回旅馆的路上，我感到过去的阿尔贝蒂娜，虽然我自己看不见，却给关在我心灵的深处，就像关在威尼斯内城的"污水槽"里，有时一件小事使水槽的变得牢固的盖子滑开，给我打开一个

---

[1] 委罗内塞（Véronèse，1528—1588），意大利威尼斯画派的重要画家，其装饰风格与明朗的银色调受意大利18世纪装饰壁画所启发，主要作品有威尼斯总督府会议厅天顶壁画《威尼斯的胜利》。

[2] 巴黎北边的一座小城。

[3] Marcel Proust, *A la recherche du temps perdu*, édition publiée sous la direction de Jean-Yves Tadié, Paris : Gallimard, 1987-1989, t. IV, pp.202-205.

[4] Paul Morand, *Venise*, Paris : Gallimard, 1971, p.124.

通向过去的洞口。①

威尼斯之旅就像一次对无意识的揭示之洗礼，漂浮于水中的城市正是无意识的象征。当叙述者绵绵愁思与文学的实在性问题纠缠不清时，当"我们敲遍一扇扇并不通往任何地方的门扉，唯一可以进身的那扇门，找上一百年都可能徒劳无功，却被我们于无意间撞上了，打开了"，这扇门是当叙述者品尝到玛德莱娜甜点时就已撞上的门，却不知其所以然。而也许正是这"威尼斯高低不同的石板"，以及那天混合着各种不同的感觉时刻，某种突如其来又不容置辩的巧合让叙述者笃定了这扇对的门，就是象征着救赎的，如《圣经》般的威尼斯：

> 我最经常去的地方是圣马可教堂，而且每次都兴趣盎然，因为要去那儿先得乘游艇，因为对我来说这座教堂不只是一处古迹，而且是在春天的海上所作的一段旅程的终点，教堂与海水在我眼里构成一个不可分割的、生气勃勃的整体。母亲和我走进圣洗堂，我们脚下是大理石和彩色玻璃镶嵌的拼花地面，眼前是宽大的拱廊，拱廊的喇叭口形的粉红色壁面因年深日久而微微弯倾，这样，在没有因年代悠久而失去其鲜艳色泽的地方，教堂看上去像是用类似巨大蜂房里的蜂蜡那样一种柔软而有韧性的物质造成的；相反，在岁月的侵蚀使材料发硬的地方，以及被艺术家雕空或用金色烘托的地方，教堂就像用科尔都出产的皮革制作的精装本封面，而威尼斯则像一本奇大无比的圣经。母亲见我要在几幅表现耶稣浸礼的镶嵌画前待很久，而且她感到了圣洗堂沁人肌肤的凉气，便将一条披肩搭在我肩上。我和阿尔贝蒂娜在巴尔贝克时，她对我谈到如果能和我一道观赏某幅画会有怎样的乐趣——在我看来她想象的这种乐趣毫无根据——当时我认为她的话揭示了一种虚无缥缈的幻想，不少思想混乱的人头脑里往往装满了这类幻想。今天我至少可以肯定，和某人一起观赏或至少一起看过一件美丽的东西的乐趣是确实存在的。我有过这样的时刻，即当我回想起圣洗堂，回想起我面对着圣约翰将耶稣浸入其中的约旦河的波涛，而游艇正在小广场前等候我们，这时我便不能不动情地想到，在凉爽的半明半暗中，在我身旁，有一位身着孝服的妇人，她脸上带着卡帕契奥的《圣于絮尔》中那位老妇人的毕恭毕敬而又热情

---

① Marcel Proust, *A la recherche du temps perdu*, édition publiée sous la direction de Jean-Yves Tadié, Paris : Gallimard, 1987-1989, t. IV, p.128.

洋溢的虔诚表情，而这位脸颊红润、眼神忧伤、罩着黑面网的妇人就是我的母亲，对我来说，从此没有任何东西能把她和圣马可教堂那光线柔和的殿堂分开，我确信总能在殿堂里再找到她，因为她在那儿就像在一幅拼花图案中一样占有一个专门的、固定不变的位置。

我刚刚提到卡帕契奥，在我不去圣马可教堂进行我的研究时，他便是我们最喜欢"拜访"的画家，有一天他几乎重新燃起我对阿尔贝蒂娜的爱情之火。那是我第一次看到《慈悲族长为中魔者驱邪》（图 1-2）那幅画。我欣赏着那美妙的肉红色和淡紫色天空，天幕上衬托出高高的镶嵌式烟囱，烟囱的喇叭口形状和它的红色像朵朵盛开的郁金香，使人想到惠斯勒笔下千姿百态的威尼斯。接着我的目光从古老的里亚托木桥移向 15 世纪的维契奥桥，移向那一座座装饰着镀金柱头的大理石宫殿，随后又回到大运河，在河上划船的是一些身穿粉红色上衣，头戴饰有羽毛的窄边软帽的少年，他们酷似塞尔、凯斯勒和斯特劳斯那幅光彩夺目的《约瑟夫的传说》中那个使人想起卡帕契奥的人。最后，在离开那幅画之前，我的目光又回到河岸，这里密密麻麻地呈现出当时威尼斯的生活场景。[①]

由于对现实的回忆与对梦境的回忆之间没有多大的区别，到后来我不禁自问，是否在我的睡梦中，在一块幽暗的威尼斯的凝固体里产生了一个奇异的浮动面，它给久久沉思的月光奉献上一个宽阔的、被迷人的宫殿所环绕的广场。[②]

我从前在圣马克圣洗堂两块高低不平的石板上所经受到的感觉却把威尼斯还给了我，与这种感觉汇合一起的还有那天的其他各种不同的感觉，它们伫留在自己的位置上，伫留在一系列被遗忘的日子中，等待着，一次突如其来的巧合不容置辩地使它们脱颖而出。犹如小马德莱娜点心使我回忆起贡布雷。然而，为什么贡布雷和威尼斯的形象竟能在此时或彼时给予我如同某种确实性那样的欢乐，足以使我在没有其他证据的情况下对死亡都无动于衷呢？[③]

[①] Marcel Proust, *A la recherche du temps perdu*, édition publiée sous la direction de Jean-Yves Tadié, Paris : Gallimard, 1987-1989, t. IV, pp.224-226.

[②] Marcel Proust, *A la recherche du temps perdu*, édition publiée sous la direction de Jean-Yves Tadié, Paris : Gallimard, 1987-1989, t. IV, p.230.

[③] Marcel Proust, *A la recherche du temps perdu*, édition publiée sous la direction de Jean-Yves Tadié, Paris : Gallimard, 1987-1989, t. IV, p.446.

图 1-2 《慈悲族长为中魔者驱邪》

注：*The Patriarch of Grado Exorcising a Demoniac*, Vittore Carpaccio, 1496 年, 蛋彩画, 365 厘米 × 389 厘米, 藏于威尼斯学院美术馆

威尼斯那幽灵般的隐而不见，那可感知、可触碰、沁人心扉，又压在心底总是迟迟无法展现的形象，美得像一高一低的铺路石板和那杯茶水一样让人魂不守舍，让普鲁斯特的心境，就像个闷闷不乐的巴黎人，"离开威尼斯要返回法国时，最后一只蚊子提醒他意大利跟夏天离他都还并不远"[①]。威尼斯的岁月，仿佛是他正要与之告别的不寻常岁月，他努力想要留下，纵使为时已晚，至少在他还有可能的时候留下一个清楚的景象。临行前，他想再看一眼行将消失的景象，就像再看一眼刚刚告别的恋情。

威尼斯，让他体会到了逃脱时间制约的存在片段，虽然这种静观向来存在，却转瞬即逝。威尼斯，或某个城市，也许是我们生活中难得的却唯一丰富而真实的欢乐。作家普鲁斯特用画作中的景色对应城市，似乎画面走在前面，在他的精

---

① Marcel Proust, *A la recherche du temps perdu*, édition publiée sous la direction de Jean-Yves Tadié, Paris: Gallimard, 1987-1989, t. I, p.371.

神中率先绘出一个形象，画的奇异融合于城市的奇妙，增添了面对城市之景时的长情，那如梦似幻的画面合于真实印象，更成为某种无法替代的、不寻常的情感之承载。

第三节　拉　斯　金

普鲁斯特在 1904 年着手翻译约翰·拉斯金的《亚眠的圣经》，1906 年翻译《芝麻与百合》，同时《让·桑德伊》开始孕育诞生并中途放弃。普鲁斯特自将近三十岁起疯狂地崇拜拉斯金，以无比的热情迎合着拉斯金对绘画或教堂的热爱。他跟随拉斯金的足迹，两次去威尼斯，去欣赏贝里尼和卡帕契奥，当他赋予即将要看到的事物以重大的价值，反复思索威尼斯是"乔尔乔内画派的所在地、是提香的故居，是中世纪住宅建筑最完善的博物馆"时，文中的叙述者便感到幸福。其实，法国作家对威尼斯的描写不在少数，例如，斯达尔夫人和夏多布里昂均在作品中提及过威尼斯的美和描绘威尼斯美景的重要画家，普鲁斯特喜爱的作家司汤达也曾将威尼斯描绘成"那个声色犬马的肉欲天堂"[1]，而普鲁斯特对威尼斯的真正热情却源自对拉斯金作品的阅读。拉斯金作品中那种冗长而不带感情色彩的句式，既追寻超常境界，也闪现瑰丽图案的思想，多多少少渗透到了《追忆》的字里行间。

拉斯金作为英国最伟大的作家之一，同时也是开视觉艺术先河的小说家、批评家。1843 年，在《现代画家》（*Modern Painters*）出版之时，拉斯金开始迎来文学上的成功。在这部著作中，拉斯金对画家的支持功不可没，他为英国风景画家透纳赋予了极高的艺术地位。在《现代画家》第二卷，他提出了自己关于艺术的一套完整的理论。《现代画家》第一卷至第五卷的写作出版经历了十七年，直至 1860 年终得全部完成。除了推崇透纳的画作，拉斯金也对建筑，尤其是哥特式建筑充满热情。他曾游历英国、法国、意大利及瑞士等国，这些经历与探访支持他完成了作品：《建筑的诗意》（*The Poetry of Architecture*）、《建筑的七盏明灯》（*The Seven Lamps of Architecture*）、《威尼斯之石》（*The Stones of Venice*，三卷本）[2]。1825~1888 年，拉斯金至少到访法国二十六次，法国之旅

---

[1] Stendhal, *Life of Rossini*, trans. Richard N. Coe, New York: Criterion Books, 1957, p.192.

[2] 《威尼斯之石》的三卷分别名为：*Mornings in Florence*, *St. Mark's Rest*, *The Bible of Amiens*。

为他的作品《建筑的七盏明灯》、《索姆河流域的华丽建筑》(The Flamboyant Architecture of the Valley of the Somme)及《亚眠的圣经》提供了大量的素材。此外，拉斯金还著有社会批评著作：《野橄榄花冠》(The Crown of Wild Olive)、《时间与潮流》(Time and Tide)、《芝麻与百合》等。

普鲁斯特对拉斯金的了解始于何时并无明确记载，但1896年在雷纳尔多·哈恩家中，普鲁斯特已能对拉斯金的著作信手拈来[1]。1893~1903年，普鲁斯特在《会刊通讯》(Bulletin)上发表了数篇拉斯金作品节选的译文。1897年3月1日，《两世界评论》(La Revue des deux mondes)发表了罗伯特·德·拉·西扎雷纳(Robert de La Sizeranne)的文章《拉斯金与美之宗教》，普鲁斯特阅读此文后，这位英国美学家开始带给他强烈的冲击，让-伊夫·塔迪埃将此次阅读看做是普鲁斯特书写转向的标志："他（普鲁斯特）的注意力开始转而依附于美学和艺术史。"[2]可以说，普鲁斯特的美学观在很大程度上形成于对拉斯金的发现与靠近。

当时，拉斯金的作品尚无完整的法语译本，第一部译作《野橄榄花冠》出版于1900年，其后是《建筑的七盏灯》（一卷本），《给未来者言》(Unto This Last)的译本出版于1902年。1900年1月20日，拉斯金去世，普鲁斯特于当年1月27日在《艺术与珍品专栏》(La Chronique des arts et de la curiosité)撰文悼念，其后在《费加罗报》(Le Figaro，1900年2月13日)上，普鲁斯特又发表了《拉斯金在法国的巡礼》(Pèlerinages Ruskiniens en France)[3]。同年4月，在《法兰西信使》上，发表了《拉斯金在亚眠圣母院》。普鲁斯特着手翻译《亚眠的圣经》[4]（1904年）和《芝麻与百合》（1906年），正是出于对拉斯金的缅怀，以及渴望让"那些拉斯金所巡礼过的地方留存有他的灵魂"[5]。他将1900年所写的献给拉斯金的文章合成为《亚眠的圣经》的序言，并在1903年又增加了前言和后记。在这部译著的后记中，普鲁斯特提及了他在1900年5月跟随拉斯金的脚步"巡礼"威尼斯的足迹，其中也包括对拉斯金《威尼斯的石头》章节的解读。在《芝麻与百合》的译本中，普鲁斯特将1905年在《拉丁文艺复兴》上发表的文章作为序言，

---

[1] Marie Nordlinger-Riefstahl, "Proust et le génie de Ruskin" *Arts*, 12-18, octobre, 1955, 1957.

[2] Jean-Yves Tadié, *Marcel Proust I*, Paris : Gallimard, 1996, p.487.

[3] 本书参照的主要是1999年版的《关于艺术的书写》中的普鲁斯特文章节选：Marcel Proust, *Écrits sur l'art*, Présentation par Jérome Picon, Paris : GF Flammarion, 1999. 其中包含了《John Ruskin（Premier article）》《John Ruskin（Deuxième et dernier article）》《John Ruskin, Sein Leben und sein zerken》等短文。

[4] 普鲁斯特翻译《亚眠的圣经》是在母亲及好友雷纳尔多·哈恩，以及英籍表姐玛丽·诺林格（Marie Nordlinger-Riefstahl）的帮助下完成的。

[5] Marcel Proust, "Pèlerinages ruskiniens en France" *Le Figaro*, le 13 février 1900.

此后该序言几经修改，见诸《仿作与杂谈》中。

拉斯金日益进入普鲁斯特的精神生活，拉斯金的著作对普鲁斯特产生了独特的吸引力，尤其是拉斯金建立在"印象之真实"[①]（vérité de l'impression）基础上的艺术和美学理论让普鲁斯特受益匪浅。拉斯金的最重要的主题是关于对可见世界的"阅读"构想，他将中世纪的信仰——自然是上帝之手写就的文本——融入关于图像的语言。可以说，拉斯金坚信自然世界的客体是由上帝为了造人而创造的图像语言。于是这些自然世界的客体就能够通过它们可见的外表——也许是精神品质，也许是带有神性的特征——进行象征化表达。因而，在拉斯金看来，艺术家的任务就在于记录这些"自然文字"（écritures naturelles），并揭示它们的意义，提供一种视觉上的工具，让观者学会"阅读"自然。拉斯金主张的方法是抛开智力，用感受到的印象和无邪的目光发现自然，就像是用盲人突然看见世界的方式，抵达印象的神圣真实。在这关注自然的目光下，在拉斯金的信念中，艺术的最高级形式便是关于自然的画作（尤其是在透纳的画作中登峰造极）及哥特式建筑。后者似乎是模仿上帝之手而造，通过其中的造型及装饰，在雕刻中绘制《新约圣经》中的故事，这些建筑也是可供我们阅读的文本。

拉斯金注意到，艺术家发现了昙花一现的树叶之美、小石子之美，美存在于"你们在夏天的每个晚上，在小径上，山谷的水流旁，在你们曾经最熟悉的地方，都能看到最简单、最寻常、最宝贵的东西"[②]，因而拉斯金笔下的艺术家，具有神圣的天赋——"观看和感受的天赋"[③]。普鲁斯特也同样在寻找一位作为艺术家形象的介质，就像艺术家作为自然与我们之间的介质。在拉斯金的启发下，普鲁斯特也坚信，画家所绘出的美，不是难以置信，亦非超凡脱俗，而只是道出寻常，普鲁斯特将这一信念托付于虚构画家埃尔斯蒂尔的画作。在为《亚眠的圣经》所作的序言中，普鲁斯特写道："一位伟大作家的任务和职责，和译者一样，是具有让我们爱上'美'的本领，是让我们感受到比其他人眼中所看到的事物更多的真实之美，更多的特别之处，以及像我们自身一样脆弱的美。"[④]

其实《亚眠的圣经》的后记中，已开始出现普鲁斯特对拉斯金偶像崇拜的一

[①] 这里的观点及以下有关普鲁斯特与拉斯金的关系探讨主要参考 Autret J, *L'influence de Ruskin sur la vie, les idées et l'oeuvre de Marcel Proust*, Genève : Droz, 1955 ; Bouillaguet Annick, Brian G. Roger(Eds.), *Dictionnaire Marcel Proust*, Paris : Honoré Champion, 2014, pp.886-891.

[②] 转引自 Jean-Yves Tadié, *Marcel Proust I*, Paris : Gallimard, 1996, p.596.

[③] John Ruskin, *La Bible d'Amiens*, traduction, notes et préface par Marcel Proust, Paris: Mercure de France, 1904, p.92.

[④] John Ruskin, *La Bible d'Amiens*, traduction, notes et préface par Marcel Proust, Paris: Mercure de France, 1904, p.92.

些质变，即前者开始渴望成为表达他自己的"印象之真实"的艺术家。尽管普鲁斯特在翻译拉斯金著作的前前后后，曾经写作并发表过多篇关于拉斯金的小文章，《让·桑德伊》中也包含了对拉斯金的重要影射[①]，但在《追忆》中，拉斯金的名字只出现过四次。

《追忆》中第三次提及拉斯金时，正是写到叙述者与母亲在威尼斯期间的生活，而叙述者所做的，恰好是在威尼斯进行有关拉斯金的研究："午饭后，倘若我不独自在威尼斯城里游荡，我便准备和母亲一道外出，为了做点我正在进行的有关拉斯金的研究札记，我到楼上房间去拿本子。"[②]最后一次提及拉斯金，则是絮比安谈到关于《芝麻与百合》的译本："我知道其中的一个故事，这个故事同一本书的书名并非没有关系，那本书我好像是在男爵那儿看到的（他指的是拉斯金的《芝麻与百合》的一个译本，译本是我寄给德·夏吕斯先生的）。"[③]

日本学者 Jo Yoshida 指出，《追忆》的早期版本中，曾有许多关于拉斯金的内容，大多都集中在贝戈特和埃尔斯蒂尔的身上，以及关于巴尔贝克和威尼斯的旅行。"可以说贝戈特的作家形象，以及埃尔斯蒂尔的美学观念中，都有许多重要部分来自拉斯金关于透纳的探讨。"[④]另外，拉斯金关于艺术的诸多见解事实上已在普鲁斯特脑海中形成了其创作的美学根基：印象其实以"图像"的形式印刻在叙述者的灵魂中，那些印象在记忆中日益浮现，因为印象在意识中渐渐"流逝"，它们更需要通过非自主记忆去"重现"。普鲁斯特在《追忆》中让拉斯金隐身，或许也是因为拉斯金曾在《芝麻与百合》中说过，真正伟大的作家不会用直接的手段去表达，而是用隐藏的方式与暗喻的方法。普鲁斯特似乎也是为了避免《追忆》的自传色彩，而刻意逃开拉斯金的名字，但却在字里行间渗透着拉斯金的影子，他在《驳圣伯夫》中写道："存在这样一位先知，虽然并不在这里，但我们不能说他缺席，因为我们随处可见他踪影。这个人就是拉斯金：如果他的雕像不在教堂门口，那一定是在我们心灵的入口处。"[⑤]

---

① Marcel Proust, *Jean Santeuil*, éd. de P. Clarac et Y. Sandre, Paris: Gallimard, Bibl. de la Pléiade, 1971, pp. 556, 572, 887.

② Marcel Proust, *A la recherche du temps perdu*, édition publiée sous la direction de Jean-Yves Tadié, Paris : Gallimard, « Bibliothèque de la Pléiade », 1987-1989, t. IV, p.224.

③ Marcel Proust, *A la recherche du temps perdu*, édition publiée sous la direction de Jean-Yves Tadié, Paris : Gallimard, « Bibliothèque de la Pléiade », 1987-1989, t. IV, p.411.

④ Bouillaguet Annick, Brian G. Roger(Eds.), *Dictionnaire Marcel Proust*, Paris : Honoré Champion, 2014, p.890.

⑤ Marcel Proust, *Contre Sainte-Beuve*, texte établi, présenté et annoté par Pierre Clarac, Paris : Gallimard, 1971, p.105.

第四节　普鲁斯特与印象主义

印象主义（impressionism）是流行于欧洲 19 世纪后半叶至 20 世纪初的一种文艺思潮和艺术流派，其起源应当是克劳德·莫奈的《日出·印象》[1]，其后从绘画运动逐渐进入了美学中的音乐和文学作品或流派。这一源于 19 世纪后半叶法国的绘画流派产生于大自然、水流边——克洛德·莫奈在长时间观察室外光线的变换后，他和他的艺术家朋友发现了光线于画作中浸透的重要性。这一美妙的发现又经自然主义作家浸入了文学作品，并为普鲁斯特所用。

1874 年，被法国学院派剥夺了在官方沙龙举办画展权利的年轻画家举办了自己的画展，展出了一百六十五幅来自莫奈、德加、雷诺阿、毕沙罗、西斯莱（A.Sisley）、塞尚、摩里索（B.Morisot）的作品。这些年轻的艺术家试图摆脱学院派的教条主义和浪漫主义思想，用一种革新的方式创作自己的作品。"他们努力去重新定义人类的感知和艺术的象征，反对千篇一律的复制再现。他们提倡废弃固有色的思想并重新审视这个世界，尝试着去勾勒眼睛真正看到的世界，描述稍纵即逝的感觉印象。"[2]克洛德·莫奈的《日出·印象》在这次画展中展出，"印象主义"一词便源于这幅画作。

绘画开始描绘被画家体会到的印象，被展现的事物充满了感性现实的色彩。如若印象派画家在画一棵树时，更多的是要画出这棵树所产生的效果。他们将客体放在特定而短暂的情境中，将个人情感和主观感受融于画作，现实变成了个体所看到的现实，同样观画者看到的，不再是客观的外部事物，似乎画中的情景就鲜活地出现在眼前。

印象主义绘画经历了初期的被嘲笑和批判之后，于 19 世纪 80 年代开始获得世界范围的认可。1907 年，曾引起极大非议的马奈的《奥林匹亚》在卢浮宫中展出，紧接着是法国古典主义画家安格尔的《大宫女》。普鲁斯特在《追忆》中提到："在他们（上流社会人士）认为是安格尔的一幅杰作和一幅永无出头之日的劣作（例如马奈的《奥林匹亚》）之间存在着的不可逾越的距离已经缩小了，在他们看来，那两幅画现在好似一对孪生姐妹。"[3]

---

[1] 1874 年，莫奈的《日出·印象》在年轻人自己举办的画展中展出，被一位保守的记者在文章中借用去嘲讽这次"印象主义画家的展览会"，印象主义由此得名。

[2] 孙晓青：《文学印象主义》，《外国文学》2015 年 7 月第 4 期，第 108 页。

[3] Marcel Proust, *A la recherche du temps perdu*, édition publiée sous la direction de Jean-Yves Tadié, Paris : Gallimard, 1987-1989, t. II, p.713.

印象主义画家渴望用感性印象代替自古典主义以来艺术对形象的精雕细琢，摆脱自文艺复兴以来的理性、科学而严谨的艺术表现方式，将对客观对象的感受和印象作为主观感受主体，多表现为客观对象在光线下的色彩，他们寻求触摸真相，直观自然，力图追求色彩的自主性和主体性。以法国印象派画家为代表的艺术家在最初的沙龙中，努力地重新展现和定义感知，用自己革新的方式重新审视世界，去把握稍纵即逝的感觉印象，让印象成为"画家在特定时间和特定地点的个人体验"[①]。印象派画家坚持感性现实（而非概念现实），重视视觉和反应的自发性和即时性。印象主义的作画方式通常能保留视线中的真实，似乎画中场景就在眼前呈现。由于绘画中的印象主义率先将人类的主观意识嵌入绘画艺术当中，让绘画成为一种现代艺术和一种领先的艺术形式。

　　印象主义源于绘画，但同时期的音乐、诗歌、哲学和伦理学，以及当时的思想行为都带有印象主义的倾向。1887年，阿卡德莱在评论德彪西的管弦乐曲《春》时，第一次使用了"音乐的印象主义"的概念。音乐的印象主义指通过和声和音色唤起眼睛的感官印象，打破音乐中固有的平铺直叙和被束缚的结构与节奏，通过映射或轻描淡写，利用色彩变化来反映瞬间感受。德彪西成了这一音乐印象派的创立者，而同时德彪西的创作亦受到象征派诗人波德莱尔的诗歌及音乐的象征手法的影响。

　　继印象派画家的革新之后，19世纪后半叶的小说家同样也认识到传统文学的陈旧无法传达作者对个人生活的理解，文学家开始渴望创立一种新的文学，让人类印象照映于文字。印象主义在19世纪70年代进入文学领域。1888年，亨利·詹姆斯在《小说的艺术》中提到："小说，在其最宽泛的定义上就是个人生活印象的直接反映。"[②]詹姆斯认为，"小说是个人化的产物，因此文学创作依赖的是作家充满想象的洞察力，小说创作应该用直截了当的而不是固定的规则去表现现实"[③]。这种新的主张与印象派绘画有着相似的追求，因而福特将这种新的写作观念和技巧命名为"印象主义"。印象主义的观点让小说的创作发生了重要的转变，即以感悟为写作基础。在康拉德和福特的推动下，"文学印象主义"这一术语开始真正地推动西方文学走向印象主义。文学印象主义，被看作是一种高度个性化的写作手法，致力于客观描绘视觉中的瞬间，捕捉模糊而转瞬即逝的感觉印象，并将这一瞬间经验转化为感情状态。用主观和直觉的方式描绘客观现实，将文字付诸

[①] 孙晓青：《文学印象主义》，《外国文学》2015年7月第4期，第108页。

[②] Henry James, *The art of fiction and other essays*, New York: OUP, 1948, p.8. 转引自孙晓青：《文学印象主义》，《外国文学》2015年7月第4期，第109页。

[③] 孙晓青：《文学印象主义》，《外国文学》2015年7月第4期，第109页。

情绪或感知，作家将对外部世界的稍纵即逝的瞬间感受或印象呈现于文本，印象主义用光线和感知联系起了从绘画到文学之路。《牛津美国文学指南》（第五版）将印象主义定义为："一种美学运动，在这个运动中艺术家尝试赋予客观实体以印象……而不是再现客观实体。"[1]

福特曾说：生活不是用来描述的，而是用来使大脑产生印象，在语言中呈现视觉上的冲击，"就像通过耀眼的玻璃看到很多景色一样，印象主义是为了传达一种没有规律的跌宕起伏，这种起伏是真实生活中的场景"[2]。在印象主义文学中，现实成了主体与客体的和谐产物。小说成为印象的产物，用类似印象主义画家作画般的手法写作。

印象在普鲁斯特的写作中同样重要，我们知道他善用光线，偏爱印象，并以对现实的追寻作为小说的精神。在普鲁斯特看来，只有印象，是事实的标准和准则，值得我们用心去理解，深入其间。如果想要成功地获取真理，只能通过这种印象，而不是任何其他事物，它能带给我们一种更加完美的境界和一种纯粹的喜悦。普鲁斯特在用印象主义的技法写作时，展现的主题也与印象派绘画相似：瞬间的印象、丰富的色彩、零碎的片段。普鲁斯特在《追忆》的写作中谈及绘画，仿佛渗透着从艺术走向现实的内涵，他借用莫奈的绘画手段描述现实中的景色，正是在用文学印象主义的手法写作，因为印象是真实的而不是实际的，是理想的而不是抽象的。

这束印象主义的"光线"让世界变得透明和微妙，让事物变得飘忽而空灵。创作文学作品时的普鲁斯特，也正为当时巴黎沙龙中的一些印象派作品着迷。普鲁斯特小说中的事物，浮现于回忆之中的事物，在他的写作构想中，也都将在光线的浸润下呈现，现实世界在这束光线下，不断变换着颜色。在普鲁斯特的小说中，我们看到时而短暂、时而模糊的描述，有些段落的描绘就像是在呈现一幅印象派的油画：

> 这是因为门窗虽然透明，却关闭着，像一个橱窗一样，虽然让我们看到整个海滩，却将我们与海滩分隔开来。天空完全进入门窗玻璃之中，以至天空的蔚蓝色似乎是窗子本身的颜色，那雪白的浮云，似乎是玻璃

---

[1] James D. Hart, *The Oxford Companion to American Literature*, New York: OUP, 1956, p.351. 转引自孙晓青：《文学印象主义》，《外国文学》2015 年 7 月第 4 期，第 110 页。

[2] Madox Ford, "On impressionism", *Poetry and Drama 2*, 1914, p.221。转引自孙晓青：《文学印象主义》，《外国文学》2015 年 7 月第 4 期，第 109 页。

上的毛病。我确信自己是如波德莱尔所说"坐在防波堤上"和"贵妇人小客厅深处",我自问是不是他所说的"普照大海的阳光"就是此刻的这种阳光——与落日的余晖很不相同,那是单纯而表面化的,如同一抹金光而又颤动不已——它像黄宝石一般燃烧着大海,使大海发酵,变成一片金黄而又成乳状,好似啤酒;浮着泡沫,好似牛奶。此处彼处,不时又有大块蓝色阴影游来荡去,似乎哪一位神祇在天空中摆动着一面镜子,将阴影移来移去以自娱。①

作家文字中的光线能让我们看到绵延中起伏与波动、燃烧和游荡的景象。有时,我们身处在现实的、真真切切的倾覆和毁灭之中,光线的游戏也能带来某种视觉上的幻象:

梨树栽成梅花形,比我以前见过的梨树行距要大一些,但梅花瓣更加突出,中间隔着低矮的围墙,形成了巨大的白色四边形。太阳在四边形的四条边上留下了或明或暗的光线,使这些没有屋顶的露天房间看上去就像在希腊克里特岛可能见到的太阳一样;阳光或明或暗地照射在高低不同的台地上,犹如在春天的大海上嬉戏,使这里那里涌出一朵朵亮晶晶、毛茸茸的白花,而泡沫四溅的白花在蔚蓝的树木织成的透光的栅栏中闪闪发光。②

视觉幻象的描写能展现出可见的变化和同一性的干扰,我们似乎在不同物质的融合之中徜徉。为了在静止中表达运动,或是让固定的画面变得鲜活,印象派画家尝试在同一布景中展现一天中不同时间的光线的变化。

普鲁斯特在《追忆》中亦得此法,我们能看到普鲁斯特喜爱的许多印象派画家,尤其是莫奈的技巧与画面。普鲁斯特和莫奈两位作家和画家之间有许多趋同。普鲁斯特所描绘的自然的召唤中充满莫奈的油画影子:水面上飘荡着的睡莲、丁香花、兰花、花园、池塘……最终,自然被印象派手法的书写所描绘,以下这段描述正呼应了莫奈的《睡莲》组画:

---

① Marcel Proust, *A la recherche du temps perdu*, édition publiée sous la direction de Jean-Yves Tadié, Paris : Gallimard, 1987-1989, t. II, p.34.

② Marcel Proust, *A la recherche du temps perdu*, édition publiée sous la direction de Jean-Yves Tadié, Paris : Gallimard, 1987-1989, t. II, p.453.

再往前去，水流渐缓，流经一座业主向公众开放的庄园；主人有偏爱浮莲水草之雅，以此装点庭院，在维福纳河水灌注的一片片池塘中，群莲争艳，真成了名实相符的赏莲园。这一带两岸树木葱茏，团团浓荫通常把水面映得碧绿，但有几次暴雨过后，黄昏分外恬静，归途中我发现河水蓝得透亮，近似淡紫，仿佛涂上了一层日本风格的彩釉。水面上疏疏落落地点缀着几朵像草莓一般光艳的红莲，花蕊红得发紫，花瓣边缘呈白色。远处的莲花较密，却显得苍白些，不那么光滑，比较粗糙，还有些皱皱巴巴，它们被无意的流水堆积成一团团颇有情趣的花球，真像是一场热闹的游乐会之后，人去园空，花彩带上的玫瑰零落漂浮在水面，一任流水载浮载沉。另有一处，仿佛专门腾出一角供普通的品种繁殖，那里呈现一派香芹的素雅的洁白和淡红，而稍往前看，一簇簇鲜花拥挤在一起，形成一块漂浮在水面的花坛，仿佛花园中的蝴蝶花，像一群真正的蝴蝶，把它们冰晶般透蓝的翅膀，停歇在这片水上花坛的透明的斜面上；说它是水上花坛，其实也是天上花坛，因为这花坛为花朵提供了一片颜色比花朵更富丽、更动人的"土壤"——水面；下午，它在浮生的花朵下像万花筒一般闪烁出其乐融融的、专注、静默和多变的光芒；黄昏，它像远方的港口，充满了夕阳的红晕和梦想，变幻无穷，同时又在色彩比较稳定的花朵的周围，始终与更深沉、更神秘、更飘忽不定的时光，与宇宙的无限取得和谐，在那时，它仿佛让这一切都化作了满天的彩霞……[1]

普鲁斯特的印象派风格时刻显现在他对景物或人物的描绘中，大量的片段能让我们联想到印象派画家的画作：在当松维尔的花园，第一次见到希尔贝特时的场景；《在少女们身旁》中，对巴尔贝克的海的描写；写到埃尔斯蒂尔的画室时，普鲁斯特谈到了沙滩、波涛、暗色的墙和水晶岩。

在语言中呈现视觉，用稍纵即逝的印象传达真实生活中的场景，用文学作品讲述大量原初的感受，并给予想象，在艺术效果上比忠实而冰冷的再现更富有内涵。当印象主义来到文学领域，仍然保留着其视觉艺术中的特征：唤醒主观感官上的印象，通过主体艺术过滤某个时间和空间中的特殊景象。作家在文字中表达印象，同时借助色彩、光线和视角的选择等并置手法，让小说成为印象的产物，

---

[1] Marcel Proust, *A la recherche du temps perdu*, édition publiée sous la direction de Jean-Yves Tadié, Paris: Gallimard, 1987-1989, t. I, pp.167-168.

呈现出人类经验中真实而无序的状态,让读者置身于真真切切的、瞬时的场景之中,从而能从内部感受小说所传达的经验。将不同碎片粘贴并置的手法,能产生意义丰富的特殊艺术效果,正如英国印象主义小说家福特所说,现代艺术的整个体系都是因为发现了并置作用才构建起来的。

在普鲁斯特的作品中,主观描述始终处于首位,将细微的、通透的感知和印象集合,要远比简单的陈述更触及心灵。所以,再微不足道和模糊的素材,在普鲁斯特看来都值得用心去理解。基于印象忠实感觉的原则,普鲁斯特在写作时往往游离于各种印象,总是在不同场景片段中穿插,似是用画家的画笔搬移瞬间的印象,丰富的色彩和零碎的片段叠加出一幅表现主体印象的文字画卷。

作家为了创造空间化的瞬间去展示印象,必须在场景片段中来回穿插,将过去和现在融合在一起。普鲁斯特的文学更需要借助和模仿印象主义画家的并置手法,将相互关联的事件或事物并列,制造出共时性的空间效果。为了表达写作中不断涌现的印象,普鲁斯特也需要一位画家帮助他呈现和转达这种印象主义的再现观念,于是虚构的印象派画家埃尔斯蒂尔自然而然地变成了小说家的腹语者和代言人。

第五节 画家埃尔斯蒂尔

易卜生在《我们死人再生时》(When we dead awaken,1899 年)中,安排了一位艺术家为主人公,这位艺术家用自己的全副精神完成了一幅雕像,名为"复活日",艺术家说道:"我那时年纪还轻,不懂得世事。我以为这'复活日'应该是一个极精致,极美的少女像,不带着一毫人世的经验……但是我后来那几年,懂得些世事了,才知道这'复活日'不是这样简单的,原来是很复杂的……我在那座子上掉了一片曲折爆裂的地面。从那地的裂缝里,钻出来无数模糊不分明,人身兽面的男男女女。这都是我在世间亲自见过的男男女女。(第二幕)"[①]

胡适曾在分析该幕剧作时,认为先前那不带一毫人世罪恶的少女像,指的是盲目的理想派文学,而那些模糊不分明、人身兽面的男男女女,则是指现实派文学,作者的目的是要让读者读到他眼中的世事与事实。艺术作品作为文学家的代言人,从理想少女到现实男女,隐喻着艺术在文学中用生动的形态充实着文本里的世界。

---

① 转引自胡适:《我的信仰》,北京:中国工人出版社,2013 年,第 51-52 页。

《追忆》中，作为主人公之一的虚构画家"埃尔斯蒂尔"的出现，意味着艺术理想与真实世界同现于虚构，也意味着绘画的空间性在书写的时间性（或关于"时间"的书写）中转化。通过书写将画家的艺术归并，带来了一种类似狄德罗关于夏尔丹静物的评论，以及对开放艺术的话语危机之解决方案，同时也开拓出一条走向革新的文本之路。被创造的埃尔斯蒂尔身上集合了不同画家的影子，他的"绘画"方式也体现了近半个世纪艺术发展史的变迁："埃尔斯蒂尔的三种方法，其中包括受日本和印象派绘画影响的神话方式，是1850~1910年绘画艺术的综合再现。"[1]虚构的埃尔斯蒂尔与其代表作《卡尔克迪伊的海港》共同构成虚构的文本，模仿着画作的诞生行为，在真实的世界内部形成多重隐喻。

福柯说，"语言与绘画之间的关系是无止境的"[2]。通过参照及画面隐喻来完成的描绘，能将二者结合。首先画作本身具有名称，这一名字起到流传的作用，没有变化，无法更改。名字是缺乏含义的符号，如果名字是虚构的，就像埃尔斯蒂尔的名字一样，只存在于"可能的世界中"，名字是由它们的灵感来源的原型所产生出的抽象概念。贝尔纳·武尤（Bernard Vouilloux）曾论证，塞尚是一位真实的画家之名，同时也意味着一位卒于1906年的画家，他的名字已然成为历史；而埃尔斯蒂尔则意味着所有《追忆》的读者脑海中的一位画家人物。无论塞尚还是埃尔斯蒂尔，无论名字是真实还是虚构的，它们总是参照或根据相同的模式操作，由名字的赠予开始，走向社会交流中形式的遗馈。[3]普鲁斯特曾建立过关于人名及地名研究的诗学，根据拼写构词的四种区分（近音、同音异义、韵脚及变化移动字母位置构成的词），画家的名字埃尔斯蒂尔（Elstir）这个名字应当属于最后一种，由埃勒（Helleu）和惠斯勒（Whistler）组合而成，同时这两位画家也是埃尔斯蒂尔（可能）的原型。

当保罗·克利渴望用其所有的能力记录肉眼所见时，说道："我看到它，它让我尽力去说出，通过它，我感觉比以往走得更远，在画布上重新辨认，一片阴影，我只能为它命名，只能去描述它。"[4]当普鲁斯特第一次提到埃尔斯蒂尔的《卡尔克迪伊的海港》时，实则完成了类似保罗·克利所说的三重创作行为——在画布上重新辨认，（用名词和名词补语构成的短语完成的）命名的呼应，即绘画描写的记录（或为画命名的初衷），以及与画作相关的创作与观看状态：

---

[1] Nayla Tamraz, *Proust portrait peinture*, Paris: Orizons, 2010, p.9.
[2] Michel Foucault, *Les mots et les choses*, Paris: Gallimard, 1966, p.25.
[3] Bernard Vouilloux, *La peinture dans le texte, XVIIIe-XXe siècle*, Paris: CNRS Language, 1994, p.25.
[4] Bernard Vouilloux, *La peinture dans le texte, XVIIIe-XXe siècle*, Paris: CNRS Language, 1994, p.95.

最近几天他（埃尔斯蒂尔）刚画完一幅画，这幅画表现的是卡尔克迪伊海港，我对这幅画凝望良久。例如，在这幅画中，埃尔斯蒂尔就让观众对这种比较有思想准备，他对小城只使用与海洋有关的语汇，而对大海，只使用与城市有关的语汇。要么房屋遮住海港的一部分，要么捻缝的水塘，甚至大海深入陆地成为海湾，在这巴尔贝克一带常有这种情形。从修建了城市的前突尖角那边，房顶上露出桅杆（就像房顶上露出烟囱或教堂的钟楼一样），好似屋顶构成了船只，成了船只的一部分。然而，这又具有城市特色，是在陆地上修建起来的。其他沿防波堤停靠的船只更加强了这种印象。船只那样密密麻麻挤在一起，竟然可以站在这只船上与另一只船的人聊天，而分辨不出他们是分开的，也分辨不出小的间隙，这捕鱼的船队还不如克里克贝克的教堂那样好像属于大海。克里克贝克的教堂，远远看上去，四面被水包围，因为人们看不见城市。在阳光和海浪有如尘土飞扬之中，教堂好像从水中钻出来一般，宛如白石或泡沫吹鼓而成，系在富有诗意的彩虹腰带上，构成一幅不真实而又有神秘色彩的图画。在前景的海滩上，画家想到了办法使人们的眼睛习惯于在陆地和大洋之间辨认不出固定的界限、绝对的分界线。几个壮汉正在把船只推向海中，他们既在海浪中奔跑，也在沙滩上奔跑。黄沙被打湿，仿佛成了水，映出船体。就是海水也不是齐平地往上涨，而是循着海岸的曲线上溢。远景更将沙岸撕成条条缕缕，一艘在茫茫大海上行驶的船只，被军舰修造厂快要完工的工程掩住了一半，竟像在城市中航行了。在岩石中捡拾海虾的妇女，因为四周都是水，又由于她们置身于岩石筑成的堡垒后面，地势较低，海滩（在最接近陆地的两端）降到了海平面上，她们倒像在海内岩洞之中了。这海内岩洞上部伸向船只和海浪，本身却在奇迹般分开的波涛翻滚中开辟出来并受到保护。虽然整个画面使人对海港产生海洋进入陆地之中，陆地具有海洋性质，人则成了两栖动物这样的印象，但是大海元素的力量仍然到处迸发出来。在防波堤入口处，岩石旁，大海喧嚣的地方，从水手的辛苦中，从船只倾斜成锐角卧在高耸的船坞、教堂、城市中的房屋前，有人回到城市，有人从城市出海打鱼中，人们感觉到他们艰苦地在水上奔忙，好似骑在马背上一般。这匹马性情暴躁，健跑如飞，如果他们不够机敏和灵巧，那牲口一抖擞，就会将他们掀翻在地。

一群游人兴高采烈地乘坐一只小船出海，小艇摇摇晃晃，像一辆蹩脚的马车。一个天性快活的水手，同时又很聚精会神，犹如用缰绳驾驶马匹一样驾驭着小船，张开有力的风帆。每个游客都乖乖地坐在自己的位置上，以便船只不要一侧过重而倾翻。在阳光灿烂的田野里，在绿荫覆盖的名胜区，人们也是这样奔跑着滚下山坡的。虽然下过暴雨，但是是风和日丽的上午。甚至人们还能感觉到平稳不动的船只享受着阳光和荫凉，在大海那样平静的部分，要保住这完美的平衡需要制服什么样的强大阻力。大海那样平静，比起由于阳光的作用似乎已经蒸发的船体来，水中的倒影似乎更结实、更真实。远景使船体显得更鳞次栉比。或者更准确地说，我们还没有提及大海的其他部分。这些部分之间差异很大，就和某一部分与出水的教堂及城市后面的船只之间差异很大一样。这边暴风雨，漆黑一片；稍远一些，色彩鲜艳，有天空，而且与天空一样如同涂上了釉彩；那边，阳光、云雾和泡沫使大海那样雪白，那样连成一片，那样具有土地气息，那样具有房屋的假象，人们甚至会以为那是一条石路或一片雪原。可是人们又看到那石路或雪原上有一条船，不免吓了一跳。船只悬在陡坡上，停在旱地里，好像一辆马车刚刚走出涉水而过的地段正在晾干。可是，过了一会儿，人们又在这结结实实的高原那高低不平的辽阔平面上，看见了一些摇摇晃晃的船只。这时人们才醒悟过来，这还是海，而这各种景象都是真实不爽的。①

根据 J.蒙宁-霍南（J. Monnin Hornung）的论著《普鲁斯特和绘画》②，这幅《卡尔克迪伊的海港》至少由六幅画组合而成，其真实作者有透纳、莫奈、马奈和布丹。然而，无论以哪个真实的画作作为模板，在这命名的洗礼之后，虚构的画作已进入了虚构作品的规约，在《追忆》所再现的（虚构/可能）世界中展示。

奔跑的渔夫既像是在沙滩上奔跑，也像在海浪中奔跑；拾海虾的妇女好似身处海内的岩洞里；茫茫大海上的船只好像在城市中航行。通过绘画技法的转换，埃尔斯蒂尔也在这幅画作中，将大地和海洋彼此对调，将这两种毗连的景象变换，

---

① Marcel Proust, *A la recherche du temps perdu*, édition publiée sous la direction de Jean-Yves Tadié, Paris : Gallimard, 1987-1989, t. II, pp.192-194.

② Juliette Monnin-Hornung, *Proust et la Peintune*, Genève: Droz; Lille: Giard, 1951.

陆地似海，海洋似陆。"他对小城只使用与海洋有关的语汇，而对大海，只使用与城市有关的语汇。"画家去除了它们本身的名字，为了回到这个他产生"智力之观点"的"真正的印象"的伊甸园，这一真正的印象也只有画家本人才会有，因而他模仿上帝命名的方式，赋予了它们一个名称。普鲁斯特模仿上帝的方式命名，不是出于任意或专断，而是建立在艺术的动机之上，用"赠予"式的再创造发挥了写作的充分功能。这也是普鲁斯特为隐喻下的独特定义——用一种现实取代另一种现实，用来自印象的现实取代只是作为智力产物的现实。

在叙述的庞大组织中，普鲁斯特对艺术作品插入想象，并进行细致入微的刻画，这种艺术想象的插入减慢了情节速度，同时也切断了文本，除了观看埃尔斯蒂尔的画作外，《女囚》中在维尔迪兰夫人的晚宴上聆听凡德伊的七重奏也具有同样的效果。他的虚构文本让自己的艺术想象与细枝末节的生活碎片、转瞬即逝的生活点滴结合起来，融为一个经过素材重整和再造之后的艺术品。

在普鲁斯特看来，风格即"视线问题"，这也证明了埃尔斯蒂尔的重要性，因为这位画家承载了作家的美学创造之方式。埃尔斯蒂尔带有与普鲁斯特不同的另一种天才的特征，他能将艺术革新，并创造出相继的新的世界，就像普鲁斯特在扩大、分化、多样化方面的志趣与天赋。埃尔斯蒂尔集合并展现着普鲁斯特所喜爱的画家的特色，他不仅仅是一个变化万千的万花筒，也是一间真正地填充了绘画艺术品的博物馆，在这座博物馆中，交替展示着神话画家、象征画家、肖像画家、日本主题、象征主义画家的画作，他也一定是一位印象派画家，或许是莫罗、马奈、埃勒、惠斯勒、透纳、莫奈及维亚尔（Vuillard）的附身。

当普鲁斯特第一次走进埃尔斯蒂尔的画室时，将这里描述为"世界上某种创新实验室"，画家在其中创造着一个新的世界。普鲁斯特将埃尔斯蒂尔作为"画家模特"，让这位画家不仅仅是绘画，同时也是在试验色彩与技巧融合的风格。《卡尔克迪伊的海港》是普鲁斯特所绘制的一幅理想的作品，既非莫奈也非马奈的作品仿作，而是一个大杂烩，仿佛吸取了所有印象派画家的精华。在这幅画作中，普鲁斯特创造了一幅文学化的印象派绘画。另外，《卡尔克蒂伊的海港》也与夏多布里昂在《墓畔回忆录》中对布列塔尼大海和陆地的描写异常相似。

埃尔斯蒂尔在小说中成为一位创造者，在叙述者看来，就像是一位类似上帝的神。如果没有这个人物，叙述者也许就无缘见到他从未见过的、被创造的景色。通过与埃尔斯蒂尔的联系，马塞尔明白了现实也可以成为主观，同时只有通过艺术，现实才能与其他事物联结。印象派画家埃尔斯蒂尔帮助叙述者马塞尔发现了这个独特的世界：

自埃尔斯蒂尔开始作画起，我们已经经历了人们称为自然景色和城市的"精彩"摄影阶段。业余爱好者在这种情况下使用这个形容词到底指的是什么呢？要想说明白，我们就会看到，这个形容词一般是用来指一个熟悉的事物所呈现的奇特形象。这个形象与我们司空见惯的不同，奇特然而又是真实的，因此对我们来说倍加引人入胜，因为这个形象使我们惊异，使我们走出了常规，同时又通过唤起我们一种印象使我们回归到自己。[1]

埃尔斯蒂尔的画作并非完全忠实于现实，因为他画的是他所感受到的现实，因而其艺术作品并非现实的复制。每一位画家都有区别于其他画家的专属的世界，这个世界只能通过本能去创造。艺术家的功能就是揭开遮蔽外在世界的某些角落的幕布，如此，艺术便能为自然服务，让事物呈现于艺术世界。

一个独辟蹊径的画家，一个独树一帜的艺术家，要像这样受到公认，必须采用眼科医生的治疗方法。用他们的画或小说进行治疗不总是令人愉快的。治疗结束后，医生对我们说：现在请看吧。我们看见的世界（不是被创造一次，而是经常被创造，就像一个独出心裁的艺术家经常突然降世一样）同旧世界大相径庭，但一清二楚。[2]

艺术作品无须从自然中寻找其根源，艺术家将印象与画面合并，从其自身深处汲取出作品之源。画家亦能看到遮挡于我们视线背后的特殊性。

只是（玫瑰花）真容半露，是因为埃尔斯蒂尔先得把花移植到我们不得不老待在里面的内（心）花园来，然后才能看花作画。在这幅水彩画里，他表现了他看到的，而且若没有他，别人绝看不到玫瑰花的显圣……[3]

创造者须将感知展现，将他的印象还原。于是，对象开始离开现实，进入艺术家的内在领域，而这个领域是艺术家所忠实再现的主观领域，像所有印象派画家一

---

[1] Marcel Proust, *A la recherche du temps perdu*, édition publiée sous la direction de Jean-Yves Tadié, Paris: Gallimard, 1987-1989, t. II, p.194.

[2] Marcel Proust, *A la recherche du temps perdu*, édition publiée sous la direction de Jean-Yves Tadié, Paris: Gallimard, 1987-1989, t. II, p.623.

[3] Marcel Proust, *A la recherche du temps perdu*, édition publiée sous la direction de Jean-Yves Tadié, Paris: Gallimard, 1987-1989, t. III, p.334.

样，埃尔斯蒂尔也选择了这条内心之路。这一方法也呼应了麦兹（Jesse Matz）在《文学印象主义和现代主义美学》（Literary Impressionism and Modern Aesthetics）[1]中的观点："印象不是感官的，也不是思想的，而是对两者调解。"[2]

第六节　普鲁斯特与画家

细数普鲁斯特提及或喜爱的画家，将会列出一个长长的名单。《追忆》中出现过一百三十多位画家的名字，像是一座绘画博物馆里的画家名录，从文艺复兴到弗拉芒派，从荷兰到威尼斯，从宗教画家到印象派画家：波提切利、卡帕契奥、乔托、蒙塔尼亚、伦勃朗、莫罗……J.蒙宁-霍南在20世纪50年代的研究中提出，"普鲁斯特关于绘画的书写可以看作是围绕三位画家进行的：乔托、波提切利和埃尔斯蒂尔"[3]。其中，乔托之伟大无须多言，他也是众多画家喜爱的艺术家，如高更和凡高；波提切利在19世纪90年代非常时髦；而埃尔斯蒂尔则是普鲁斯特所创造的画家，从他身上，能看到19世纪50年代到1910年左右，绘画艺术的不同方法和风格演变的痕迹。在普鲁斯特的书写中，这些画家的名字总是毫无预期地出现，信手拈来。一行诗句，一个场景或景色，某个人物甚至是人物的神态轮廓，他都能在绘画作品中迅速地找到关联。

博物馆中的画幅是按流派和年代分类的，世纪的光阴铭刻在画卷上；但写作不同，它能超越时间的印记，将静止不动的图像和渐行渐远的画家变成唾手可及的形象，用来源于生活的情形，将凝固在画布上的形象和画布背后的艺术家调和。普鲁斯特便是通过这种调和，通过直觉的衔接，让绘画艺术及画家成为其小说积极的素材及文化元素，正如朱利安·格拉克所说："一个时期的艺术，由文学传递着一切产生积极影响的因素；绘画使生活有时变得愉悦，但不会改变什么。众多书籍却年复一年地在传递着，改变着。因为文学，特别是小说，本质上给出了一些可能的建议，这种可能只会在意愿上改变，而绘画却不能给出什么建议。"[4]

绘画不能给出建议，却能赐予赏画者不同的功用和意义。当普鲁斯特和挚友

---

[1] Jesse Matz, *Literary Impressionism and Modern Aesthetics*, Cambridge:CUP, 1973.
[2] 转引自孙晓青：《文学印象主义》，《外国文学》2015年7月第4期，第110页。
[3] Juliette Monnin-Hornung, *Proust et la peinture*, Genève : Droz; Lille : Giard, 1951, p.35.
[4] 朱利安·格拉克：《边读边写》，顾元芬译，上海：华东师范大学出版社，2015年，第3页。

让·谷克多在卢浮宫中参观蒙塔尼亚的《圣塞巴斯蒂安》后，除艺术之外，他还体会到了友情与爱情。圣人被剑扎满的裸体，刺激着普鲁斯特的切身感受，如同他和吕西安·都德在一起时受虐般的感受。谷克多用荷马史诗的最后一首"荷马的帕拉斯"描述过那一刻燃烧的热情，也让普鲁斯特在余生中，反复回味这个灿烂的早晨，"阳光用剑刺穿圣塞巴斯蒂安"①的时刻。此刻的艺术联结的是感知，将两位痛苦的情人融于同一感受。而当他们被各自丢回到孤独中时，愈发能感受到对艺术的心灵相通和与现实之间的差异所带来的心灵疾苦。这种疾苦，将在普鲁斯特小说中幻化成怒恨与倒错，从这种意义上来看，也印证了格拉克的这句"真正的小说和绘画有关系"②，小说和绘画没有什么不同，都是在鲜活灵动和死气沉沉之间做出调和，那么是否可以说小说家和画家没有不同之处？格拉克认为，从与艺术的关系的本质上看，由于内在的不同，作家几乎与所有艺术家分离。

一、普鲁斯特与莫奈

莫奈带着他的《日出·印象》登上了神坛，开创了欧洲艺术史的全新时代，并成为印象派的鼻祖。他的色彩分割法，能让水面荡漾，"连作"画法能在同一空间中表现时光流逝。而他画的睡莲，则能让画布的空间无限延伸。加斯东·巴什拉评价莫奈说："在莫奈生活中所有活动及其艺术追求，他都是引领世界的美之力量的侍从和向导。"③

世界要被看见：在"看"的眼睛存在之前，是在水中倒影里被看。正是在这"看"的反射中，世界获得了对自己的美的最初意识。睡莲立于水，它是夏天之花，标志着夏天真正来临。待到九月睡莲花去，那就是漫长寒冬的信号。莫奈用画笔赋予那花儿永恒，也是画家在讲述青春之水的故事。当《睡莲》在1909年展出时，亨利·盖翁在《新法兰西杂志》的七月号上发表文章："一幅画作对于德加或是塞尚也许足矣表达他们的技法与感知，然而莫奈需要一组画，在空间中作画，或者如果我可以这样说——在时间中作画。"莫奈首先是一位创作系列画作品的艺术家。因为对于这位印象派大师来说，一幅画无法展现在他眼中变化的景象。在《睡莲》之前，是1891年的《干草垛》(*Les Meules*)系列，1892年的《白杨树》(*Les Peupliers*)

---

① Claude Arnaud, *Proust contre Cocteau*, Paris : Grasset, 2013, pp.80-81.
② 朱利安·格拉克：《边读边写》，顾元芬译，上海：华东师范大学出版社，2015年，第3页。
③ 加斯东·巴什拉：《梦想的权利》，顾嘉琛，杜小真译，上海：华东师范大学出版社，2013年，第21页。

系列中的十五幅风景画，1895 年二十多幅《鲁昂大教堂》，以及《塞纳河流经吉维尼旁》（Bras de Seine près de Giverny，1897 年）。莫奈在《睡莲》中运用了同样的方法，并于 1900 年和 1909 年完成了最重要的两组。1904 年，《泰晤士河水景》（Vue de Tamise）及 1912 年的《威尼斯风景》亦是出自这种手法。

据说，莫奈作画就像巴尔扎克写作，他不等待良好的情绪，并无刻意计划，每天所作的每一幅画都带给他新的怀疑、新的挣扎。因此，印象主义并非出于莫奈教条式的意图，而是他的个人感觉和个人体验。莫奈在 19 世纪 90 年代为自己确立了一个准科学目标：记录光线在一天中的不同时刻和不同天气作用于同一对象的效果。

某一天，莫奈想使天主教堂成为真正属于空间的产物——在实体中是空间，在石块构成的核心中也是空间。整个天主教堂在发蓝的薄雾中被蓝色材料筑成，即薄雾本身在蓝天中变成的那种蓝色。莫奈的《鲁昂大教堂》在蓝色的转移中、在蓝色的炼金术中充满活力。莫奈对蓝色的运用赋予了教堂生命，我们在教堂的两座塔楼中，感受到了教堂辽阔的空间在各种蓝色色调中颤动。在无数细微差异的蓝色中，教堂同薄雾的种种运动互为响应。教堂似乎长出翅膀，呈现出各种蓝色的翅膀，翅身微颤。教堂周边消失的一小部分，在柔和中背离了几何线条。"一时的感受不可能造就出灰色石头转为天蓝色石头的变化。这位伟大画家必是隐约听到了元素变化的炼金术之声。他把一个石头制成的静止世界造成了一个蓝光场景。"[1]

另一种元素的想象又一次吸引了画家的意愿。莫奈欲将天主教堂变成一块吸光的海绵，在其根基和各个建筑装饰中吸收落日的褐石色。于是在另一幅新画中，"教堂是一颗柔和的星，一颗浅黄褐色的星，是安睡在温暖阳光中的生命。原先教堂塔尖接受着空间元素，在更高空中变换色彩。现在，瞧，塔尖更近地面，更具尘世气息，有一点像炉灶石头中留着的一堆火在燃烧"[2]。

对形态和色彩的欣赏滋养着对能量与元素的思考。从一幅画到另一幅画，从空间的画到阳光的画，画家实现了物质材料的转化变动，将色彩植入物质材料中。莫奈在画中，描绘出每件事物的流逝感，呈现为一种坚实性和一个骨架（图 1-3、图 1-4）。

---

[1] 加斯东·巴什拉：《梦想的权利》，顾嘉琛、杜小真译，上海：华东师范大学出版社，2013 年，第 52 页。
[2] 加斯东·巴什拉：《梦想的权利》，顾嘉琛、杜小真译，上海：华东师范大学出版社，2013 年，第 53 页。

图 1-3 《鲁昂大教堂·晨光》

注：*Cathédral de Rouen, façade et tour d'Albane, effet de matin*, Claude Monet，1894，布面油画，106 厘米×74 厘米，藏于波士顿美术馆

图 1-4 《鲁昂大教堂·落日》

注：*Cathédrale de Rouen, au soleil couchant*, Claude Monet，1892，布面油画，100 厘米×65 厘米，藏于巴黎马蒙丹·莫奈美术馆

要将对外物的欣赏纳入人的深刻想象，对艺术作品的欣赏也同样，它们都滋养着创作的萌芽，将"思"融入最柔和、最简洁、最顺从于其他元素的现实中去，是需要真心诚意和长期与之为伴的耐心，如巴什拉所说："长久梦想才可理解宁

静的水。"①

外物之元素对"思"的影响可能是久远的,其作用可能是隐喻的。正如水、火、空气和土长期以来为哲学家所用,以巧妙地思考天地万物,这些元素也依旧是艺术创作的原则。画家对元素进行"思"之索求时,作家亦展开其"思"之摄取。正是在这一艺术品归属于元素的宇宙力时,我们感受到艺术正在趋向一种"统一性"、一种"一致性"。

在《追忆》第一卷《贡布雷》中,叙述者也像莫奈一样,选择了在某个星期天的三个不同时间去描述圣伊莱尔钟楼色彩的变化:

> 从我的房间望去,我只能见到它外铺石板的塔基;但是,在炎热的夏季的某个星期天早晨,我一看到那些石板像一团黑色的太阳在烨烨放光,我就会想:"天哪!九点钟了!"……因为我确切地知道太阳照临广场时是什么颜色……做完弥撒……那时我们眼前的钟楼周身披着灿烂的阳光,金光闪闪、焦黄诱人,简直像一块硕大无比的节日奶油面包,它的塔尖直戳蓝色的天空。黄昏时,当我散步归来……这时钟楼反倒因为白日已尽而显得格外温柔,它倚着苍白的天空,像靠在深褐色的丝绒坐垫上似的,天空在它的压力下微微塌陷,仿佛为它腾出地方安息,并且裹住了它的四周。②

普鲁斯特用同一天中的三个时间展现钟楼的不同色彩,其灵感应当是源自"鲁昂大教堂"——克洛德·莫奈在1892～1894年完成的由五十幅画组成的系列作品。这组系列画所展示的也正是在同一天中,从清晨到日落不同光线下的教堂外表。我们虽不确定普鲁斯特是否真正去欣赏过莫奈的"鲁昂大教堂"组图,但在普鲁斯特的《让·桑德伊》中,对莫奈所画的教堂有所提及。在《驳圣伯夫》中,普鲁斯特谈到巴尔扎克的写作手法时,提到巴尔扎克在一种艺术形式中构思另一种艺术:"不妨想象一下今天某个文学家,他想以各种不同的手法,前后二十次表现同一主题,并要求有某种深沉感,精妙感,力量感,重压感,新颖感,强烈感,就像莫奈画的五十幅鲁昂大教堂或四十幅睡莲。"③

为了展示不同光线或不同层次下的共同主题,一幅画是不够的,于是莫奈需

---

① 加斯东·巴什拉:《梦想的权利》,顾嘉琛,杜小真译,上海:华东师范大学出版社,2013年,第54页。
② Marcel Proust, *A la recherche du temps perdu*, édition publiée sous la direction de Jean-Yves Tadié, Paris: Gallimard, 1987-1989, t. I, p.64.
③ 马塞尔·普鲁斯特:《一天上午的回忆——驳圣伯夫》,沈志明译,北京:北京燕山出版社,2006年,第149页。

要同时在空间和时间中完成作品。而《睡莲》系列也是莫奈按照组图的形式画了四十八幅不同时间、不同光线下的睡莲。莫奈在时间中绘画，这也是触动普鲁斯特内心艺术价值的原因，因为"时间"正是他文学创作的第一主题，《追忆》甚至是以"时间"主题作为开端和告终。因为我们周围的一切都在永恒流逝，对普鲁斯特来说，"真正有价值的，就是每一天，每一分钟都在改变的存在"[①]。作家意欲借用画家的技法，用文字描述色彩在时间流逝中带来的感知，与时间抗争。用永恒的画面抵抗时间的流逝，而画面镶嵌在记忆中，成为雕刻般的隐喻。对时间流逝的追寻必然呼应着"回忆"。普鲁斯特"把许许多多的回忆如同把一幅幅图画汇集在一起，每幅画表现一定的时间和空间，在画面上'时间以空间的形式出现'"[②]。

二、卡帕契奥或威尼斯画派

拉斯金自 1869 年前后[③]开始对卡帕契奥进行专注的研究，卡帕契奥的画作激发着拉斯金写作中的个人记忆与情感维度。作为拉斯金的追随者，在普鲁斯特笔下，卡帕契奥和维米尔、乔托或是波提切利一起扮演着重要的角色。对于无论是否熟悉或是亲眼欣赏过卡帕契奥画作的读者来说，在普鲁斯特的作品中，这位画家的画作似乎都能触发想象、增强文字的色调或是场景的真实性。卡帕契奥对于普鲁斯特的文学作品或是个人的艺术喜好都无比重要，其原因有二："首先，从普遍领域来看，卡帕契奥的绘画是艺术的所有形式中最具代表性的，在绘画领域，意大利画派（尤其是佛罗伦萨和威尼斯）最受瞩目，远比法国或荷兰的画派更辉煌。其次，卡帕契奥很特别。"[④]如果我们在对《追忆》的阅读中，看到卡帕契奥的重要性在小说中不断增强，也是因为对于普鲁斯特来说，卡帕契奥的角色早已超越了画家的身份。

卡帕契奥第一次出现在《追忆》中，是在贡布雷——贝斯比埃大夫女儿的婚

---

① Alberto Beretta Anguissola, "Proust et les peintres italiens", *Marcel Proust, l'écriture et les arts*, Paris : Gallimard. 1999, p.34.

② 马塞尔·普鲁斯特：《一天上午的回忆——驳圣伯夫》，沈志明译，北京：北京燕山出版社，2006，第157页。

③ 拉斯金在他的画家朋友博恩·琼斯（Edward Burne-Jones, 1833-1898）影响下，于 1862 年开始注意到卡帕契奥，1869 年开始研究卡帕契奥。参见 Susan Ricci Stebbins: " 'Those blessed days': Ruskin, Proust, and Carpaccio in Venice", Christie Mcdonald, Fransois Proulx(Eds.), *Proust and the Arts*, Cambridge: Cambridge University Press, 2015, p.76.

④ Annick Bouillaguet, "Entre Proust et Carpaccio, l'intertexte des livres d'art", *Proust et ses peintres*, études réunies par Sophie Bertho, Amsterdam-Atlanta : Editions Rodopi B. V. 2000, p.95.

礼上，盖尔芒特夫人那从"坏家伙希尔贝"的彩色玻璃窗射进来的阳光般的目光，以及她略含羞涩的微笑，就像一位女王面对她的臣民：

> 她的眼睛像一朵无法采撷的青莲色的长春花；我虽无法采撷，她却是馈赠给我的；已被一团乌云挡去半边的太阳，仍竭尽全力把光芒投射到广场上和圣器室，给为婚礼铺设的红地毯增添一种肉红色的质感，使羊毛地毯长出一片粉红色的绒毛，多了一层光亮的表皮；盖尔芒特夫人微笑着走在地毯上面，那种温柔、庄重、亲切的气氛，渗透了豪华而欢快的场面，类似歌剧《洛痕格林》①中的某些片段，类似卡帕契奥的某几幅油画，同样使人认识到波德莱尔为什么能用甜蜜这个形容词来形容铜管乐的声音。②

普鲁斯特从《在斯万家那边》之初便开始引出卡帕契奥，一方面，卡帕契奥名字的出现意味着色彩的多样，是引发叙述者记忆的视觉换喻，"那种温柔、庄重、亲切的气氛"，"豪华而欢快的场面"，对于普鲁斯特来说，就是"卡帕契奥的某几幅油画"。卡帕契奥的名字在普鲁斯特的字典里似乎成了威尼斯狂欢庆典仪式的同义词。另一方面，卡帕契奥的油画也能与作者的音乐记忆——瓦格纳歌剧《洛痕格林》中的某些片段——相串联。例如，叙述者在看拉贝玛的戏时，感到心醉神迷，就像在威尼斯泛着小舟欣赏提香的圣母像或是观看卡帕契奥的系列画《斯基亚沃尼的圣乔治》。

> 威尼斯的卡帕契奥，《菲德尔》中的拉贝玛，这是绘画艺术和戏剧艺术中的杰作，它们所具有的魅力使它们在我身上富有生命力，使我感到卡帕契奥和威尼斯、拉贝玛和《菲德尔》③是融为一体的。④

普鲁斯特也将卡帕契奥的风格及其作品借用给虚构画家埃尔斯蒂尔，阐述其绘画风格及思考：埃尔斯蒂尔和卡帕契奥一样，喜欢把相像的人物画入画中；他

---

① 瓦格纳的第一部突破传统形式的歌剧，1850年首演于魏玛，取材自德国传说：洛痕格林救出布拉邦特公主，并与她相爱、结婚，后又因出身问题离开了她。

② Marcel Proust, *A la recherche du temps perdu*, édition publiée sous la direction de Jean-Yves Tadié, Paris : Gallimard, 1987-1989, t. I, p.176.

③ 17世纪古典主义剧作家拉辛的悲剧。

④ Marcel Proust, *A la recherche du temps perdu*, édition publiée sous la direction de Jean-Yves Tadié, Paris : Gallimard, 1987-1989, t. I, p.433.

用卡帕契奥的画作代表盛大晚宴的场景；将卡帕契奥画中的宫女形象看作陀思妥耶夫斯基作品中的女性。

在一次次递进的描写中，卡帕契奥及其作品逐步充实和丰满，普鲁斯特对这位画家的喜爱也渐渐浓郁饱和。卡帕契奥不仅和马塞尔喜爱的威尼斯结合，也与叙述者所爱的阿尔贝蒂娜相联结：

> 我刚刚提到卡帕契奥，在我不去圣马可教堂进行我的研究时，他便是我们最喜欢"拜访"的画家，有一天他几乎重新燃起我对阿尔贝蒂娜的爱情之火。那是我第一次看到《慈悲族长为中魔者驱邪》那幅画……我看到理发师在擦拭剃须刀，黑人扛着木桶，伊斯兰教徒在聊天，还有身穿锦缎和花缎宽大长袍，头戴樱桃红丝绒窄边软帽的威尼斯贵族老爷。突然我的心好像被蜇了一下……那个凄凉的日子，她在最后一封信里把它称为"格外晦暗的日子，因为当时已暮色苍茫，而我们又即将离别"，当我叫她出发时，随时准备应付各种情况的她，披上了一件福迪尼设计的斗篷，第二天就带着这件斗篷走了，自那以后我在回忆中再也没看到过这件斗篷。然而福迪尼，威尼斯的天才儿子，正是从卡帕契奥的这幅画里吸取了斗篷的式样，把它从编织行会会员的肩上取下来披到了众多巴黎女子的肩上，当然她们像我在此以前一样不知道这种斗篷的式样古已有之，人们能在威尼斯艺术学院的一间大厅里，在那幅题为"慈悲族长为中魔者驱邪"的画上，在处于画的近景的一群贵族老爷们身上看到它的原型。我认出了所有这一切，而且那件被忘却的斗篷为了让我更好地审视它，把那晚和阿尔贝蒂娜出发去凡尔赛的人的眼睛和心灵还给了我，于是在片刻间，我感到一种无法表述的欲望和忧伤涌上心头，但很快就消散了。[①]

画家只专注于画布与画中人物，而作家虽无法真正显示人物的形象，但反而更能随心所欲，他可以让阿尔贝蒂娜带着卡帕契奥的《圣于絮尔》中那位老妇人的表情，让文学作品中的脸对应起他所喜爱的卡帕契奥画面上的脸，这种对应在片刻间，能产生出无法描述的欲望与忧伤；作家同样也曾让奥黛特的脸进入波提切利的《摩西传》，"他（斯万）按照15世纪西斯廷小教堂的墙上那样用色粉颜料把她的肖像画好以后，想到她这会儿就在身旁，坐在钢琴边，随时准备接受亲

---

① Marcel Proust, *A la recherche du temps perdu*, édition publiée sous la direction de Jean-Yves Tadié, Paris : Gallimard, 1987-1989, t. IV, pp.225-226.

吻和交欢，想到她是个有血有肉的人，活生生的人时，他就如痴如狂，双眼圆睁，下巴伸出像是要吃人，扑到波提切利笔下这个少女身上，把她的面颊拧将起来"[1]。人脸，因其与视觉的关联（眼睛）而与绘画相关[2]，也因为有了绘画所带来的关联，阿尔贝蒂娜这个人物便无法和画面中圣马可教堂那抹柔和的光线分开，这个人物在卡帕契奥的画作中拥有了专门的、固定的位置，纵使爱情逝去，叙述者所拥有的、由画作带来的精神上的兴趣却无法很快消散。

作为拉斯金的追随者，卡帕契奥对普鲁斯特来说是威尼斯画派最重要的艺术家，相较而言，提香、乔尔乔内、维罗内塞、贝利尼[3]等画家对于这位作家的重要性都在其后，拉斯金推崇的另一位画家丁托列托[4]，也仅在《追忆》中出现过一次[5]。普鲁斯特对威尼斯画派艺术家的引用多是为了唤起叙述者的威尼斯之梦——让叙述者像爱一个人一样，深刻地爱着这座城市。其中，画家提香在小说中代表着欲望——参观威尼斯与肉欲的欲望。提香之于普鲁斯特，就像波提切利之于斯万，是叙述者对阿尔贝蒂娜或其他女性的情欲之媒介。提香的老师乔尔乔内的画作也有相似的作用——与普特布斯太太的贴身女仆的美貌相关联："我可从来没有见过那么漂亮的造物。我想她像乔尔乔内画中人吧。"[6]委罗内塞[7]的画面，常与普鲁斯特对天空的景象或是西沉的夕阳描写相关联："天空显得沉重，与蒙塔尼亚或委罗内塞笔下那几乎形成巴黎时髦的某些天空十分相像。"[8]

---

[1] Marcel Proust, *A la recherche du temps perdu*, édition publiée sous la direction de Jean-Yves Tadié, Paris : Gallimard, 1987-1989, t. I, p. 234.

[2] 正是声音与听觉的关联，使耳朵与音乐相关。德勒兹提出，声音发自嘴，因而是语言运作不可或缺的要素。参见雷诺·博格：《德勒兹论音乐、绘画与艺术》，李育霖等译，台北：麦田出版社，2016年，第四章，"脸"。

[3] 乔凡尼·贝利尼（Giovanni Bellini，1430—1516），威尼斯画派奠基人，乔尔乔内及提香均是贝利尼的学生。贝利尼的画作注重自然景色的描写和作品抒情意味的表达，他也是第一位用画布作油画的威尼斯画家，其主要作品有《哀悼基督》《圣母子》《湖中圣母》《神的欢宴》等。

[4] 丁托列托（Tintoretto，1518—1594），文艺复兴后期威尼斯画派重要画家之一。

[5] 在谈到斯万喜欢从大师的画幅中发现身边现实的人们身上的特征："在丁托列托的一幅肖像画中发现迪·布尔邦大夫脸上被浓密的颊髯占了地盘的腮帮子、断了鼻梁骨的鼻子、炯炯逼人的目光，以及充血的眼睑。"参见Marcel Proust, *A la recherche du temps perdu*, édition publiée sous la direction de Jean-Yves Tadié, Paris : Gallimard, 1987-1989, t. I, p.219.

[6] Marcel Proust, *A la recherche du temps perdu*, édition publiée sous la direction de Jean-Yves Tadié, Paris : Gallimard, 1987-1989, t. III, p.94.

[7] 委罗内塞（Véronèse，1528—1588），意大利威尼斯画派画家，他画过数幅《钉上十字架》，文中提到的蒙塔尼亚也画过一幅《钉上十字架》，普鲁斯特应该在卢浮宫参观过二者的作品。

[8] Marcel Proust, *A la recherche du temps perdu*, édition publiée sous la direction de Jean-Yves Tadié, Paris : Gallimard, 1987-1989, t. II, p.6.

雅克·朗西埃在《词语的肉身：书写的政治》中说："一方面，艺术在生活之中，艺术创作是为生活服务的，另一方面，生活的目的在于模仿艺术。"[1]后者也许就是普鲁斯特将生活与艺术家的作品相关联的尝试，让小说中的生活成为对艺术的模仿，因为威尼斯在普鲁斯特心目中犹如天堂，与之紧密相关的威尼斯画派的大师及他们的作品，也就更容易成为普鲁斯特将生活投射于艺术之模仿的对象——他让马塞尔看到卡帕契奥画中人的表情；让艺术爱好者斯万爱上的奥黛特，长着乔尔乔内画作中的面孔；他也能让巴黎的天空变成委罗内塞笔下沉重的色彩。

三、伦勃朗与夏尔丹

1895年，24岁的普鲁斯特写了一篇没有标题且没有完成的文章。这时的他即将开始文学创作，并且希望在专栏文章、短篇小说、散文诗、编年史小说或是诗歌方面寻找一条出路。这时的他还没有成为拉斯金的译者。他所发表的只不过是一些中学时代的短文或简短的几页文字。在这篇用普鲁斯特的话说带点"艺术的哲学研究"式的文章中，他对夏尔丹和伦勃朗两位画家进行了一些"哲学的探讨"。

按照普鲁斯特自己的说法，写"伦勃朗与夏尔丹"的初衷，是想"试着展示伟大画家如何探索对外部世界及对爱情的理解，为何是他们将我们眼前的世界打开，拆掉遮蔽着的围篱"[2]。他将夏尔丹作为改变我们生活的人去研究，想看看我们生活中的静物，在平凡的日子里，有怎样的魅力和智慧能借由绘画所展现。这是普鲁斯特人生中第一篇关于艺术批评的文章，其中就有八页献给了夏尔丹。

普鲁斯特想象出一位对每天的现实生活有些厌倦的年轻小伙子，建议他去参观卢浮宫，并且专门驻足夏尔丹的画作前："静物在夏尔丹笔下变得生机勃勃。就像生活本身，它总能向你讲述某些新鲜的东西，让你感到炫目的幻象，使你获得启示的神秘；当你将夏尔丹的画作作为教义去领悟之后，每天的生活便会充满魅力；你便会明白，参透了夏尔丹的绘画真谛，便领悟了生活之美。"[3]而后来在《追忆》中，普鲁斯特也同样热衷于描述"贡布雷"的静物，或是将画面借给埃尔斯蒂尔。可以说，对夏尔丹绘画的欣赏和研究也在一定程度上奠定了《追忆》中的美学观：对于真正的艺术家来说，主题无所谓是否有意义，体裁无所谓是否得

---

[1] 雅克·朗西埃：《词语的肉身：书写的政治》，朱康，朱羽，黄锐杰译，西安：西北大学出版社，2015年，第185页。
[2] Philp kolb(Ed.), "lettre à Pierre Mainguet". *Correspondance*, Paris: Plon, 1970-1993, t. I, p.446, novembre 1895.
[3] Marcel Proust, *Chardin et Rembrandt*, Paris: Le Bruit du Temps, 2009, p.13.

体。这样的美学思考也将逐渐演化成埃尔斯蒂尔的美学观的一部分。

普鲁斯特在这篇短文中描绘了夏尔丹的若干幅画作。例如，摆放了各种食物的"餐台"，这幅画的场景在《追忆》中被搬移到巴尔贝克旅馆的餐桌上。而另一幅"鳐鱼"——被开膛破肚、硕大的外廓、殷红的血、淡蓝色的神经和白色的筋腱，就像一座彩色的海上教堂——则出现在这张旅馆的餐桌上。这一遥远的隐喻，等待了数年，终于摆放在《追忆》的餐桌上，用于呈现日常生活之美。在他看来，人们熟悉的事物和面孔都存在魅力，对真正的艺术家来说，每一种样式都是有趣的。寻常事物在艺术家的目光中显现出它神圣的美，曝光出永恒的图像。面对夏尔丹画笔下的现实生活，我们重新发现了美。

如果说这时的普鲁斯特还在为文学的形式犹豫，我们至少在这篇文章中看到了后来的《追忆》的两个重要形式：一位浑然不知的年轻人和对绘画作品的细致描述。这个年轻人与《追忆》的叙述者，以及热爱艺术的作者之间，实现了一种融合。写作者像一位导师一般引领懵懂而不懂欣赏的观察者去欣赏（夏尔丹的）绘画作品，以这样的方式揭示艺术的作用，陈述现实生活与（绘画）艺术的关联。

这篇文章的后半部分转向了伦勃朗——一位超越了现实的画家。在伦勃朗的画作中，美，不再依存于事物，也并非源于事物本身，而是完全来自画作中的光线，以及画家的视线。依伦勃朗的画作引出了支撑客体之美的"光线"，以光线实现过渡和转变，普鲁斯特从纯粹的客体走向主观领域，而这一转向在《追忆》中，则表现为从外部走向内部的隐喻。伦勃朗的绘画作品通过光线对外部世界进行美化和修饰："当他借用光观察事物时，他所看到的就会变得饱满充满深意，很适合引导他做出其他深邃的观察；当我们触摸到某种崇高性的时候，也就是他正经历快乐的时刻，因为我们这些观者也要发生灵感或奇想了。"[1]

1898年，普鲁斯特在阿姆斯特丹参观了伦勃朗画展，这次参观中看到的《贝特萨贝》（*Bethsabée*，1643年）在《追忆》中便有所提及。1895年写"伦勃朗与夏尔丹"时，普鲁斯特更多地关注伦勃朗油画中所体现的对生活内在之探索。而这次参观之后，这束"光线"更让"外部世界转变成了我们从未见过的神秘与未知的美"[2]。伦勃朗对光线的描绘方式不再被看作其艺术特征，更是解释其艺术作品的可感知信念。被观察的事物在画作中成为一种印象、一种乍现，这也正是普鲁斯特透过东锡埃尔或是巴黎的窗户所观察到的，他看到外部事物中开始带有

---

[1] 马塞尔·普鲁斯特：《那地方恍如梦境》，冷杉译，北京：金城出版社，2013年，第33页。
[2] Annick Bouillaguet, Brian G. Rogers(Eds.), *Dictionnaire Marcel Proust*, Paris : Honoré Champion, 2014, p.849.

伦勃朗的风格："弥漫在画作上金色的光线就是那天思考时的情形；在这光线中孕育出其他深刻的观察，并向艺术家证明，快乐就是我们触碰到某个高处的东西时的迹象。"[1]这种快乐就是叙述者在看到马丹维尔钟楼时的心情，这种情感的辐射正是完全进入某一感受时所产生的迫切经验，让人能在一瞬间发现自己命运的意义或是世界真相的经验。也许普鲁斯特就是从这里开始发现了某种艺术的真谛，并不存在于客体中，而是存在于精神中。然而，精神若要推动艺术产生，又必须经由某些事物——带给他精神愉悦的事物。普鲁斯特在践行这一美学观的路上心无旁骛，因为他已然领悟到现实是内在的，只有摆脱表象，深入精神生活才能产生艺术品。

"伦勃朗与夏尔丹"中，这位年轻人在平凡的一天中，经由绘画的启示重新观察世界，并从夏尔丹到伦勃朗，走向自我深处去探寻的过程，与《追忆》开始时的叙述者几乎有相同的心境：在平凡的一天，玛德莱娜小甜点浸入茶水中的一刻获得了整个世界的秘密。而这样的艺术批评对于普鲁斯特来说，不是单纯的对画作的描述，而是告诉我们，对观看者来说，绘画作品究竟是什么："艺术作品在表象之下，与人类心灵及事物的核心靠近。"[2]

绘画的过程，是不同画家凭借鲜活的意识，去证明瞬间产生的强烈的快乐。画家通过对周围世界图像的了解，去表达这种快乐，通过再现使之成为深刻而永恒的瞬间。这种再现展现出了对外部世界形象的某种抽离或提升。我们都体会过快乐和瞬间的愉悦，却不了解一个画面就可以使它重建和释放？普鲁斯特告诉我们：艺术家在他所创造的成功作品中，给了他所展现的对象生命。就好像金属和陶瓷都是活的，静物和水果也可以开口讲话。我们必须承认生命感知与缺乏永恒的昙花一现的特定联系，将客体转化为永恒的时候，普鲁斯特并没有简单地停留于某一时间，他在《追忆》中必须解决感知与消逝的矛盾——通过对记忆的恢复[3]。而记忆就像我们某时某地看过的一幅图画。绘画因所展现的事件或人物，因它们特征中的自然吸引力或带有自然的装饰特征，以及场景的纯洁性，充满了吸引力。诗画相融，回忆直通当下。

---

[1] Jean-Yves Tadié, *Marcel Proust I*, Paris: Gallimard, 1996, p. 541.
[2] Jean-Yves Tadié, *Marcel Proust I*, Paris: Gallimard, 1996, p. 403.
[3] 普鲁斯特对于时间与空间的探讨，笔者另有拙作《经典的诞生——〈追忆似水年华〉文学批评研究》，北京：外文出版社，2011年，参阅第44-52页，第80-86页。

第二章　逝去的时光与音乐

我们可以借由音乐所表达出来的、具有普遍性的旋律，聆听到意志内心最深处的声音。

——叔本华

第一节　文学与音乐

在西方音乐中，音以"旋律""和声""节奏"三种现象出现。丰子恺先生曾做过一个形象的比喻：这里有一条河，不舍昼夜地流去，这流水就是"旋律"。流水的声音，有时是汤汤的，有时是琴琴的，这时候可以听到水自己有一种拍子，仿佛是脚步声，这便是"节奏"。河的两岸有不绝变更的景色：有时经过广的原野，有时绕过绿的林木。或者通过一带白杨，或者吻着两岸笑兮的花一路流去：这种在水旁边移动的物象，就是"和声"①。这一水流的比喻恰似普鲁斯特所书写的"似水年华"一般，时光如歌，回忆附和，时而浅唱，时而停歇，像一首交响乐、一首老歌、一首诗。

音乐是一种典型的抽象艺术，其抽象性与非物质性与文学的追求相契合。音乐以其最直接的方式模仿着人类之本源——心灵的状态。音乐像是无字之语，文字似是旋律之音。音乐作为一种强而有力的艺术形式，自席勒、施莱格尔、赫尔德和叔本华以来的德国浪漫主义肇始，展现出其鲜明的发展特征："神秘的渴望、热情的欲望和超验的直觉。"②而文学的言语则承载着抒情的声音，表达着由内而外的张力和距离，这些在文字中爆发的声音将文学的语言转变成了带有音乐性的

---

① 丰子恺：《音乐与人生》，北京：海豚出版社，2015年，第5页。
② 杨革新：《音乐与诗歌的互动：〈啃噬心灵的牙齿〉述评》，《当代外国文学》2015年第2期，第155页。

文本。音乐因其艺术的升华方式能辅助文本提升情感的强度，同时也能以音乐的节奏和旋律渗透情感并控制情感，让文本带有音乐非物质性的文学性。

音乐与文学，这两个词总能令人联想到一些词汇：诗歌、节奏、和谐、旋律、和声、歌颂、吟唱……它们的相呼应或是相类比，甚至是相遇和融合能带给人类美的享受。音乐家德彪西曾说："音乐开始于言语无力表达之时？我并不这样认为。"[①]德彪西在这里其实是将音乐和文学共同置于表达的层面，提出了两种"语言"之间的美学关系。若从符号系统来看，音乐之中本身就包含着词语（或者说语言）[②]，如通过"术语"表达音乐记谱中的速度和基调：急速的（allegro）、徐缓的（andante）、活泼的快板（allegro vivace）、热烈的快板（allegro spiritoso）、活泼的小行板（andantino mosso）、优雅的小行板（andantino grazioso）、哀婉而沉着的（affetuoso e sostenuto）等。反之，诗歌、小说或传记的文本也可被视作音乐记谱中的字符，古德曼说，"在音乐中，作品是遵从字符的那类演奏。在文学中，作品是字符自身"[③]。如果说，对绘画的语言描述与绘画本身的联系显得比较"松散"，那么对音乐的语言描述则与音乐之间有着某种双向关联和双重再现。

雅克·朗西埃将言语的本质看成是言语和音乐的二维构成，他说，"文学仅作为音乐和文学存在"[④]。音乐是缄默的，它排斥喋喋不休，即它排斥言语本身。也正因此，音乐才想要表达一切："通过启示，通过音色和节奏的相似性，它的加速和缓慢，铜管乐器的碰撞，木管乐器和弦乐器伴随着独特音色对世界的幻象，以及它们与灵魂的内心剧的呼应。"[⑤]音乐要创立的是可感知的精神之纯净国度。朗西埃将这种被音乐化的艺术看作是艺术将它的沉默与发声方法的客观性中"最为内在的主观性的表达"[⑥]的统一。音乐艺术不可见的生成过程，是对沉默书写的无声认同。从巴尔扎克的类似"预言家"或是"专家的""观看"书写，到福楼拜的风格的视线，"观看"的行为是让句子变得不可见，变成看不见的声音，成为音乐。正所谓"音乐是意志的直接表达"（叔

---

① Claude Debussy: "Réponse à l'enquête de Fernand Divoire", *Musica*, mars 1911; Claude Debussy, "Monsieur Croche et autres écrits", *L'Imaginaire*, Paris, Gallimard, 1987 (1ère éd. 1971), pp. 206-207.

② 纳尔逊·古德曼曾提出，音乐乐谱包含广泛的语言。参见纳尔逊·古德曼：《艺术的语言——通往符号理论的道路》，彭锋译，北京：北京大学出版社，2013年，第138-169页。

③ 纳尔逊·古德曼：《艺术的语言——通往符号理论的道路》，彭锋译，北京：北京大学出版社，2013年，第161页。

④ 雅克·朗西埃：《沉默的言语》，臧小佳译，上海：华东师范大学出版社，2016年，第149页。

⑤ 雅克·朗西埃：《沉默的言语》，臧小佳译，上海：华东师范大学出版社，2016年，第147页。

⑥ 雅克·朗西埃：《沉默的言语》，臧小佳译，上海：华东师范大学出版社，2016年，第129页。

本华语）[①]。从感受功能的角度而言，对文学、音乐或绘画的阅读、观看或聆听，都会产生与情感相关的审美经验，如果说艺术是模仿，审美经验则像是一种抚慰。当特别的色彩和音符在文字中结合，引发出特别的情感时，或许能够成为最具智力和激动人心的艺术经验。

其实，音乐与文学之间的关系同样由来已久，从古希腊到中世纪，音乐和诗歌一直是统一体，音乐作为诗的附庸，依赖诗中的人物和意象。但在现代，诗歌不再有被歌唱的必要，诗人与音乐家之间开始产生分离与冲突，并且在不断地分道扬镳。就二者相配合的角度来看，象征主义时代似乎是文学与音乐之间关系的黄金时代，也是二者相互竞争的时代。文学与音乐之间关系的思考，可以追溯至柏拉图和亚里士多德为代表的古代文明时期，经历整个中世纪，于18世纪行遍英国、德国和法国。对这一关系的思考可以被看作是以理论化的方式对两种艺术进行真正的比较批评。德国浪漫主义开始将音乐置于各种艺术之巅（模仿的传统理论将音乐放在第三等级，在诗歌与绘画之后），而美学思考则在19世纪将音乐作为艺术的理想形式。或者可以说，二者之间的关系越是分离，它们之间所能产生的联合就越是有更多的可能性。

20世纪，布朗（C. S. Brown）在1948年的著作[②]中将有关文学与音乐的思考，即音乐—文学研究从比较美学的领域引入了比较文学的范畴，并在20世纪下半叶不断发展。语言学开始对这一问题产生兴趣，格律研究同时触及了这两种艺术方式。同时，音乐理论也在文本与音乐之间建立起关联，"文学—音乐的关系"成为音乐理论目录索引中的条目。

在写作者的笔下，音乐往往是对真实的或想象的音乐家进行参照，例如，乔治·桑的《康素爱萝》[③]及托马斯·曼的《浮士德博士》[④]；或是对一些音乐

[①] 雅克·朗西埃将音乐作为对文学沉默书写的认同行为，参见雅克·朗西埃：《沉默的言语》，臧小佳译，上海：华东师范大学出版社，2016年。

[②] Calvin S. Brown, *Music and Literature: A Comparison of the Arts*, Athens: The University of Georgia Press, 1948.

[③] 乔治·桑为"肖邦的情人"，其信手拈来的音乐知识让小说内容丰富而饱满。在这本小说中，主人公康素爱萝是一位虚构的威尼斯女歌唱家，在被未婚夫抛弃后，她跟随音乐家波尔波拉一起追求梦想，并遇到了自己真正的爱情和安慰。

[④] 《浮士德博士——由一位友人讲述的德国作曲家阿德里安·莱韦屈恩的一生》，简称《浮士德博士》。小说主人公是个作曲家，即莱韦屈恩，生活在19世纪末（1885年）到20世纪上半叶（1940年），享年55岁。他死后，从小和他一起长大、就学，后来又一直保持联系的挚友蔡特布罗姆从1943年开始，为这位作曲家写传记，追记他的一生和经历。这位挚友在中学任教，是个古语文博士，他是小说中第一人称叙述者，其实就是托马斯·曼自己。小说中的这位作曲家，似乎在隐喻19世纪末到20世纪上叶（希特勒上台发动第二次世界大战并把德国带向崩溃）的德意志民族。

作品的参照，这些作品通常也是真实的或是虚构的，能够将客体变成一种艺术搬移，如巴尔扎克的《冈巴拉》①和《玛西米拉·多尼》；同样，它也可以表现为音乐的结构方式，可与音乐形式类比：以托马斯·曼的《托尼奥·克勒格尔》，或是赫尔曼·黑塞的《荒原狼》中的奏鸣曲形式为例证；还有保罗·策兰的《死亡赋格》②，或是德·昆西的诗散文《梦之赋格》③中的赋格；雷蒙·格诺的《风格练习》④，以及约瑟夫·维因赫伯⑤的《荷尔德林式颂歌变体》（*Variationen auf eine Hölderlinsche Ode*）中的主题及变奏；还有乔伊斯在《尤利西斯》中美人鱼章节里的回旋曲；罗曼·罗兰的《约翰·克利斯朵夫》的交响乐模式⑥；米兰·昆德拉在《小说的艺术》（1986年）和《被背叛的遗嘱》（1992年）中，则着力追求一种"多声部小说"，让音乐创作的"复调"进入小说的诗学结构。⑦更常见的方式是诗歌（诗句或散文）中或是在诗意表达中的"音乐性"研究，这种研究总是被理解为一种隐喻的"类似性"（analogon）研究，以马拉美的诗作，《骰子一掷，不会改变偶然》为代表。

总的来说，文学与音乐的关系通常呈现为三种维度：音乐与文学的合作，音乐在文学中的存在，以及文学在音乐中的在场。⑧在普鲁斯特的写作中，文学与音

---

① 主人公冈巴拉是个天才音乐家，却因过度狂热走向了自身的反面，成了"疯子"。他在酒醉时能奏出仙乐般的作品，神志清醒时却在自己的艺术原理指导下奏出人们无法接受的不和谐音。

② 该诗作的标题"死亡赋格"正代表了其主题与艺术形式：死亡与赋格。"赋格"是一种对位化音乐形式，由几个独立的声部组合而成。在音乐进程中，"赋格"的原则就是主题本身静止不变，没有发展，也不出现戏剧性的冲突；其他的部分都在一个主题上，以不同的声部、不同的调子，偶尔也用不同的速度或上下颠倒或从后往前地进行演奏；如是反复变化，直到曲终。"赋格"中的各个声部此起彼伏，犹如追问和回答，在一种回环往复的韵律中，能使听众强烈地感受到乐曲的振荡和冲击力。诗人使用这种结构文本的方式，强化了诗的节奏感，深化诗歌主题意蕴。

③ 《梦之赋格》是德·昆西的散文集《英国邮车》（*The English Mail Coach*）中的一首记梦文字。

④ 该作品是雷蒙·格诺在听完巴赫的赋格曲后，把音乐变奏的概念移植至文字，将一则小故事幻化成九十九种不同的叙事风格。

⑤ 约瑟夫·维因赫伯（Josef Weinheber，1892—1945），奥地利抒情诗人，小说家，散文作家，被视为荷尔德林的继承者。

⑥ 罗曼·罗兰的这部作品往往被人称为"音乐史诗体小说"，其中将音乐、历史、文学融为一体。小说的结构也借鉴了交响乐乐长的结构：少年、反抗、悲歌、复诞，正对应着交响乐的四个乐长：序曲、发展、高潮和尾声。而主人公约翰·克利斯朵夫的"生命之河"就像这部交响乐的主旋律。

⑦ 昆德拉的作品中，不同的主线相互交织或者一条主线连着另一条主线，像复调音乐中的不同旋律一样，构成一个交替往复的系统。

⑧ 音乐与文学研究的一位重要专家斯蒂芬·保罗·谢尔（Steven Paul Scher），将文学与音乐研究分为三部分：文学与音乐、音乐中的文学和文学里的音乐。参见罗基敏的《音乐—文学—文化》，桂林：广西师范大学出版社，2003年。这里，我们也依然沿用这一三重维度。

乐的关系主要表现为前两者。音乐之所以能进入普鲁斯特的写作，缘起于他的音乐情趣培养和对音乐的热情，之后，亦基于他所坚持的美学思考。

第二节 普鲁斯特与音乐

人们总说，普鲁斯特将音乐当作资产阶级情趣。其实，音乐本就是普鲁斯特的家庭课，他自幼受到音乐的熏陶：普鲁斯特的母亲，是一位优秀的音乐家和钢琴演奏者，同时也继承了普鲁斯特祖母的音乐天赋，普鲁斯特的姨祖母还曾是肖邦的学生。普鲁斯特本人学过识谱和钢琴。除了弹奏钢琴之外，普鲁斯特也懂得二重奏和变奏，熟悉歌剧选段、室内乐和交响乐。在普鲁斯特的社交生活中，音乐被赋予重要的美学价值，他经常出现在当时上流音乐家出入的地方：波利尼亚克公主的沙龙，孟德斯鸠伯爵的沙龙，普勒耶尔音乐厅的拉莫鲁交响乐团演奏会。音乐家雷纳尔多·哈恩更是普鲁斯特一生的挚友，哈恩曾说，"普鲁斯特生活在他所处时代的音乐中"。哈恩为《爱丝苔尔》[①]创作的合唱，也让普鲁斯特倍加怀念与父母在一起时的生活，在《驳圣伯夫》中，他描绘道："在靠壁炉的那架小钢琴旁，哈恩亲自第一次高声吟唱他写的合唱，当时我躺在床上，爸爸回家时蹑手蹑脚，坐到扶手椅的后面，妈妈始终站着听迷人的歌声。妈妈怯生生试着唱一个合唱曲子，就像当年圣西尔的姑娘们面对拉辛那样诚惶诚恐……我父亲不敢鼓掌。妈妈偷偷瞟了一眼，激动地分享他的快乐。"[②]那歌词里唱到：

> 啊，温馨的和睦，
> 永远新鲜的美，
> 被你魅力迷恋的心多么幸福！
> 啊，温馨的和睦，
> 啊，永恒的光明，
> 永远与你相连的心多么幸福。

相较于年轻时让他流连的社交界的其他事物，音乐对普鲁斯特来说，显然肩负着更特殊的角色和意义。普鲁斯特对音乐富有天赋，极为敏感，他的生前信件

[①] 《爱丝苔尔》（1689年），法国剧作家拉辛的三幕诗体悲剧，取材于《圣经》。爱丝苔尔是犹太人，普鲁斯特的母亲也是犹太人，特别偏爱犹太女英雄。

[②] 马塞尔·普鲁斯特：《一天上午的回忆——驳圣伯夫》，沈志明译，北京：北京燕山出版社，2006年，第55页。

和文字中，总有对音乐不懈而热情的展现。即使是在生病时，他也坚持去听音乐会或歌剧，去看俄罗斯芭蕾表演，并要求哈恩为他演奏钢琴。1911年，他还订购了电话音乐会，以便能足不出户聆听歌剧和音乐会。1916年，因为战争的原因，音乐在普鲁斯特的生活中几乎消失，于是他产生了一个"昂贵"的念头：邀请音乐家到家中举办家庭音乐会，演奏他喜爱的曲目。

19世纪90年代，普鲁斯特最爱的音乐家是夏尔-弗朗索瓦·古诺和莫扎特，年轻时代的他也尤其钟爱德国浪漫主义音乐，他寄情于瓦格纳的音乐二十多年，后来又转向贝多芬。普鲁斯特总是想尽各种方式在家中听瓦格纳的音乐，他甚至拥有一个古怪的音乐播放机器。在第一次世界大战期间，甚至是到了20世纪20年代，他依然常在午夜，在位于奥斯曼大街的家中举办小型四重奏演奏会，贝多芬最后创作的四重奏是演奏会上的经典曲目。作为四重奏第二小提琴手的莫里斯·休伊特（Maurice Hewitt），每当提及那些音乐家聚集于普鲁斯特家中的日子时仍深感荣幸，他惊讶地看到普鲁斯特对一些不为人熟知的曲目感到兴奋。

不难想象，音乐将在普鲁斯特的《追忆》中扮演多么重要的角色。乔治·马多雷（Georges Matoré）与伊莱那·梅茨（Irène Mecz）在1972年根据"七星丛书"的第一版《追忆》做出统计，小说中共出现了一百七十位作家名字、八十位画家及四十位音乐家的名字，其中瓦格纳被提及最多，共三十五次，其次是贝多芬，共二十五次，德彪西则出现了十三次。[①]普鲁斯特对音乐的鉴赏已不单纯是业余爱好，他几乎所有的写作中，对音乐都有严谨而专业的评论，《追忆》中关于音乐的丰富描述与用词，甚至已然成为词汇学研究的重要对象[②]。相较于绘画，他对绘画技法几乎没有什么兴趣，仅是对画作主题和视觉效果进行关注，时而也会借用艺术批评家的观点略作评价。相反，在音乐领域，他对音乐技法和风格异常敏感，甚至能识别出不同演奏间的区别。他不吝啬对音乐的见解与评判，也会和朋友（哈恩、雅克·里维埃、让·谷克多等）探讨音乐理论，对他们关于音乐的文章字斟句酌。从种种迹象来看，普鲁斯特对音乐的渴求已然超越了乐趣或享受，对于身体时常衰弱不堪和用生命写作《追忆》的他来说，音乐更是一种解脱的指望和一息尚存的见证。

---

① Georges Matoré, Irène Mecz, *Musique et structure romanesque dans la Recherche du temps perdu*, Paris：Klincksieck, 1972, p.30.

② S. Ferguson, "Du chair de lune à l'éternel matin：Étude de vocabulaire associé à la musique dans l'œuvre de Marcel Proust", *Romance Notes*, automne, 1974, pp.13-30.

第二章 逝去的时光与音乐

在普鲁斯特的文学构建中，批评思考总是先于文学创作[1]。普鲁斯特深受德国浪漫主义的影响，他在其中找到许多支撑其美学与文学理论的根基。在《追忆》中，"能隐约看到莱布尼兹思想的显现，以及席勒的观点——《追忆》表达了艺术的纯粹理想，也有赫尔德——音乐是世界的灵魂之观点体现，同时也更是叔本华的显现，这位和谢林同样将音乐看做人类最高级活动的哲学家，甚至将音乐放置在艺术创作的顶点上"[2]。普鲁斯特细细玩味着音乐的"唯心主义的哲理"[3]，在众多书写音乐的作家中，他也许是唯一一位像作曲家那样，在作品中谱写出声音、绵延、色彩与节奏的作家。普鲁斯特对音乐的天赋与异于常人的认知让他懂得如何能渗透到音乐的本质之中，而非仅仅唤醒灵魂或进行音乐描述书写。普鲁斯特虽对音乐技巧、美学理论及乐理了如指掌，但在其文字中，仍倾向于从纯粹印象的描绘出发，谈论音乐带给感知的特殊体验。他像是一位跟随自身经验进行描述的伦理学家：和着音乐的感伤体验，借由音乐所引发的感知或热望投射出自己的感怀。那些让我们感到着了迷的东西，是那种突然被敞开的心扉，是纯粹音乐的印象，在它产生的刹那，一种"无物质"的印象，"它们在我们身上产生的特殊的快感才得以辨认的，无法形容、无法记忆、无法命名、不可名状的主题"[4]，记忆负责记录这瞬间的印象，因而当这一印象再次出现时，会突然变得具体，不再是无形的纯音乐，而好似成了图案，成了建筑物，也幻化成了思想。这种快感只有音乐的乐句能赋予。反之，对脑海中印象的确认，也像是音乐家谱曲的过程，"把脑中回旋的交响乐写到纸上时，需要在琴键上试弹以便确信他定的调与乐器真实的音乐相符"[5]，为了要跟上现实事物的节拍，普鲁斯特也会像试谱一样，不断在生活中仔细确认各种来自内心的亢奋感受。

普鲁斯特关于音乐的书写，最早可见于1894年，模仿波德莱尔的《灯塔》[6]所

---

[1] 该观点可参见臧小佳：《普鲁斯特的文学批评观》，《译林》2009年第1期，第201-204页。

[2] Milovanovic Momcilo, *Les figures du livre: Essai sur la coïncidence des arts dans À la recherche du temps perdu*, Paris : Honoré Cnampion Editeur, 2005, p. 129.

[3] Marcel Proust, *A la recherche du temps perdu*, édition publiée sous la direction de Jean-Yves Tadié, Paris : Gallimard, 1987-1989, t. I, p.93.

[4] Marcel Proust, *A la recherche du temps perdu*, édition publiée sous la direction de Jean-Yves Tadié, Paris : Gallimard, 1987-1989, t. I, p.206.

[5] 马塞尔·普鲁斯特：《一天上午的回忆——驳圣伯夫》，沈志明译，北京：北京燕山出版社，2006年，第20页。

[6] 波德莱尔在诗作《灯塔》中，用诗歌语言描绘了鲁本斯、莱昂纳多、伦勃朗、米开朗琪罗、华托、戈雅等画家肖像。

作的文章《音乐家肖像》①，其中提及了肖邦、格鲁克②、舒曼和莫扎特等音乐家。1895年，他还专门写过关于圣桑的文章。同年，又创作了散文《星期天的音乐学院》③（Un dimanche au Conservatoire），也是在这一阶段，普鲁斯特在哲学领域发现了叔本华，他试图在自己的写作中，通过间接的虚构，将叔本华关于灵魂的提升及音乐对听众产生的感应进行搬移。

《追忆》与音乐的关系，主要体现为以下几个层面：接触音乐，运用音乐，让音乐起到在作品中传达寓意、情感、象征或暗示的作用。《追忆》中的音乐主题，开始只是好似在伴奏中以轻柔的弱奏来暗示，后来则通过凯旋的方式展开；音乐同时作为普鲁斯特内心深处所感受到的艺术表达形式和美学范畴，当然，也是社交界沙龙中的特殊社交手段及浪漫爱情的表达工具。在《斯万之恋》中，当斯万在维尔迪兰夫人家听到钢琴家的演奏时，他感到异常亲切，那首曲目触发了他在前一年的晚会上听人用钢琴和小提琴演奏后的感知：

> 起初，他只体会到这两种乐器发出的物质性的音质，而当他在小提琴纤细、顽强、充实、左右全局的琴弦声中，忽然发现那钢琴声正在试图逐渐上升，化为激荡的流水，绚丽多彩而浑然一体，平展坦荡而又像被月色抚慰宽解的蓝色海洋那样荡漾，感受到了极大的乐趣。在某一个时刻，他自己也不能清楚地辨认出一个轮廓，也说不出他喜欢的东西到底叫什么名字，反正是突然感到着了迷。他就努力回忆刚才那个乐句或者和弦（他自己也说不清）；这个乐句或者和弦就跟夜晚弥漫在潮湿的空气中的某些玫瑰花的香气打开我们的鼻孔一样，使他的心扉更加敞开。可能是因为他不知道这是什么乐曲，所以他得到的印象是如此模糊，一种也许正是真正的纯粹音乐的印象，是局限于这个范围，完全别具一格，不能归之于任何别的种类的印象。这样一种印象，在一刹那间，可以说是"无物质的"印象。当然这时我们听到的音符，按照它们的音高和时值，会在我们的眼前笼罩或大或小的空间，描画出错综复杂的阿拉伯式的图案，给我们以广袤或纤小，稳定或反复无常的感觉。然而，这些感觉在我们心中还没有牢固地形成，还不足以会被紧接而来的，甚至是同

---

① 这五首关于音乐家的诗在1896年收入了《欢乐与时日》（加尔曼-雷维出版社）。

② 克里斯托夫·维利巴尔德·里特·冯·格鲁克(Christoph Willibald Ritter von Gluck, 1714年—1787年)，德国作曲家。

③ 这篇文章于1895年1月14日发表在法国日报 Le Gaulois 上。

时发出的音符所激起的感觉淹没以前，就已经消逝了。而这种印象却还会继续以它的流动不定，以它的"淡入或淡出"，掩盖那些不时冒出、难以区别、转瞬即逝、只能由它们在我们身上产生的特殊的快感才得以辨认的，无法形容、无法记忆、无法命名、不可名状的主题——即使我们的记忆，像一个在汹涌的波涛中砌造一个建筑物的牢固的基础的工人一样，能为我们提供那些逃遁的乐句的仿制品，却无法使我们把它们与随之而来的乐句加以比较，加以区别。就这样，当斯万感觉到的那个甘美的印象刚一消失，他的记忆就立即为他提供了一个记录，然而那是既不完全又难持久的记录；但当乐曲仍在继续时，他毕竟得以向这记录投上一瞥，所以当这同一个印象突然再次出现时，它就不再是不可捕捉的了。他可以捉摸这个印象的广度，捉摸与它对称的改编乐句，捉摸它的记谱法，捉摸它的表现力；他面前的这个东西就不再是纯音乐的东西，而是帮助他记住这音乐的图案、建筑物和思想了。这时候，他就能清楚地辨认出那个在片刻之间在音响之波中升腾而起的乐句。它立刻唤起他一些奇妙的快感，他感到这是除了这个乐句以外任何别的东西都不可能给予他的，因此对它产生了一种从未体验过的喜爱。[①]

斯万有关音乐经验的情节似乎也出现于毫无准备的情境中，当音乐在他思想中透射出一道闪光，让隐藏的记忆出现时，音乐的冲击便实现了对过去的复活。被辨识出的音乐轮廓能帮助他聆听到来自心灵的震颤，能激起意识的褶皱与跳动，能让记忆涌现再如潮水般退却。再后来，音乐成为普鲁斯特自我反省、从中发掘新东西的工具："那就是我在生活中、旅行中枉然寻找的多样性，而让它那阳光照耀的波浪逐渐在我身旁减弱的音响之波涛则勾起了我对这种多样性的憧憬。"[②]

根据让-雅克·那提耶在《音乐家普鲁斯特》中的观点，普鲁斯特对纯粹艺术的追寻分为三个阶段：主人公从不懂如何创作文学作品，到决意去寻觅对虚幻的解释，当他终于脱离错误的轨道时，便开始渗透进艺术作品的本质状态

[①] Marcel Proust, *A la recherche du temps perdu*, édition publiée sous la direction de Jean-Yves Tadié, Paris : Gallimard, 1987-1989, t. I, pp. 205-206.

[②] Marcel Proust, *A la recherche du temps perdu*, édition publiée sous la direction de Jean-Yves Tadié, Paris : Gallimard, 1987-1989, t. III, p. 665.

中。①这三个阶段均是通过对凡德伊的音乐作品描写所体现出来的：作品首先是一幕印象主义剧作的轮廓，是声音的杂糅，我们只能从中辨认出含糊的描绘信息；接下来，当艺术作品的外形与所引起的反响开始明晰时，通过具有个人化特性的音乐作品的形式，用纯粹描述性的作品去传递思想，让音乐作品具有了类似语言的身份；最终，作品开始超越这一阶段，以达到声音形式的纯粹表现手法及深度。这三个阶段也体现出普鲁斯特对音乐观念的三次变革：对音乐的观念起先是朦胧而犹豫的；而后是带有智力介入的推究式观念，尝试从不同的方向去理解音乐作品；最后，智力上升至视角的提纯与进化，从而抓住他所渴望捕捉的真实。可以说，在普鲁斯特的文学创作及对文学的思考中，音乐始终伴随左右，佐证着文学的思考，与文学共同历练、成熟、升华，最终一起步入真理世界和真实世界。

　　普鲁斯特对音乐循序渐进的认知伴随着他文学创作理念的推进，在创作的每一阶段，他都会通过音乐与外部世界所维持的某种形式的象征关系去隐喻，在他对艺术与文学思考的最终，叙述者能够看到文学作品应有的摹本，不仅仅是因为那曲伴随始终的七重奏模拟了整个准备过程、模糊的记忆及相关联的事件，而且普鲁斯特是要将它们的特征显现为小说作品，而音乐就是一种构成言语的特殊形态，能够被普鲁斯特当作文学模型去运用至极致。

　　当普鲁斯特在《追忆》的最后一章"重现的时光"中对文学感到失望时说：文学在他（叙述者）的生活中并没有起到任何作用，文学再也无法激起任何的快乐。那么或许音乐可以成为某种安慰和救赎，或是接近现实的工具？

第三节　普鲁斯特与音乐家

　　对音乐的品位加上对音乐文化的广泛涉猎，普鲁斯特喜爱的音乐或音乐家也形形色色，如吕利②和他的抒情悲剧《阿米达》（*Armide*），或是格鲁

---

① Jean-Jacques Nattiez, *Proust Musicien*, Paris：Christian Bourgois Éditeur, 1999, pp.79-81.
② 吕利（Jean-Baptiste Lully, 1632—1687），原名乔万尼·巴蒂斯塔·吕利（Giovanni Battista Lulli），法籍意大利作曲家。他与大剧作家莫里哀（Molière）相识，又受到卢梭思想的影响，创作了许多用法语演唱的歌剧，成为法国歌剧的创始者。代表作有《阿尔西斯特》《爱神与酒神的节日》等。《阿米达》是吕利一生最辉煌的成果，从气势巍峨的法国风格序曲，到富有想象力的场景和戏剧性的音乐，都显示出成熟的法国歌剧模式。

克①的《奥菲欧与尤丽狄茜》(Orphée)，斯特拉文斯基②的《火鸟》(L'Oiseau de Feu)，萨蒂③的《裸体舞曲》(Gymnopédies)等。当然，他喜爱的音乐家名单里又怎能少得了贝多芬和瓦格纳④……普鲁斯特与众多音乐家保持着密切的往来，其中对他而言最为重要的一位当属雷纳尔多·哈恩。

普鲁斯特第一次遇到哈恩时，这位当时十八岁的音乐才子已经谱写了几部重要的音乐作品。出生在委内瑞拉的哈恩从十三岁起便开始了音乐创作，十五岁时就谱写出了著名的歌曲《假如我的诗句插上翅膀》(Si mes vers avaient des ailes)。当这位音乐家用弱音器发出低语："你的灵魂是一片爱的湖水，我的渴望就是湖水中的天鹅。"⑤普鲁斯特的心被哈恩的旋律融化，他将自己平生爱情中最专注的部分给了哈恩。此后，哈恩不仅仅是与普鲁斯特关系最密切的音乐家，也成了这位小说家的精神领袖，以及《让·桑德伊》中的主要人物（但这一主人公地位却未延续至《追忆》）。

对哈恩来说，音乐同模仿一样，是感知的表达，音乐不过是一种心理学，是语言的永恒附属，因而哈恩更喜爱从歌唱中感受音乐之美。而当时的普鲁斯特则认为，"音乐之本质是在我们身上，唤醒灵魂深处的神秘力量（是文学和所有有限的表达形式无法表达的，这些表达形式由词语或观念所提供，如绘画或雕塑对确定的事物或客体的表达）"⑥。对哈恩来说，音乐与词语相关，在歌曲中展示出

---

① 克里斯托弗·威利巴尔德·格鲁克（Christoph Willibald Gluck，1714—1787），德国作曲家。格鲁克是当时集意大利、法国和德奥音乐风格特点于一身的绝无仅有的作曲家。他的作品以质朴、典雅、庄重而著称。格鲁克的歌剧改革，对法国、意大利、奥地利、瑞典、英国音乐戏剧的发展产生了显著影响，是歌剧发展史上的一个里程碑。《奥菲欧与尤丽狄茜》是三幕歌剧，1762年在维也纳首演。编剧为意大利文脚本作者卡尔扎比吉，故事情节取自希腊神话《奥菲欧》。这部歌剧戏剧性强，并首次在歌剧中引入了管弦乐伴奏。在剧中，作曲家大大缩小了宣叙调和咏叹调的差异，使整部歌剧在风格上更加统一。

② 伊戈尔·菲德洛维奇·斯特拉文斯基（Igor Fedorovitch Stravinsky，1882—1971），美籍俄国作曲家、指挥家和钢琴家，西方现代派音乐的重要人物。《火鸟》是其早期三部舞剧音乐之一，《彼得鲁什卡》《春之祭》为另外两部。

③ 埃里克·阿尔弗雷德·莱斯利·萨蒂（Érik Alfred Leslie Satie，1866—1925），法国作曲家。代表作品有钢琴曲《玄秘曲3首》《3首萨拉班德》、交响戏剧《苏格拉底》、舞剧《游行》《炫技表演》《松弛》等。创作于1888年的《裸体舞曲》是其代表作，这是一组由三首小曲组成的套曲，演奏时间只有七分多钟。值得一提的是，1917年问世的芭蕾舞剧《游行》，由萨蒂作曲、毕加索创作舞台造型和服饰、让·谷克多编写剧本，几位艺术家合作尝试了更多音乐与艺术的可能性。

④ 以上关于普鲁斯特最喜爱的几首乐曲和音乐家，主要参考 Benoist-Méchin, *Avec Marcel Proust*, Paris : Albin Michel, 1977, p.24.

⑤ 克洛德·阿尔诺：《普鲁斯特对阵谷克多》，臧小佳译，上海：上海人民出版社，2015年，第31页。

⑥ 普鲁斯特在1895年写给 Suzette Lemaire 的一封信中解释了这两种不同的音乐观。引自 Philip Kolb（Ed.），*Correspondance*, 1970-1993, t. I, pp.388-389.

特殊的情感；而对于普鲁斯特，音乐是在与意识沟通，与语言无关，由此看来两位知己对待音乐有各自的领悟。如果聆听哈恩的音乐，我们会发现其中深刻地贯彻着他对音乐的观念，他接受了和声的创新，并在一种朴实的氛围中表现，同时也并未让他的音乐显得过于神秘。

哈恩在《追忆》中是否以虚构的身份出现众说纷纭。亨利·巴达克（Henri Bardac）根据他所掌握的资料和真实生活中的情景，提出"哈恩也许就是弹奏钢琴（I，233）或自动钢琴（III，874）时的阿尔贝蒂娜"[1]；或许哈恩也是创作了诸多作品的凡德伊的一部分，以及偶尔是始终无法理解音乐之真谛的斯万，这位艺术爱好者斯万就始终将短乐句看作快乐或痛苦的替代品。

普鲁斯特十四岁做调查问卷时，写到自己最喜欢的音乐家是莫扎特和古诺，他对音乐的兴趣，随着所处时代的潮流变化而变化，当然也有家庭带来的影响。当普鲁斯特跳出家庭影响时，德国浪漫主义音乐成为当时的热门，他喜爱的音乐家也变成了贝多芬、瓦格纳和舒曼。《追忆》中对莫扎特的着笔并不多。对普鲁斯特来说，莫扎特精湛的音乐技巧，代表着轻松空灵的愉悦，如水晶般纯净，时而调皮得出人意料。当他发现瓦格纳[2]之后，又转而疯狂迷恋瓦格纳。

瓦格纳无疑是普鲁斯特在《追忆》中提及最多的音乐家。普鲁斯特在瓦格纳那里找到了重要的思想源泉、带来灵感的写作要素及其艺术使命的寄托。《追忆》的叙述者喜欢歌剧《特里斯坦》，因为这首歌剧能表现心灵的感受，同时也歌颂了死亡；他喜欢《尼伯龙根指环》中的第二部《女武神》，因为其中不仅有歌声，而且还有爱情；或者是《帕西法尔》里那大自然的奇迹的象征，能让他沐浴在花满枝头，浓郁而纯正芳香的氛围里，像斯万夫人的客厅，也像当松维尔的小斜坡一样纯净。

1914年初，在写到凡德伊的作品时，普鲁斯特"打算让这个人物更带有立体感"[3]，也是在这时，瓦格纳的音乐作品进入了巴黎，进入公众视野，《帕西法尔》于当年元旦开始在歌剧院上演。这一音乐事件，也许无意间改变了普鲁斯特的写作和凡德伊这个人物。普鲁斯特在当年一月末去歌剧院聆听了《帕西法尔》。按

---

[1] Annick Bouillaguet, Brian G. Rogers(Eds.), *Dictionnaire Marcel Proust*, Paris : Honoré Champion, 2014, p.461.

[2] 瓦格纳（Wilhelm Richard Wagner, 1813—1883），德国作曲家，古典音乐大师。他继承了莫扎特的歌剧传统，也开启了后浪漫主义歌剧作曲潮流。他在政治、宗教等方面有深刻和复杂的思想，是欧洲音乐史上最具争议的人物之一，在普鲁斯特的《追忆》中，也是最重要的真实音乐家之一。

[3] Jean-Yves Tadié, *Marcel Proust II*, Paris : Gallimard, 1996, p. 231.

照让-伊夫·塔迪埃在《普鲁斯特传》中的推测，很可能也是在这段时间，普鲁斯特在构思夏吕斯倾听如花少女的场景，以及准备揭示其同性恋倾向。关于瓦格纳的重要思考最终在《女囚》中展现，但"整个《追忆》都受到了瓦格纳的影响：统一的独特形式将书写的片段纳入预先策划的主导旋律，让艺术的宗教从神圣转为世俗"[①]。

《女囚》中有一段描写，将凡德伊与瓦格纳放在一起，也让凡德伊的音乐作品第一次接近真实的作品，变得具体：

>生活能否用艺术给我安慰呢？在艺术中是否有一种更加深刻的现实呢？在这种现实中，我们的真实个性得到了一种表现，而生活的行为却没有使我们的个性得到表现。实际上，每个伟大的艺术家与其他人是如此截然不同，他使我们那么强烈地感觉到个性，这在我们的日常生活中是寻找不到的！就在我想到这里的同时，奏鸣曲的一个节拍使我感到震惊，而这个节拍我是相当熟悉的，但是专心致志有时会使长期以来就熟悉的东西闪耀出不同的光彩，我们从中发现了我们在熟悉的东西中从未见过的东西。在演奏这个节拍时，尽管凡德伊正在那里表述一个与瓦格纳完全无关的梦，我却情不自禁地低声咕哝了一声：《特里斯坦》，并且微笑了，就像一个家族的朋友从未见过其祖父的孙子的一个语调、一个动作中重又见到其祖父的某种东西时那样微笑。正如人们打量一幅能够使人确证相似之处的照片那样，我在谱架上，在凡德伊奏鸣曲上面摆上《特里斯坦》的乐谱，这天下午，在拉穆勒的音乐会上恰好要演奏这首乐曲的片断。[②]

朱利安·格拉克说，"我们听《特里斯坦》是为了回忆我们曾经爱过"[③]。音符是无可替换，也从不接受替换的复杂的语言和发生的构筑，它能对已然经历的感情形成重新体验。在普鲁斯特看似东拉西扯的陈述中一经加入《特里斯坦》的名称，这段文字便开始振奋人心，安慰着被现实淹没的生活，似乎也正在酝酿着去复活一场爱情、一个名字。

---

① Jean-Yves Tadié, *Marcel Proust II*, Paris : Gallimard, 1996, p. 232.
② Marcel Proust, *A la recherche du temps perdu*, édition publiée sous la direction de Jean-Yves Tadié, Paris : Gallimard, 1987-1989, t. III, pp.158-159.
③ 朱利安·格拉克：《边读边写》，顾元芬译，上海：华东师范大学出版社，2015年，第131页。

瓦格纳的音乐在小说中，具有和埃尔斯蒂尔的色彩相同的功能——使我们认识另一个人的感觉中质的要素。小说中也暗含了瓦格纳作品本身所具有的多样性，以及成就这种多样性的"多种个性"：

> 当一个平庸的音乐家声称自己在刻画一个骑士侍从、一个骑士时，他其实在让他们唱同样的乐曲，相反，瓦格纳却在每个名称底下放进了一种不同的现实，每当他的骑士侍从出现时，那是一个独特的，既复杂又简单的形象……因而是由许多音乐充实而成的那种音乐是丰满的，其中的每一种音乐都是一个生命。[①]

瓦格纳的音乐在普鲁斯特看来是由许多音乐充实而成的，是丰满的：小鸟的啼唱、一个猎人的号角声、牧人用芦管吹出的曲调，这些声音会被瓦格纳用接近这种音响的形象，写进一首管弦乐，让这来自大自然的音乐服从于最高的音乐理念，同时又仍然尊重音响形象的原来特征。

叙述者在凡德伊与瓦格纳的乐句之中发现了相同之处，同时也被这种火山爆发式的音乐的灵巧扰得心绪不宁。凡德伊想象中的奏鸣曲作品，在这里似乎是为了引出瓦格纳的《特里斯坦》，以表达他对瓦格纳作品中的主导主题的思考：

> 我意识到瓦格纳的作品中存在的一切现实的东西，我再次看见在一段乐曲中出现的执着而又短暂的主旋律，它们消失后又卷土重来，它们有时遥远、缓和、几乎断裂，而在其他时刻，在始终模糊不清的同时却又是那样的急促，那样的迫近，那样的内在，那样的有机，那样的发自肺腑，人们会说，这不像是一种主旋律的反复，倒更像是一种神经痛的发作。[②]

巧合的是，瓦格纳的自传《我的一生》（*Ma vie*）中的一段关于《特里斯坦》创作灵感的描写，恰似在呼应和证实普鲁斯特听到这一音乐作品时的所思与所感：

[①] Marcel Proust, *A la recherche du temps perdu*, édition publiée sous la direction de Jean-Yves Tadié, Paris: Gallimard, 1987-1989, t. III, p.665.

[②] Marcel Proust, *A la recherche du temps perdu*, édition publiée sous la direction de Jean-Yves Tadié, Paris: Gallimard, 1987-1989, t. III, p.159.

在失眠的夜，凌晨三点我走向阳台，第一次听到了著名而古老的贡多拉船歌。我听到这声沙哑而哀婉的召唤，在宁静的夜色中，从距离十五分钟船程的利亚德桥那边传来。更远的地方有相似的旋律在应和着它。这种奇妙而忧伤的对话有规律地持续着……这种感受久久触动着我，甚至在我逗留威尼斯的这段日子里始终萦绕，那声音已经进入我的身体里，直到我将这旋律写进《特里斯坦》的第二幕中，或许它们也启发了我创作的第三幕初始，牧羊人那哀怨而悠长的笛声。[①]

在将贡多拉的船歌转换成歌剧的音乐时，瓦格纳赋予了这原初的音乐特殊的、包含着个人特性的意义，是我们今日无论是听到贡多拉船歌还是听到瓦格纳的《特里斯坦》里的这段笛声时，都能感受到的意义。

而后，普鲁斯特的书写开始从瓦格纳与凡德伊的相似中，抒发对音乐或是对艺术的思考：对个性的追寻。这种个人特性也许在生活中无法找到，却能在艺术中、在音乐中找到，因为在每一部作品中，都有创作者的独特性，也因为艺术作品本身恰好就是个体特征的聚集。作品本身具有多样性，具有多样性的唯一方法，就是集中多种个性。普鲁斯特将瓦格纳作为参照，在瓦格纳乐曲中，每一个不同人物出现时，都是一个独特的，既简单又复杂的形象，因而瓦格纳的音乐是由许多音乐充实而成的，是丰满的音乐。在普鲁斯特看来，"每一种音乐应当是一个生命，或者说是大自然的一种瞬间景观给人的印象"[②]。

可以说瓦格纳所追求的"整体"的艺术，并没有摒弃他的多样性，因为这样的整体是后来形成的，并非仿造的，这也是伟大艺术家区别于平庸艺术家的特点，例如，一些作家使用大量的标题和副标题，自以为在追求一个统一的卓越超群的构思。然而，只有诞生于充满热情的时刻的整体才更加真实，这样的整体是内在的、非逻辑的，是在整合先前的片段时发现的整体。在普鲁斯特看来，瓦格纳是在自己记忆中发现了牧人的曲调，并使之产生全部的意义，这种行为也会带来萦绕音乐家的欢乐。尽管瓦格纳身上有诗人的忧伤，但作为创造者所能体会的轻松愉快却具有安慰和超越这种忧伤的能力。因而瓦格纳和普鲁斯特所创造的凡德伊具有的相同之处，其实是那种伟大艺术家的作品所固有的、不可制服的独特性，表面上是现实的反映，其实却是精心制作的产物。

---

① Jean-Jacques Nattiez, *Proust Musicien*, Paris : Christian Bourgois Éditeur, 1999, pp.45-46.

② Marcel Proust, *A la recherche du temps perdu*, édition publiée sous la direction de Jean-Yves Tadié, Paris : Gallimard, 1987-1989, t. III, p.160.

另有一次,《追忆》的叙述者小马塞尔在盖尔芒特公爵家,在一群贵妇身边时,把自己比作了纯洁的帕西法尔——瓦格纳的最后一部歌剧作品《帕西法尔》中的主人公,这部歌剧是根据极具宗教哲学意味的圣杯传说创作的。从《帕西法尔》中,叙述者听到了欢乐的邀约,音乐家的灵巧技艺让乐句如飞机翱翔于天空。《帕西法尔》总谱的主题音乐产生于1857年耶稣受难节:当瓦格纳站在住宅前瞭望苏黎世湖的早春景色,耶稣受难节的黎明和大自然的盎然生机,瓦格纳感到仿佛是舞台祭神节日的汇演。然而,直到瓦格纳生命结束的前几年,1879年3月3日《帕西法尔》才全部完成,这部歌剧也成了瓦格纳的关门之作。1882年7月《帕西法尔》在拜罗伊特首演。1883年2月13日瓦格纳因心脏病突发去世。瓦格纳在1883年舞台祭神节日汇演结束时所作报告中说:"《帕西法尔》的问世与形成要归功于对世界的逃避!有谁能在一生中以感官和胸怀透视这个通过谎言、欺诈和伪善使谋害和掠夺合法化的世界,而不会极其厌恶地躲避它呢?那么这时他的目光该投向何处?当然是常常投向那深邃的死亡。而对另有使命的人、对因此被命运与世界隔开的人,这个世界最真实的写照则可能显现为对其内在灵魂的提示,成为对他的拯救。他曾以充满痛苦的诚实认识到这个世界是悲惨的,现在,忘却这个欺诈的现实世界,视这个世界为梦幻,似乎便是对这种诚实的报答了。"①《帕西法尔》或可看作一部救赎作品。

德国浪漫主义宣扬融汇所有艺术的综合题材,即"共体哲学",在瓦格纳的歌剧中这一哲学观以"整体艺术"的理念表现,普鲁斯特受到瓦格纳的影响,在自己的文学作品中倡导该艺术理念,尤其是当他在同时受到波德莱尔等诗人,以及戈蒂耶的"为艺术而艺术"观念的影响之下,创立了《追忆》这部"艺术散文"式的整体艺术,无怪乎《追忆》被后人看作瓦格纳歌剧的文学移植。②

在追随瓦格纳音乐的同时,贝多芬也是同时期普鲁斯特的所爱。贝多芬也是普鲁斯特生活和精神上的楷模与支柱。贝多芬是近代古典音乐到浪漫音乐过渡的桥梁,是德国浪漫主义音乐之父,是现代音乐的急先锋,贝多芬的身上亦体现着德国文化的精髓。

贝多芬一生苦闷,却也与他的音乐才华正比增进。其父亲是宫廷里的次中音歌手,但沉溺于饮酒,家庭极窘;其母亲在他十七岁时,因肺病去世,似是受了母亲遗传,贝多芬成年之后身体羸弱,总是抱病,这一点和几乎一生都在和哮喘

---

① http://blog.sina.com.cn/s/blog_60a795510100w081.html .
② Luc Fraisse, *L'esthétique de Marcel Proust*, Paris : Cèdes, 1995.

做抗争的普鲁斯特非常相像。身体的苦楚，恋爱的烦闷，都属贝多芬的不幸，然而作为音乐家，最大的不幸是耳聋。贝多芬从二十六岁起，听觉就渐渐迟钝，后来竟连钢琴上最高的八音都无法辨识了。1827年，五十六岁的贝多芬去世时，几乎全聋。

贝多芬的性情中有苦闷，却也有谐谑，富于热情，超越命运，这些特点都深深蕴藏在他的音乐作品中。贝多芬的作品可分为三个阶段。第一阶段为1790~1803年，他受哈顿和莫扎特的影响，完成了初期作品。贝多芬九个交响曲中的前两个，属于这一时期的创作。第二阶段为1803~1815年，也是贝多芬渐失听力的中期创作阶段，第三到第八交响曲创作于这一时期。最后一个阶段是1815~1827年，全聋后的晚年创作期，其间创作的第九交响曲成为其代表作，也被认为是贝多芬最伟大的作品。

贝多芬在失聪之后，写出了最美的乐曲，这一点也是让普鲁斯特所敬重的。如果说之前的交响曲中充满着苦闷（第四交响曲），或谐谑（第八交响曲），或热爱自然（田园交响曲），或悲壮如英雄（英雄交响曲），或如《命运交响曲》中，与人间的争执，与命运的纠缠，以及最后的凯旋，那么在他的第九交响曲（《合唱交响曲》）中，贝多芬超越人类痛苦，实现了精神的超越。普鲁斯特在《追忆》中说：只有幸福才有益于肉体的健康，而忧伤却是培养精神的力量。

瓦格纳和贝多芬这两位音乐家的作品，也成为《追忆》中重要的音乐线索来源，尤其是凡德伊的七重奏。如果说瓦格纳为普鲁斯特带来了有关整体美学的思考，那么"贝多芬的四重奏则是他不断聆听，并且转化为其言语的材料"[1]。在他看来，贝多芬的四重奏中，有许多被长期忽略的创新，贝多芬将他所要传达的心声倾注其中，包括"关于痛苦以及对痛苦的战胜表达地无懈可击"[2]。1916~1920年，普鲁斯特多次请人到家中演奏音乐，其中当然包括贝多芬的曲目。

1894年12月9日，普鲁斯特去聆听了贝多芬的第五交响曲音乐会，并由此创作了《星期天的音乐会》一文，其中，他将贝多芬音乐作品看作哲学问题——音乐是一种意念的努力。他在《追忆》中也写道："耳朵全聋的人，既然失去一种官能也和获得这种官能一样，能给世界增辉添美……在他耳聋之前，声音于他是引起运动的可感知的形式，所以无声而动的物体似乎是动而无

---

[1] Jean-Yves Tadié, *Marcel Proust II*, Paris : Gallimard, 1996, p. 232.

[2] Jean-Yves Tadié, *Marcel Proust II*, Paris : Gallimard, 1996, p. 232.

因。"①这位耳聋的音乐家为了创作音乐作品，必须凭借记忆记住大自然的声音，于是创作便与记忆的一部分相连接。

贝多芬的疾病、孤独和禁欲，也让普鲁斯特深切体会了人生，他说：

> 这条真理难以与幸福、健康兼容并存，也并不总是与生活同在。忧伤过度必至殒命。每当新的苦难过于深重，我们便会感到又有一条血管鼓了起来，顺着一侧太阳穴，弯弯曲曲延伸到我们的眼睛底下。大家对老年伦勃朗、老年贝多芬不以为然，他们那憔悴不堪的可怕面容就是这样逐渐逐渐形成的。倘若没有心灵的痛楚，那眼囊和额头皱纹根本就算不了什么。②

只有付出痛苦的代价，艺术家才能接近真理——几乎无法承受的真理。贝多芬在音乐中抒发了从忧伤到欢乐，再到灵魂的拷问，成为自我超越的榜样，也是那些对俗世再无任何期待、在艺术中寻求真理的人的榜样。也许，贝多芬的音乐，只有尝过人生欢喜与悲叹的人，才能用自己的实际经验在某种程度上与他琴瑟和鸣。

德彪西（1862—1918）作为瓦格纳的崇拜者、法兰西音乐史上的一座丰碑，亦为普鲁斯特带来了影响。德彪西被看作西方音乐的革新者，他虽崇拜瓦格纳，但同时又与之保持距离。德彪西的音乐打破陈规，摒弃了自17世纪以来所形成的和声学，借用久远的和带有异国情调的音阶，尝试改变听觉的感受性。德彪西音乐创作时的模特时常是绘画作品（日式版画，以及透纳或惠斯勒的绘画作品），他欲以画家为榜样，尝试在音乐形式中恢复各种元素无法捕捉的细微变化，如其作品《云》（*Nuages*）、《大海》（*La Mer*）便体现了这样的革新。一方面，德彪西的音乐具有划时代的意义；另一方面，也与他独特的"印象主义"风格相关，这种音乐风格直接影响了20世纪的现代音乐。与德彪西同时代的巴黎美术界，发展正值巅峰状态，雷诺阿、莫奈、塞尚等画家十分活跃，当莫奈的《日出·印象》名噪一时之时，便是印象主义、印象派等艺术形式用语产生的开端。甚至文学作品也标榜"印象主义"题材，这些文学家与艺术家的互相往来，让德彪西的创作

---

① Marcel Proust, *A la recherche du temps perdu*, édition publiée sous la direction de Jean-Yves Tadié, Paris: Gallimard, 1987-1989, t. II, p.376.

② Marcel Proust, *A la recherche du temps perdu*, édition publiée sous la direction de Jean-Yves Tadié, Paris: Gallimard, 1987-1989, t. IV, p.485.

多多少少带有印象主义色彩①。

普鲁斯特在 1911~1912 年听到了德彪西在 1902 年创作的《佩利亚斯与梅丽桑德》②，一方面，也许正是德彪西让普鲁斯特走出了之前对音乐所持的浪漫主义观念，但另一方面，德彪西的音乐中所具有的象征主义在普鲁斯特看来却有些矫饰和做作，类似龚古尔或孟德斯鸠这类艺术家的方式。我们也能从《索多姆和戈摩尔Ⅱ》中，看出他将对德彪西的看法和附庸风雅相结合。小说中，德·康布尔梅夫人总是在替这位作曲家辩护，而叙述者则认为，德彪西无法成为"超瓦格纳"，甚至他的地位会像创作《曼侬》的马斯内③一样岌岌可危。

普鲁斯特对另一位音乐家肖邦的态度也体现出其对当时音乐形式的演变的关注。在普鲁斯特 1895 年所写的《音乐家肖像》中，肖邦排在众多音乐家的首位，他为肖邦写下了诗句：

> 肖邦：叹息的，泪水的，呜咽的海；
> 蝴蝶翩飞，却无停留的枕木；
> 与悲伤嬉戏，与水流共舞；
> 梦境，爱情，痛苦，尖叫，平静，魔法或摇篮，
> 你让音乐在每一种痛中奔跑；
> 你的无常中，有晕眩和甜蜜的遗忘；
> 就像蝴蝶流连花间；
> 你的忧伤，你的快乐，都是你的同谋；
> 漩涡般的激情增添着哭泣的渴望；
> 月光，流水，陪着苍白的温柔的人啊，
> 他是失望的君主，抑或被背叛的领主；
> 你一再地兴风作浪，比梵语还美；
> 你的病床被阳光淹没；
> 让哭的人笑，让备受折磨的人看一看……

---

① 但德彪西本人并不同意"印象派音乐"这样的归类，并设法远离。一些作家如罗伯·施密兹（E. Robert Schmitz）、塞西·格雷（Cecil Gray）认为德彪西是一位"象征主义者"而非"印象主义者"。《新格罗夫音乐辞典》也写到，将德彪西的音乐美学称为"印象主义"是不尽准确的。也有观点认为，准确地说，德彪西应该属于"日本主义"音乐家。这里我们也应在德彪西身上谨慎地使用这一术语。

② 《佩利亚斯与梅丽桑德》，五幕歌剧，1902 年在巴黎初演，是德彪西唯一完成的一部歌剧作品，他自称该剧深受埃德加·爱伦·坡恐怖故事的影响。

③ 马斯内（1842—1912），法国著名歌剧作曲家，《曼侬》为其代表作。

遗憾的笑和希望的泪！[①]

然而在这之后，肖邦便消失在普鲁斯特的书信和文字中，直到在1909年的《驳圣伯夫》中，他才再一次为肖邦写下了"雨水打在窗棂上，数成了细小的芬芳"这样的字句，此时，在普鲁斯特眼中的肖邦也是年轻和喜悦的象征。肖邦作为一种真正的音乐文化符号被大家喜爱，只是普鲁斯特认为肖邦带有轻微的声色，有一点浪漫主义的老套，并不是病态，而是一种唤醒自然的能力，处于意大利风格和印象派风格之间、贝尼尼和德彪西之间。

普鲁斯特的书写工作，是为了从他与众不同的脉矿中撷取出最本质的纯净。他引入了德彪西、瓦格纳或是贝多芬，通过他关于音乐的文本分析抽取出其中的精华。这部小说是建立在纯粹精神的美学上，通过瓦格纳、德彪西或是贝多芬等音乐家的音乐，以及他们的音乐与意志的关联[②]，就能产生通过倾听而进入本质的可能性，通过纯粹的倾听之努力（这更多的不是取决于音乐作品，而是听众），以达到"真实"，这一对倾听或是对音乐的智力（或者说意志）的努力也始终在印证普鲁斯特写作的终极目标。

第四节　《追忆》中的音乐家凡德伊

作为音乐创作的象征性人物，凡德伊在普鲁斯特的小说中也许是所有人物中最为神秘的一位。他憨厚落寞的形象仅在"贡布雷"中被刻意地刻画，而他的存在却是对生活经验与艺术之间关系的重要证词。

凡德伊作为叙述者的两位姨祖母的钢琴教师，本是富裕门第出身，在妻子死后得到一笔财产，退休后住在外省蒙舒凡演奏管风琴，他早早失去妻子，过着凄凉的晚年生活，对女儿既像母亲又像女佣般照顾，他为女儿作出牺牲，却又陷入女儿带给他的痛苦之中。他凄惨的情状和流言让他本该享有的名声蒙上阴影，斯万甚至称他为"老傻瓜"。凡德伊在贡布雷这个小小的圈子里是一位艺术家，也是一个为他带来苦难的家庭的一家之主：蒙舒凡象征性地处于贡布雷之外。

如果在《追忆》中同样也出现了作为作家或是作为作者自己影子的贝戈特，以及画家埃尔斯蒂尔，普鲁斯特是否想通过凡德伊或是通过音乐分享某种深层的

[①] Marcel Proust, "Portraits de Musiciens", *Écrits sur l'art*, Paris：GF Flammarion, 1999, p.90.
[②] 本书将在后面的章节论证音乐与意志的关系。

感知？作为小说人物的凡德伊，不仅让普鲁斯特展示了对音乐的热情，也可被视为作家的拯救者。凡德伊最后的音乐作品产生于蒙舒凡放纵的女同性恋氛围中。凡德伊模糊不清的形象和多重人格，在某种程度上给他带来了晚年所经历的痛苦，同时也塑造了一个伟大作曲家的荣光的矛盾形象。

与《追忆》中的虚构作家贝戈特不同，凡德伊是一位孤独而沉默寡言的人物；他的死在《追忆》的第一部分就已宣告，正像是这个人物的命运写照。然而，小说对贝戈特的作品鲜有描述，凡德伊的奏鸣曲或七重奏却贯穿着整部《追忆》。起初，凡德伊对于还是孩子的叙述者来说，是他们家的常客，当叙述者的父母去拜望凡德伊时，他谨小慎微，唯唯诺诺；通过斯万和奥德特的爱情故事，也通过凡德伊的几首奏鸣曲，叙述者开始逐渐赋予凡德伊艺术家的身份。之后这位艺术家的作品也在叙述者与阿尔贝蒂娜的关系中施加着心理影响。

凡德伊的《钢琴小提琴奏鸣曲》第一次在维尔迪兰夫人家由年轻的钢琴家演奏时，激起了斯万情感与心灵上的共鸣，对凡德伊崇敬的象征开始显现：

> 斯万忽然在一个延续两小节的高音之后，看到他所爱的那个轻盈的、芬芳的乐句从这拖长的、像一块为了掩盖它的诞生的神秘而悬起的有声之幕那样的音响中飘逸而出，向他款款接近，被他认了出来——这就是那个长期隐秘、细声细气、脱颖而出的乐句。这个乐句是如此不同凡响，它的魅力是如此独一无二，任何别的魅力都无法替代，对斯万来说，就好比在一个朋友家中的客厅里突然遇到他曾在马路上赞赏不已，以为永远也不能再见的一个女人一样。最后，这个不倦的指路明灯式的乐句随着它芳香的细流飘向远方，在斯万的脸上留下了他微笑的痕迹。①

在对凡德伊的奏鸣曲进行描述时，叙述者听到凡德伊音乐中的暗示，让他仿佛置身于一个全新的世界——凡德伊所创造的世界，而作家的这种设计——将虚构的音乐与想象的世界结合转换为艺术可及的意向：

> 一般的奏鸣曲入曲，是一片百合花般洁白、充满田园气息的晨曦，圣洁羞涩的晨花轻轻绽开，悬挂在乡间忍冬和天竺葵错落交织、结实难解的绿棚上。然而，这部作品一开始出现的是拂晓，平静酣睡的海面沉浸在一片沉闷的寂静和无限的空旷之中。狂风骤起，先是死寂和黑夜，

---

① Marcel Proust, *A la recherche du temps perdu*, édition publiée sous la direction de Jean-Yves Tadié, Paris：Gallimard, 1987-1989, t. I, pp.208-209.

然后是一片玫瑰色的曙光,进而整整一个世界从中脱颖而出,在我面前渐渐升腾起来。这片红色如此新奇、如此罕见于温柔抒情、圣洁天真的奏鸣曲,一如朝霞,给天穹染上了一片神秘的希望之光。一首优美的乐曲已经划破天空。乐曲虽然是由七个音符构成,却是闻所未闻,与我想象中的一切都截然不同,既妙不可言,又尖锐刺耳。这已不再是奏鸣曲中鸽子的低咕,而是撕裂长空的高鸣;它跟曲首沉浸中的鲜红色一样强烈,如公鸡报晓一般神秘,它乃是永恒的晨曦中不可言表但又振聋发聩的呼唤。寒冷、雨洗和带电的空气——与奏鸣曲相比,这空气的质极其不同,气压迥然相异,它离纯洁天真、草木丛生的奏鸣曲相去甚远——时刻都在改变甚至消抹彤红的、希望的曙光。然而,到了正午,顿时出现了炽热的太阳,空气似乎化成一种凝重的、村镇般的,近乎于乡野的欢乐。震天而响、疯狂飞打的大钟(这种与把贡布雷教堂灼得火热的大钟相仿,凡德伊大概经常听到那钟声;如同画板上唾手可得的颜料,凡德伊当时轻取一下,就在记忆中找到了这钟声),似乎把最厚实的幸福变成了现实。[①]

由音乐所带来的一连串效果取代了音乐分析,文字绚烂的色彩与奢华的效果带来了更多的含义,书写似在疯狂地追逐着音乐中透出的神秘真相。同时作家将凡德伊的这首七重奏与之前的奏鸣曲进行对比,它们之间的对立似乎成了这段描述的主题。音乐中还有很多对立,例如,旋律与和声、大调与小调、高音和低音、主调和复调等。奏鸣曲和七重奏之间的对立,是两种乐器(奏鸣曲)与七种乐器(七重奏)的对立,在这些所有的音乐对立中,这两者的差异似乎最为明显与奇异,因而才会形成普鲁斯特笔下鸽子的低咕与撕裂长空的高鸣,纯洁天真与炽热凝重,生活的沉闷寂静与通红的希望的曙光之对照。这几组词语的铺展让这段对音乐的描述渐进高潮,冲破了感官的听觉成分,让音符里的呼唤不但听得到,也看得到、摸得到。

凡德伊晚期作品的兴奋昂扬与作者一贯强调的在艺术创作中心灵与身体的协调,共同谱写成充满思索与感悟的语言,其中也充盈着对艺术的玄想与回忆。艺术要求艺术家不断而长远地辛勤付出,在这位音乐楷模的启示下,叙述者逐渐产生了在自己的生活中实践他所敬仰的艺术的勇气。他很快体会到了"非自主记忆"

[①] Marcel Proust, *A la recherche du temps perdu*, édition publiée sous la direction de Jean-Yves Tadié, Paris : Gallimard, 1987-1989, t. III, p. 754.

带来的印象所唤起的深层情感，同样也能在凡德伊的音乐中感受到：这种情感是时光重现的一缕"北极光"。凡德伊还充当了斯万与奥德特、夏吕斯与莫雷尔、马塞尔与阿尔贝蒂娜之间情感维系的关键角色；也是通过凡德伊，年轻的叙述者在蒙舒凡的池塘边第一次看到了凡德伊小姐与女性朋友贪欢纵欲的场景，开启了《追忆》偷窥的视角，以及令人感到亵渎和堕落的美学欲望。正是凡德伊的音乐，将叙述者拉回到了贡布雷，那段起初有些模糊的时光的感觉，揭示着音乐拯救朦胧记忆的特殊功能。

> 这已不再是苍天后面传出的焦急的呼声，而是似乎来自天国的无以形容的快乐。但这快乐与奏鸣曲的快乐完全不同，犹如蒙塔尼亚画中一身猩红，吹奏号角的大天使迥然相异于贝利尼画中手抱双弦诗琴，温柔庄重两者双兼的天使一样。有关喜悦的这一新的微妙区别，这向着超尘脱世的喜悦的召唤，笔者是难以忘怀的。但是对我来说这喜悦最终可能实现吗？这个问题，我觉得至关重要，因为这句乐句也许最能够体现——恰恰跟我其余的生活和可见世界形成鲜明的对照——我生活中的一系列感受：马丹维尔教堂钟楼以及巴尔贝克海滨近处的树木在我内心激起无限感受。①

音乐的"召唤"，通过某种音乐与模糊感受之间共同的"超尘脱世"（supraterrestre）的特质相联系，带给叙述者一种新的喜悦，这种新的喜悦被称为某种"特殊快悦"，不同于回忆，而更类似于"感受"，这种感受适用于一切重要的问题——"艺术现实的问题、现实的问题以及灵魂永恒的问题"②：

> 任何东西都比不上凡德伊一个漂亮的乐句，都比不上它那样，能充分表现我生活中时而感到的那种特殊快悦，也就是我面对马丹维尔钟楼、面对巴尔贝克路边树木，或者简单地说，本书开卷谈到的品茶时所感到的那种特殊快悦。凡德伊的创作就犹如这一杯茶，他从音乐世界为我们送来了光怪陆离的感觉。明亮的喧哗、沸腾的色彩在我的想象前欢快的舞动着，挥动着——但速度之快，我的想象根本无法抓住——散发老鹳草芬芳的绫罗绸缎。虽然这种模糊不清的感觉在回忆中是不能深化的，

---

① Marcel Proust, *A la recherche du temps perdu*, édition publiée sous la direction de Jean-Yves Tadié, Paris : Gallimard, 1987-1989, t. III, p. 765.

② Marcel Proust, *A la recherche du temps perdu*, édition publiée sous la direction de Jean-Yves Tadié, Paris : Gallimard, 1987-1989, t. III, p. 876.

但是时间场合特征能够告诉我们，为什么某种味觉会使我们回忆起光的感觉；根据时间场合特征，模糊的感觉至少可以得到澄清。然而，凡德伊作品引起的模糊感觉并非来自一种回忆，而是来自一种感受（如对马丹维尔钟楼的感受）。因此，从他音乐散发的老鹳草芬芳中，应该寻找的不是物质的原因，而是深层的原因。应该发现，这是世人不知的，五彩缤纷的欢庆（他的作品似乎就是这种欢庆的片断，是露出鲜红截面的片断），是他"听到"世界以后，把世界抛出体外的方式。任何音乐家都未向我们展示过这一独特世界，其特性鲜为人知。我对阿尔贝蒂娜说，最能证实真正天才的，正是这一世界的特性，而根本不是作品的本身。"难道文学也是如此吗？"阿尔贝蒂娜问我。"文学也是如此。"[1]

当音乐在《重现的时光》最后的章节中提及时，音乐不再是世俗的喜好或是艺术的象征，而成为永恒的现实：

  它是否就是奏鸣曲的那个短乐句，像错误地把它和爱情的欢乐视作同类、不善于在艺术创造中获得它的斯万提示的那种幸福？它是否就是那首七重奏的神秘的红色召唤是我预感到的似乎比奏鸣曲的短乐句更超脱尘世的那种幸福？斯万未能领略到这种召唤，因为他死了，像许许多多人那样，在为他们而产生的真谛未及向他们揭晓前便死去了。再者，这个真谛也未必一定能为他所用，因为这个乐句尽可以象征一声召唤，却不可能产生力量和使不是作家的斯万变成作家。[2]

那些还来不及找到音乐所召唤的幸福便已死去的人是不幸的，那些未来得及给音乐赋予不可或缺的精神品质的人同样是不幸的，凡德伊本人就是例证。凡德伊还没完成他的七重奏就过世了，作品的面世全靠他的女儿凡德伊小姐的同性恋人[3]多年的整理，才从其音乐中发现了一个真实、丰饶、无以形容的喜悦形式。音乐家本人无可否认的艺术高高在上，作品中精心布置的技巧与隐含的情感都是属于艺术家的。然而，真正的艺术家往往在他们所创造的真谛未及揭晓前就去世。

---

[1] Marcel Proust, *A la recherche du temps perdu*, édition publiée sous la direction de Jean-Yves Tadié, Paris : Gallimard, 1987-1989, t. III, p.877.

[2] Marcel Proust, *A la recherche du temps perdu*, édition publiée sous la direction de Jean-Yves Tadié, Paris : Gallimard, 1987-1989, t. IV, p. 456.

[3] 之前与凡德伊小姐一起出现在一场倒错的性游戏中的人物。

这里也隐含着作家本人的担忧：身体状况始终不佳，死亡的威胁如影随形的普鲁斯特，难道不是也在担心自己的作品终有一天会经历同样的命运？当然，作家始终在强调艺术家不可取代的才华，即使是别人在其中挖掘和发挥，甚至是有特殊性癖好的人，也无法掩盖艺术作品本身永远存在的真实。正如鲍威所说："艺术家并没有隐形，或和作品疏离，反倒变成一个有血有肉的角色，对作品、新奇和他人的专业技巧都有无限的渴求。他书写出来的号角声、热闹的晨曦之歌和不断前涌的喧嚣都出自一种涵盖一切的意志，在雄辩和模糊不清的语辞中滋长，也在狂喜和费力、包心菜和星斗间兴盛。"①

凡德伊对于普鲁斯特来说既是一位音乐家模特，同时也是艺术宗教的代言人，是真正体现纯粹精神的圣人。作为虚构的音乐家，凡德伊的音乐在小说中强调人物的悲剧或内心变化，这也是音乐本身所能带来的效果。这位虚构的凡德伊与虚构的画家埃尔斯蒂尔及虚构的作家贝戈特共同构成了小说艺术家形象的三部曲，凡德伊肩负的使命更趋向于朝向艺术的说情者，他让音乐不再是灵魂的奢侈享受，而是灵魂的本身存在。凡德伊的音乐象征着斯万无望而不恰当的爱情，象征着马塞尔与母亲的共鸣及倒错的爱，也包含着对普鲁斯特来说，最珍贵的"快乐的动机"（le motif joyeux）②，因而凡德伊的音乐在维持小说艺术创造的中心主题的同时，也构成了爱情、嫉妒、倒错与性虐等次要主题之间的关联。

凡德伊的音乐与叙述者的记忆恢复之间的靠近，是通过某种灵魂的模糊状态让乐句与记忆共鸣，而这里的"模糊"（vague）就是之前所证实的音乐所产生的无限感受、内心的经验。叙述者解释道，他之所以认为凡德伊的音乐如此重要，其原因在于我们对生活的感受不是以思想的形式出现的，而是靠文学转译的，"即精神转译才使人们对我们的生活感受产生意识，分析阐释的"。而文学转译无法像音乐一样对生活的感受重新组织，只有音乐能作为跟随我们变化、再现我们内心感受的最高级的音符。在普鲁斯特的作品中，艺术品大多没有名字，他按照自己的习惯和喜好，从德彪西、瓦格纳或是圣桑等作曲家的乐曲中，借来不同的乐句，用自己的文字重新创造出属于凡德伊的小夜曲或四重奏，"这发自他纯粹的想象力，这小夜曲也许比任何真正的小夜曲更伟大，因为它可以让读者把自己最珍贵的艺术记忆全部镶嵌在里面"③。因此，一件雕塑、一段乐曲，之所以能够激

---

① 马尔科姆·鲍威：《星空中的普鲁斯特》，廖月娟译，台北：联经出版事业公司，2000年，第74页。

② Marcel Proust, *A la recherche du temps perdu*, édition publiée sous la direction de Jean-Yves Tadié, Paris: Gallimard, 1987-1989, t. III, p. 765.

③ 莱昂·皮埃尔-甘：《普鲁斯特传》，蒋一民译，重庆：重庆大学出版社，2011年，第183页。

起高尚、纯洁或真实的感情，是因为必须以精神现实为依据，否则毫无意义。凡德伊的奏鸣曲或是七重奏中包含着一种既广阔又特别的音乐美学，创造着音乐的神秘魅力，也成为《追忆》中的一种美学理想，在文字中，音乐发出回响，激起回忆的力量，让人们重获关于自己的一部分意识——每个人沉睡着的却潜在的有关本质的部分。于是，文学甚至不再是现实的移印画面，而成为一种朝向音乐的努力。这种努力总是被普鲁斯特描述成某种"真正的生活"。凡德伊的音乐，在这位"内在型"的听众面前，似乎触碰到了天国。

对这位小说人物原型的争论纷纷扰扰，如弗朗克，他的小提琴奏鸣曲、五重奏和交响曲都被借用到小说中。此外，还有一些段落中有圣桑、弗雷[①]、舒伯特、瓦格纳及贝多芬，小说中也许仍有更多音乐家的影子有待发掘。自《欢乐与时日》起，年轻的作者普鲁斯特就开始将音乐作为一种心理活动的载体，就像贝戈特能在维米尔的《代尔夫特风景》中区分出一小片黄色墙面一样，普鲁斯特也能集中于一个音乐主题、一段音乐乐句，在普鲁斯特这里，也许就是瓦格纳的《纽伦堡的名歌手》（Les Maîtres Chanteurs de Nuremberg）第二幕中汉斯·萨克斯（Hans Sachs）的独白，当女主人公听到这乐句时产生强烈感受：音乐在年轻女人的灵魂中激起了几乎无法抑制的记忆的涌现。于是，过去变成了现在。

同样在《让·桑德伊》中，叙述者听到圣桑的七重奏时流下泪水，他如此怀念自己所爱的人，圣桑的音乐就像他们爱情的赞歌。这是圣桑在1885年创作的75号作品钢琴小提琴协奏曲，因其中的主题和非自主记忆所引发的无法抑制的行为迹象，也许正是凡德伊的七重奏的源泉。从《让·桑德伊》到《追忆》的过渡，音乐家也从圣桑过渡到凡德伊。这是写作手法的过渡，也是普鲁斯特自己文本的变革。普鲁斯特提到圣桑时，显得更轻松、更感性，因为他完全理解圣桑的音乐。当然，他也喜欢带有管风琴的贝多芬的"第三交响曲"，而钢琴曲，他则偏爱莫扎特的协奏曲，他也借用了莫扎特协奏曲的纯净与通透。我们似乎也能看出，在普鲁斯特的文学中，为表达心理行为最为激烈的部分，总是要借助音乐。

同时更重要的是，去理解普鲁斯特是否真正想要将凡德伊当作自己想要成为艺术家或是音乐家的梦想。或许普鲁斯特对当时的艺术有失判断，而唯有在今天，当我们回看与评判了这些音乐家之后，才能领悟伟大艺术家所感悟的焦虑，以及他们有多么担心错过新的发现。在音乐面前，普鲁斯特既谦逊，又充满野心。每

[①] 弗雷（Gabriel Fauré, 1845—1924），法国作曲家。他将马拉美、魏尔兰等诗人的诗意移植进音乐，进而启发了德彪西等的音乐创作。弗雷是圣桑的学生，但他的成就甚至超越了老师。

当他听到奏鸣曲或是七重奏,或是每一场音乐会,都会激起他的回忆。音乐家能使音符与内心世界的记忆合拍,这内心世界就是我们每一个个体,离开了艺术,我们还能认识个体吗?在《重现的时光》的最后阶段,音乐最终既不是世俗的偏执爱好,也不是艺术的象征,而是成为一种永恒的真实。

> 就在我恢复平静的时候,我的脚踩在一块比前面那块略低的铺路石板上,我沮丧的心情溘然而逝,在那种至福的感觉前烟消云散,就像在我生命的各个不同阶段,当我乘着车环绕着巴尔贝克兜风,看到那些我以为认出了的树木,看到马丹维尔的憧憧钟楼的时候,当我尝到浸泡在茶汤里的小马德莱娜点心的滋味,以及出现我提到过的其他许许多多的感觉,仿佛凡德伊在最近的作品中加以综合的许多感觉的时候我所感受到的那种至福。如同我在品尝马德莱娜点心的时候那样,对命运的惴惴不安,心头的疑云统统被驱散了。刚才还在纠缠不清的关于我在文学上究竟有多少天分的问题,甚至关于文学的实在性问题全都神奇地撤走了。[①]

当普鲁斯特在《重现的时光》中醒悟至此,凡德伊的音乐便展现出其真正的价值。在凡德伊作品中"加以综合的许多感觉",似乎仍在表达着叙述者的某种迟疑。音乐的出现总是让这位未来的作家怀疑自己的文学天分,此时的他,似乎仍在思考关于艺术与经验的关系问题,以及如何走进现实深处的问题。凡德伊的音乐作品让叙述者将模糊的印象与记忆的恢复联系并融合,凡德伊的音乐就像是对另一种现实的乞灵,而模糊的印象则是音乐所带来的启示。因为音乐的产生源于个体的内在,音乐所产生的灵魂同样是既模糊又无法穿透的。于是凡德伊的音乐便成了某种介质,是模糊的印象与《追忆》中文学创作对象的印象之间的桥梁,音乐也自然成了普鲁斯特文学的坚实材料。

第五节　走向多样文学

德勒兹将诸种艺术描述为:"力的驾驭、线条的描摹、感觉的形体化。"[②]驾

[①] Marcel Proust, *A la recherche du temps perdu*, édition publiée sous la direction de Jean-Yves Tadié, Paris : Gallimard, 1987-1989, t. IV, p. 445.

[②] 雷诺·博格:《德勒兹论音乐、绘画与艺术》,李育霖等译,台北:麦田出版社,2016年,第245页。

驭、描摹或形体化,三组动词实则告诉我们,每种艺术有其特殊关切点、过程和性能,一种艺术无法直接移转或翻译到另一种,但普鲁斯特却用《追忆》,将听与看和写的关系置于无处不在的美学感知与美学思考中,让不同艺术在多重关联及互动中,渗透进其美学观,并能在文学中扮演特殊的作用。在小说第一卷中,斯万在维尔迪兰夫人家倾听了钢琴家演奏他和奥黛特的"爱情赞歌"。

> 他总是从小提琴的震音部分开始,有几拍是不带伴奏的,占着最显著的地位;然后这震音部分仿佛突然离去,而那个乐句就像霍赫室内画中的物体由于半开着的狭窄门框而显得更深远一样,从遥远的地方,以另一种色彩,在柔和的光线中出现了;它舞姿轻盈,带有田园风味,像是一段插曲,属于另一个世界。这个乐句以单纯而不朽的步伐向前移动,带着难以用言语形容的微笑,将它的优美作为礼品向四面八方施舍;可是斯万现在却仿佛觉得这个乐句原来的魔力顿然消失了。①

斯万将凡德伊的小乐句与擅长表现室内光的霍赫(P. de Hooch)的画作进行对比,让凡德伊的音乐不再仅仅停留在倾听的范畴,而是像《卡尔克蒂伊的港口》一样,能够被观看——让音乐带着色彩,在柔和的光线中被观看。带有荷兰特征的霍赫的绘画被赋予凡德伊的音乐,这一荷兰画作特点虽然微小,却真实存在,它印刻在凡德伊的音乐中,在小说里产生了又一层面的意义:音乐与绘画之间的额外关系。

我们知道,凡德伊的作品主要归功于瓦格纳,这位德国音乐家为凡德伊提供了音乐元素中大量显著的特征。然而,普鲁斯特的参照显然并未止于此,作为虚构作品的《追忆》,在创作中始终在不断完善其中的美学理论支撑,基于这一前提,其中任何一种艺术形式具有千变万化的特征也不足为奇,正是这种无尽的多义性的注入,让虚构的文学作品产生了更多的可能性,这些属于各种艺术领域的可能性加固着小说的深层结构。

在《女囚》一卷中,我们看到埃尔斯蒂尔的色彩靠近了瓦格纳的和弦。

> ……音乐帮助我自我反省,从中发掘新的东西:那就是我在生活中、旅行中枉然寻找的多样性,而让它那阳光照耀的波浪逐渐在我身旁减弱的音响之波涛则勾起了我对多样性的憧憬。双重的多样性。正如光谱向我们显示了光的组合,瓦格纳的和弦、埃尔斯蒂尔的色彩使我们认识另

---

① Marcel Proust, *A la recherche du temps perdu*, édition publiée sous la direction de Jean-Yves Tadié, Paris: Gallimard, 1987-1989, t. I, p. 215.

一个人的感觉中质的要素，而对另一个人的爱却无法使我们深入这种要素。还有作品本身内在的多样性，通过真正成为多样性的唯一方法：集中多种个性。①

我们犹记得埃尔斯蒂尔的美学主要建立在空间的倒装上，以形成一种带有欺骗性的景象、一种视觉的幻象。绘画的色彩、音乐的和弦，普鲁斯特将这些艺术性与文学的风格相等同，通过艺术间的可递性相互观照，让他在谈到凡德伊的多样性，观照文学虚构作品的多样性，以及埃尔斯蒂尔的绘画中的多样性，如此便构成了普鲁斯特独特的艺术辩证法。

其实，言语很难描述音乐的本质，普鲁斯特更多地倾向于其魅力的引领，那些引发我们与某些事物相联系的关联带来的意识，用言语揭示出我们看不到的诱惑。某些感受闪现于我们的意识中，可以用言语去记录，但是无法准确地用言语再现，因而普鲁斯特在这世界上的最后一件乐事就是去倾听这首《重现的时光》四重奏，这能让他在病痛中减轻些许痛苦。

有人说，"如果马塞尔和斯万没有听到凡德伊的奏鸣曲，马塞尔就不会开始写《追忆》，斯万也永远不会停止对奥黛特的爱，时光永远不会消逝，他也永远无法重现时光"②。音乐家用音乐的反复、节奏、对位法将空间和时间切分，普鲁斯特同样通过收集记忆和时间，将过去置于现在和真实之中，让此刻不再是此刻，让理想变得缥渺。"似水年华"占据了整部作品，普鲁斯特也从中逃离了时光的残酷，将乡愁掩藏于无穷尽的音乐急板。终于他领悟到，他的快乐就像赞美诗中描绘的一样：从时间的序列中被拯救的一分钟在我们的感知中重新被创造，于是我们在时间中被拯救。对于记忆的恢复，在《追忆》中被有条不紊地娓娓道来，自从他开始用音乐作为现实的符号、隐喻的机器之后，我们看到的不是呈现过去，亦非描写现在的作品，而是最无时间性的绵延，这时的普鲁斯特要比柏格森更具柏格森主义，绵延不再无法触及，却是唯一能逃避死亡的东西。如果说从玛德莱娜小点心中所获得的简单快乐无法合理解释，我们才真正明白，普鲁斯特要告诉我们，他对自己的快乐无比确信，即使是"死亡"，对他来说也无足轻重。居于时光之外，又何惧未来？

在小说之终结《重现的时光》中，普鲁斯特说："真正的生活，最终得以揭示和见天日的生活，从而是唯一真正经历的生活，这也就是文学。这种生活就某

---

① Marcel Proust, *A la recherche du temps perdu*, édition publiée sous la direction de Jean-Yves Tadié, Paris : Gallimard, 1987-1989, t. III, p. 665.

② Dominique Dupart, "Les déchets de la *Recherche*", *Vacarme*, NO. 65, Paris : Vacarme, 2013, p.58.

种意义而言同样地每时每刻地存在在艺术家和每个人的身上。"[1]我们是否也可以设想,普鲁斯特同样也是在文学里完成对音乐的辨读,让真正的生活得以完成。真正的生活,即唯一真正经历的生活存在于文学,同样存在于类似"内心作品"的音乐中。作家的任务是去识别生活背后,构成如音乐曲谱般的符号中最珍贵的东西。或者说,生活在一种完整的生活中,在生与死,遗失与寻回之间,而音乐在其间,能提供深入浅出的探查,在纯粹时间的片段中,记录下和再现着探索难辨的轨迹。就像在爱情中,应当力图去理解作为规则和思想的感知,同时去思考如何走出我们所感受到的半明半暗和模糊,将其变成某种精神的等价物。因为写作,只能重建和反映瞬息即逝的片段,而在音乐中,艺术作品可以拥有完整性。真正的生活,是记忆中旋律的再现。

安德烈·莫洛亚认为,普鲁斯特的小说是一种肯定、一种解脱,安德烈·莫洛亚在《追忆》的序言中说:就像凡德伊的七重奏一样,其中两个主题——毁坏一切的时间和拯救一切的记忆对峙着:"最后,欢乐的主题取得胜利;这已不再是从空荡荡的天空背后发出的几乎带着不安的召唤;这是一种不可名状的快乐,好像来自天堂,这种快乐与奏鸣曲里的快乐差别之大,犹如贝里尼画中温和、庄重、演奏双颈诗琴的天使与米开朗琪罗笔下某一穿紫袍、吹大号角的大天使的差别。我知道我永远不会忘记快乐呈现的这个新的色彩,这个引导我们寻求一种超尘世的快乐的召唤……"[2]普鲁斯特让由音乐所构成的文本受神经支配,音乐就像写作洪流中的灯塔和路标,在他的宣叙调散文的绵延中成为不可取代的主调。

---

[1] Marcel Proust, *A la recherche du temps perdu*, édition publiée sous la direction de Jean-Yves Tadié, Paris: Gallimard, 1987-1989, t. IV, p. 474.

[2] 马塞尔·普鲁斯特:《追忆似水年华》(上、下),李恒基等译,南京:译林出版社,2001年,施康强译,第7页。

第三章 普鲁斯特的艺术哲学

声和光在原理上与人类的根本有关，同样都是人类的基干。

——小泽征尔

第一节 "向上的努力"

艺术与哲学本处于对立的两端：艺术是现实而客观的，哲学则是理念而主观的。依据谢林的观点，艺术的哲学是"以理念物来呈现艺术中的现实之物"[①]。哲学无法呈现真实的物体，只能以其理念进行投射；而艺术却能够再现自然和宇宙，具备穿越一切的潜力：例如，音乐可以作为世界的原初图像式节奏，在模拟世界中迸发；图像则能再现并开启智识的世界。黑格尔提出，艺术与哲学之间，"应该借助哲学理性对艺术作品的直觉产品决定采纳与超越"[②]。叔本华则将哲学与艺术定义为"理念认识"，这与"科学认识"对立。科学认识不能给我们带来真正地对客观事物的认识，而只是对客观事物之间关系的认识，科学认识永远无法超越这个世界而走向自我之客观物（即意志）；只有艺术与哲学认识能够超越现象。艺术与哲学可以进入认知，时间、空间、实在的多样性乃至因果性事实皆可由个体意志及其认知领域所构成。海德格尔在"艺术作品的本源"中，区分了艺术产生的美与哲学产生的真理之间的差别，以论述艺术的本质是"存在者的真理将自

[①] 菲利普·拉库-拉巴尔特，让-吕克·南希：《文学的绝对——德国浪漫派文学理论》，张小鲁，李伯杰，李双志译，南京：译林出版社，2012年，第344页。

[②] 让-马里·舍费尔：《现代艺术——18世纪至今艺术的美学和哲学》，生安锋，宋丽丽译，北京：商务印书馆，2012年，第301页。

身植入作品中"[①]，在艺术作品中，如果将"存在是什么"和"存在者如何存在"开启出来，那么艺术作品的真理也就应运而生。狄奥多·阿多诺在《美学理论》中，将艺术还原为哲学真理——"哲学与艺术在真理内容的理念上相互重叠。艺术作品逐步揭示的真理就是哲学概念的真理……美学体验必须传递到哲学，否则就不真实"[②]。古德曼站在艺术的立场上进一步提出，艺术在其哲学实践中，具有不同于文本的认知潜力。艺术的哲学可以以其特殊的对立组合及认知方式来反映世界与现实。那么，普鲁斯特是否也是在借艺术作品，将其美学体验递交给文字，并在追寻与揭示真理的愿望与过程中，形成某种哲学实践？

安娜·亨利说，《追忆》中"每一个人物的出现，每一个细小的枝节，叙述者的每一句旁白，其实都担负着一种思辨的功能"[③]。当《追忆》的叙述者从一杯茶中体会到即刻和某个遥远的时刻在他身上重叠所带来的至福，品味到生命中此刻与过去某一天所具有的共同点，拥有了超乎时间之外的感受时，拥有作家理想的叙述者，渴望将这种瞬息之间的、处于纯净状态的时光，即"存在于现在，又存在于过去，现实而非现时，理想而不抽象"[④]的，逾越时间序列的瞬间，用文字进行再现。在叙述者生命中出现的转瞬即逝的、逃脱时间的这一"静观"是他唯一丰富而真实的快乐，然而这种事物本质的静观，他决心全力以赴追寻的真实，停留于一个不可见的内在世界，该"如何固定下来呢？通过怎样的手段？"[⑤]在体验了太多转瞬即逝，隐约抵达真相的感觉之后，普鲁斯特也深刻地意识到，要使这一静观达到自己心灵深处的境地，并非在梦中所见，或是用回忆重现，旅行也只是一再地带来幻觉，这些都不是他所寻找的手段。他说："能够使我们更充分地品味它们的方法唯有尽可能比较完整地认识它们，在它们所在的地方，即在我的心中，尽量使它们明朗化，直到它们的深处都变

---

① 原文出处为：Martin Heidegger, "The origin of the work of art", *Poetry, Language and Thought*, Albert Hofstadter(trans.), New York: Harper Collins, 1971, pp.17-21, 32-37. 此处转引自大卫·戈德布拉特，李·B.布朗：《艺术哲学读本（第二版）》，牛宏宝等译，北京：中国人民大学出版社，2016年，第55页。

② Theodor W. Adorno, *Aesthetic Theory*, C. Lenhardt (trans.), London: Routledge & Kegan Paul, 1984, pp.189-190. 转引自让-马里·舍费尔：《现代艺术——18世纪至今艺术的美学和哲学》，生安锋，宋丽丽译，北京：商务印书馆，2012年，第429页。

③ Anne Henri, *Marcel Proust : Théorie pour une esthétique*, Paris : Klincksieck, 1983, p. 8.

④ Marcel Proust, *A la recherche du temps perdu*, édition publiée sous la direction de Jean-Yves Tadié, Paris : Gallimard, 1987-1989, t. IV, p.451.

⑤ Marcel Proust, *A la recherche du temps perdu*, édition publiée sous la direction de Jean-Yves Tadié, Paris : Gallimard, 1987-1989, t. IV, p.454.

得清晰可见。"①"完整地认识它们",意味着让这静观的印象"在它们所在的地方"从阴暗处走向明朗,它们所在的地方——我的心中,这里是一片可被探索的领地,在这里,"对被转变为符号的印象的辨认,必然引起精神的主动介入"②。

普鲁斯特希望他所感受到的东西能走出半明半暗、模糊不清的境地,试图找到一种"精神的相似性"。米歇尔曾说,"关于古代把形象视为精神'相似性'的概念的简要叙述中,我们看到始终存在着一种感觉,事实上是一种原始感觉,即总是要把形象理解为内在的和看不见的世界"③。当普鲁斯特意识到,"需要表现的外表并不存在于主体的外表"④,对"相似性"的转换仿佛成为一种窥见灵魂的方式。而许久以来,相似性也被看作艺术的本性。艺术在重新加工这些印象时,为天然而原始的材料赋予了形式,它可以将印象所带来的材料转换成其他形式,如展开的画幅或是乐句中的音符,让短暂的瞬间从时间的秩序中跃出。

在一次次失望的回顾后,在《重现的时光》中当叙述者再次回首,想到汤勺的撞击声或是小玛德莱娜点心的滋味所带来的超越时间的欢乐时,叙述者说道:"它是否就是奏鸣曲的那个短乐句……它是否就是那首七重奏的神秘的红色召唤……的那种幸福……这个乐句尽可以象征一声召唤……"⑤同时,当这些瞬间像一幅幅图像般展开,"我们感觉到它向光明上溯的努力,感觉重新找到了现实的欢乐。这种感觉还是由同时代的印象构成的整幅画面的真实性的检验,这些同时代的印象是它以记忆或有意识的观察永远都不可能得知的,它们按光明和阴影、突出与疏漏、回忆与遗忘间的那种绝不会错的比例随它之后再现"⑥。普鲁斯特引领我们关注这个不可见的世界,而不可见的恰恰是灵魂的本质,他只有选择以艺术为媒介进入内心世界,因为艺术再现的正是这个灵魂的世界,是感性的在场,这也是艺术的神秘关键所在。艺术必然在这一追寻与揭示的努力中,将其内容与

---

① Marcel Proust, *A la recherche du temps perdu*, édition publiée sous la direction de Jean-Yves Tadié, Paris: Gallimard, 1987-1989, t. IV, p.456.

② Pierre Macherey, *Proust entre littétrature et philosophie*, Paris: Édition Amsterdam, 2013, p.197.

③ 米歇尔:《图像学:形象、文本、意识形态》,陈永国译,北京:北京大学出版社,2012年,第46页。

④ Marcel Proust, *A la recherche du temps perdu*, édition publiée sous la direction de Jean-Yves Tadié, Paris: Gallimard, 1987-1989, t. IV, p.461.

⑤ Marcel Proust, *A la recherche du temps perdu*, édition publiée sous la direction de Jean-Yves Tadié, Paris: Gallimard, 1987-1989, t. IV, p.456.

⑥ Marcel Proust, *A la recherche du temps perdu*, édition publiée sous la direction de Jean-Yves Tadié, Paris: Gallimard, 1987-1989, t. IV, p.458.

形式赋予《追忆》，在其中发展孕育，小说也由此进入了一种哲学的维度。

自然现象为科学认知给予养料的过程，就好似无意识形式的再现滋养着艺术作品。当普鲁斯特用自己的名字"马塞尔"进行叙述时，精神的处理过程类似于艺术作品；在从现实中所获取的材料基础上，创造出现实的精神等价物，用另一种语言或方式将其传译，在普鲁斯特看来，将那些瞬间感受解释成法则和思想，是独一无二的方法，"除了制作一部艺术作品之外还能有什么呢？"①显然这部"艺术作品"，既包含着艺术的法则，也恢复了精神的积极作用，同时也建立起了精神与生命中的自然力量间的联结。这一方法同时也"克服了本能与智力间的对立——艺术扎根于自然；艺术并不满足于记录画面所带来的直接印象，这些画面，它将它们变成符号，进行再加工，用让这些画面开口说话的方式重现创造它们"②，因而埃尔斯蒂尔的画作中才会出现对世界的重新命名与认知。

在普鲁斯特哲学观念的塑造与形成中，柏格森和叔本华③占据着重要的位置：凡德伊的塑造与叔本华不可分割，埃尔斯蒂尔在绘画时应当是参阅了柏格森的美学思辨与记忆理论④。正如吕克·弗莱斯所说，"叔本华借给普鲁斯特神灯，柏格森为他提供词典"⑤。

第二节　柏格森哲学：美学的思辨

普鲁斯特的许多创作构想在 1896 年由加尔曼-雷维出版社出版的《欢乐与时日》中就初现端倪，记忆、时间及内在生命的价值，尤其是"非自主记忆"的思考已酝酿其中。而此时普鲁斯特还没有读过柏格森的著作。柏格森的第一部著作《论意识的直接材料》（*Essai sur les données immédiates de la conscience*）发表于 1889 年，时年，普鲁斯特在奥尔良的步兵团入伍。按普鲁斯特所说，《欢乐与时

---

① Marcel Proust, *A la recherche du temps perdu*, édition publiée sous la direction de Jean-Yves Tadié, Paris: Gallimard, 1987-1989, t. IV, p.457.

② Pierre Macherey, *Proust entre littérature et philosophie*, Paris: Édition Amsterdam, 2013, p.199.

③ 安娜·亨利（Anne Henry）在《马塞尔·普鲁斯特——一种美学理论》（*Marcel Proust. Théories pour une esthétique*, 1983 年）一书中指出，普鲁斯特的美学，尤其就音乐与艺术的救赎功能而言，不仅受到叔本华的影响，而且受惠于谢林。事实上，这些思辨的艺术理论在当时两个世纪之交遍布美学观念，甚至很难确定理论的确切来源。

④ 我们也认为，普鲁斯特的绘画理论应当多多少少也参照了谢林的绘画艺术理论及施莱格尔的风格理论。

⑤ Luc Fraisse, *Le processus de la création chez Marcel Proust: le fragment expérimental*, Paris: José Corti, 1988, avant-propos, p.XV.

日》是他高中时期写就的，1888 年只有 17 岁的普鲁斯特还在读波德莱尔、马拉美和魏尔兰的诗作。1890 年，普鲁斯特进入巴黎自由政治学院（今巴黎政治学院）法学院学习，也在索邦大学（今巴黎大学）完成了部分课程，大多数的课程令他感到乏味，他更钟情于哲学。此时正在索邦大学任教的哲学家柏格森的课程定会吸引普鲁斯特，也是在发表《论意识的直接材料》后不久，柏格森娶了普鲁斯特的表亲纳比尔热小姐，两人成了亲戚。私人关系加之二者极其相似的追寻目标，两人又处于同一时代的法国知识界，相同的文化与思考氛围使两位伟大的思想家背负起了探索"真实世界"的共同使命，这位著名的形而上学学者柏格森对小说家普鲁斯特日后的影响必然在潜移默化中日益加深。

在《创造进化论》（L'évolution créatrice，1907）中，柏格森将科学在本质上与他所谓的"电影摄影学"方法联系在一起。科学并不是把实在视为一个持续的流程（事实上，科学是一个"绵延"），同时也是从这一流程中抽出的瞬间进行"拍照"的系列。通过芝诺悖论[①]无法避免又无法解决的思想去向，柏格森提出，现在活动总是从一个起点指向一个终点，而且对两者之间会发生什么并没有根本的关注。因此，科学对活动的关注直接导致了它的摄影术实在观。同时，作为哲学家，柏格森对意识、知觉的开发，也对现代艺术产生了无可否认的影响，他以诗般的语言召唤艺术家发挥内在而深层的创造力。在《论意识的直接材料》中，柏格森对种种知觉，诸如美感、音感、光感、色感、情绪及肌肉紧张等进行分析，以论证生命的自由和创造。他的时间及空间观念，他的直觉方法（与艺术家天赋之心智能力相似：直接认识，去除陈规，透过表象对实在进行直接感知）及理智，亦有助于艺术家对"实在"进行感知与实践。

柏格森也凭借其"生命哲学"备受同时代学者的肯定，柏格森哲学的主要课题也在于探究生命本质，以及与生命休戚相关的时间。柏格森首先对自亚里士多德以来的时间观发起挑战，他认为亚里士多德的时间观，将时间看作物体运动或变化的连续，时间之前后发生使人意识到时间流转，因而没有运动变化便无时间可言。柏格森将时间本质视作人的意识，真正的时间与生命一样是不可分割的。在《论意识的直接材料》中，柏格森运用科学实证的方法分析意识，并证明了他

---

① 芝诺悖论是古希腊数学家芝诺（Zeno of Elea）提出的一系列关于运动的不可分性的哲学悖论。这些悖论由于被记录在亚里士多德的《物理学》一书中而为后人所知。芝诺提出这些悖论是为了支持他老师巴门尼德关于"存在"不动、是一的学说。他的悖论在亚里士多德的《物理学》里被概括为以下四个：二分法、阿喀琉斯、飞矢不动、运动场。这些悖论中最著名的两个是："阿基里斯跑不过乌龟"和"飞矢不动"。这些方法现在可以用微积分（无限）的概念解释。

"真实的时间"的观点,亦通过实证的实验方法,导出其"生命哲学"的观点。柏格森哲学充满了美学思辨的魅力,他的"真实的时间"与"记忆"也直接影响了普鲁斯特的写作规划。

1889 年,柏格森在其博士论文《论意识的直接材料》中,重点解析了"真实的时间",即"绵延"(durée),这种时间与通常的表象的时间(或抽象的时间)不同,并由此引出"真正的自我是不可分割的绵延本性",也由此解决了哲学史上的自由与命定的问题。对于"绵延",柏格森通过音乐的韵律加以说明:

> 纵使这些音调是一个个连续地发出的,然而我们是在那连续里感知它们,并且,它们的全体可以相比于一个活的存在,其各部分虽然是区别分明的,但是彼此连带得太密切了,以至于它们互相渗透吗?其证明如下:如果我们借由在某一音符滞留过久来干扰韵律,则警示我们错误的,不是那音符夸张的延长,而是全部乐章因此而引起的变质。我们因此能感知到连续而不用区别(各个部分),并把它想象成一个相互渗透,一个众元素彼此联结且组织起来;各分子都是全体的缩影,除非用抽象的思维,否则无法把它和全体分开或孤立。这样的一个绵延说明,可以由一个既是恒常同一,又是变化不拘,且没有空间观念的人来提供。[①]

因而,在柏格森看来,音乐的旋律予人纯粹的连续印象,绵延之无法分割,正如音乐旋律的断裂或停滞无法成全和谐曲调。柏格森进一步认为,音乐的声音亦可见诸美感:"音乐比自然的声音更能感动我们,其理由即在于自然只能呈现种种情感,而音乐则把情感暗示给我们。"[②]这说明美感经验是由"暗示",而非"呈现"来传达的。

绵延是变化不拘的运动,也是不可分割的连续,有如生命是不可拆离、完整而有机的整体的存在。然而,现实中的时间又像被分裂的画卷,时间似乎在每一客体和每一存在中规定出一个空间,当我们在其中建立起意识,用过去与现在的碎片创建未来,以完全个人的方式制造出特定的用途,能够捕捉到过去、现在和将来的意识,好似在现实中选取碎屑的记忆一般,在夜的深处如陨石般飘落。正是这样建立在时间中的意识,能在内在生活中观看人类已然出现的行为,这个观看的瞬间具有超脱绵延的可能。例如,柏格森在《创造进化论》中所说,即刻(电

---

① 转引自尤昭良:《塞尚与柏格森》,桂林:广西师范大学出版社,2004 年,第 152 页。
② 尤昭良:《塞尚与柏格森》,桂林:广西师范大学出版社,2004 年,第 153 页。

影术和意识）的拍摄孤立于任何时刻。

与绵延同属基本存在的是"自我"，"自我"是唯一实实在在的东西，是活生生的、发展中的自我。柏格森哲学中的"自我"位于纯情绪的心理状态中，是心理体验的运动变化本身，与"绵延"同一。而心理的、意识活动的产物，也是柏格森唯心主义中的生命，"生命的冲动"构成世界的基础和本源，可被视为一切有机体的本质和生物进化的动力。"绵延""自我""生命冲动"是柏格森哲学中的基本存在，而这三者也恰如其分地概括了普鲁斯特的文学实践活动：在对"自我"的不断探寻中，捕捉超脱"绵延"的时刻，再以强大的心理与意识所形成的"生命冲动"去重构这些瞬间。当然，按照柏格森理论，这三者也正是艺术表现的对象。

艺术在柏格森看来就是本体显现，艺术所再现的是生命运动，是真正的实在之体现，因而柏格森说："艺术的目的就是除去那些实际也是功利性的象征符号，除去那些为社会约定俗成的一般概念，总之是除去掩盖现实的一切东西，使我们面对现实本身。"[①]这里的现实是柏格森所谓的"超脱于生活的心灵"，是"形式与色彩的某种独特的和谐"，是"事物的内在生命"，也是"比人最深的情感还要深入一层的生命与呼吸的某些节奏"[②]。艺术就是本体的生命运动的再现，艺术家就是充满生命冲动的热情创造者。艺术创造在绵延的展开中进行，体现着无时无刻不在变化的感觉、情绪、意志及表象，体现着每一刻在灵魂状态下流动的绵延[③]。因此，与其说艺术表现感情，不如说艺术能让我们接受感情，产生印象——艺术将感情暗示给我们。当艺术找到某种更有效的手段时，就会自愿地放弃对自然的模仿：自然以表现感情为限，而音乐则向我们启示感情。艺术从不同形式上提供着暗示：例如，音乐和诗歌中韵律的运动，建筑物中的匀称美（类似韵律效果）。与艺术作品产生共鸣时，也是接受启示的观念，与被表现的感情之间发生共鸣之时。

艺术所再现的真实和它所启发的感情也是普鲁斯特思考并加以利用的材料，普鲁斯特所追寻的现实正是唯一真实的存在——存在于我们周围的那些感觉和记忆之间的关系中。正如绘画是画家在生命的瞬间所进行的创造，艺术家将其感觉、意志与记忆融于调色板和艺术的风格，是瞬间的每一次改变所形成的创造物，因

---

① 蒋孔阳：《二十世纪西方美学名著选》，上海：复旦大学出版社，1987年，第148页。转引自边平恕：《柏格森的直觉主义及其对现代派艺术的影响》，《杭州师范学院学报》1994年第2期，第48-49页。
② 边平恕：《柏格森的直觉主义及其对现代派艺术的影响》，《杭州师范学院学报》1994年第2期，第49页。
③ 亨利·柏格森：《创造进化论》，姜志辉译，北京：商务印书馆，2004年。

而这种创造已不再是客观世界的反映,其中充斥着时间、印象和记忆。普鲁斯特在这一点上靠近了柏格森:通过意志和智力的努力,实现材料与意义的变化。似乎普鲁斯特和柏格森在艺术问题上达成了共识:艺术必须通过瞬间的目光去审视,在内在生活中观看,并用模糊的感受去捕捉,此时瞬间便能通过人类艺术的行为超越绵延,给予我们真正的现实。

20世纪初,艺术基于柏格森学说,从客观世界转向主观内心,从唯物走向唯心,从理性走向非理性。因为真实的实在不能通过理性去把握,于是柏格森提出了与理性方法对立的直觉的方法——艺术只有通过直觉,才能认识和体现实在。柏格森说:"生命的意向,也就是通过若干线条而表现的简单运动,或者说把这些线条结合起来并赋予意义的运动,但是这些运动却逃避了我们的注意力。因而艺术家企图再现这个运动,通过一种共鸣将自己纳入到这运动中去,也就是说,他凭直觉的努力,打破了空间设置在他和创作对象之间的界限。"[1]印象派画家塞尚也有过类似的思考,塞尚说:"去感觉自然,组织你的直觉,深刻地、有条理地表现你自己。"[2]画家心灵能力中的直觉,在画师塞尚看来是"眼"与"脑"的相辅相成和彼此合作——以眼求得对自然的洞察,以脑组织感觉求得表现方法的逻辑性[3]。正如我们之前所谈到的,普鲁斯特艺术哲学的基础,正在于通过直觉获得印象。

然而,在记忆的问题上,普鲁斯特渐渐开始背离柏格森理论。吉尔·德勒兹发现,柏格森在记忆的论点上有某种似是而非:如果时间真实,过去只能存在于记忆之中,任何东西不会消失也不会逆转。所以过去无法用现在重构,只有在我们实际上去寻找的过去之中,才能回到过去。柏格森试图革新一种方法,即我们不是从现在走向过去,从感知走向回忆,而是从过去走向现在,从回忆走向感知,凭借的手段是"自发的记忆"。但如何能解救或释放出自发的记忆,柏格森却无法明确地回答,德勒兹认为,是普鲁斯特为我们提供了这个问题的答案——通过"非自主记忆"。德勒兹在《普鲁斯特与符号》中谈到,普鲁斯特的"非自主记忆"是一种永恒的即刻形象:"记忆的恢复向我们展示了纯粹的过去,过去在自我中存在。也许,这一自我的存在跨越了一切时间的经验论⋯⋯而获得

---

[1] 转引自边平恕:《柏格森的直觉主义及其对现代派艺术的影响》,《杭州师范学院学报》1994年第2期,第50页。

[2] 尤昭良:《塞尚与柏格森》,桂林:广西师范大学出版社,2004年,第16页。

[3] 柏格森与塞尚的关系,以及柏格森哲学对艺术的影响,可参阅尤昭良:《塞尚与柏格森》,桂林:广西师范大学出版社,2004年。

了永恒的形象。"[1]柏格森和普鲁斯特都承认纯粹的过去,承认过去的自在存在。只是柏格森的回忆或纯粹的过去不是经验的领域,在记忆的错乱之中,我们看到的只是"形象—回忆",它回应着现在状态的召唤。而普鲁斯特则实践了过去自在的存在可以通过时间的两个瞬间同时存在而被经历和感受。[2]

记忆的回溯往往无法按照时间序列展现,而是呈颠倒和碎片化的状态,在《追忆》中,岁月平淡无色的苍穹和被分割的形态构成了许多个盖尔芒特公爵夫人和许多个斯万夫人,在理解一个存在时,记忆的碎片将整体的情感取代,人物居于这些狭小的碎片中,往复运动和消失的状态犹如音乐一般:奏鸣曲流泻的音响将"我"带回贡布雷的那些日子,凡德伊作品中的一音一符、一拍一调,让我们能看到这个出人意料的世界,从欣赏作品时间上的错落所形成的空隙中看世界;画家埃尔斯蒂尔的世界也同样如此:"东西各处,一鳞半爪,却能看出一个世界"[3];也如同主人公的爱情,留在叙述者记忆中的阿尔贝蒂娜,变成了零零碎碎的时间概念。这星星点点碎片的状态,让逝去时光的形态变得就像是"我的生活",于是叙述者在看到三棵树时,在无能为力的遗憾中写道:

> 从前,在什么地方,我曾经注视过这三株树呢?……是否应该相信,它们来自我生活中已经那样遥远的年代,以至于其四周的景色已在我的记忆中完全抹掉,就像在重读一部作品时突然被某几页深深感动,自认为从未读过这几页一样,这几株老树也突然从我幼时那本被遗忘的书中单独游离出来了呢?难道不是正相反,它们只属于梦幻中的景色?我梦幻中的景色总是一样的,至少对我来说,这奇异的景观只不过是我白天做的事晚上在梦中的客观化罢了。白天,我努力思考,要么为了探得一个地方的秘密,预感到在这地方的外表背后有什么秘密,就像我在盖尔芒特一侧经常遇到的情形一样;要么是为了将一个秘密再度引进一个我曾想渴望了解的地方,但是,见识这个地方的那天,我觉得这个地方非常肤浅,就像巴尔贝克一样,这几株老树,难道不是前一夜一个梦中游离出来的一个全新的影像,而那个影像已经那样淡薄,以致我觉得是从

---

[1] Gilles Deleuze, *Proust et les signes*, Paris: PUF, 1993, p.78.

[2] 吉尔·德勒兹关于普鲁斯特的研究主要参阅 Gilles Deleuze, *Proust et les signes*, Paris: PUF, 1993;此处部分内容转引自臧小佳:《经典的诞生——〈追忆似水年华〉文学批评研究》,北京:外文出版社,2011年,第69-92页。

[3] Marcel Proust, *A la recherche du temps perdu*, édition publiée sous la direction de Jean-Yves Tadié, Paris: Gallimard, 1987-1989, t. III, p.759.

更远的地方来的吗？抑或我从未见过这几株树，它们也像某些树木一样，在身后遮掩着我在盖尔芒特一侧见过的茂密的草丛，具有跟某一遥远的过去一样朦胧、一样难以捕捉的意义，以致它们挑起了我要对某一想法寻根问底的欲望，我便认为又辨认出某一回忆来了？抑或它们甚至并不遮掩着什么思想，而是我视力疲劳，叫我一时看花了眼，就像有时在空间会看花眼一样？这一切，我不得而知。

　　这期间，几株树继续向我走来。也可能这是神话出现，巫神出游或诺尔纳出游，要向我宣布什么神示。我想，更可能的，这是往昔的幽灵，我童年时代亲爱的伙伴，已经逝去的朋友，在呼唤我们共同的回忆。它们像鬼影一般，似乎要求我将它们带走，要求我将它们还给人世。从它们那简单幼稚又十分起劲的比比画画当中，我看出一个心爱的人变成了哑人那种无能为力的遗憾。他感到无法将他要说的话告诉我们，而我们也猜不明白他的意思。不久，两条路相交叉，马车便抛弃了这几株树。马车将我带走，使我远离了只有我一个人以为是真实的事物，远离了可能使我真正感到幸福的事物。马车与我的生活十分相像。①

　　为了从内心深处最隐秘的情感中找到生命和事物的本质，普鲁斯特进行着晦涩朦胧的努力，他最终在自己的内心看到了这些树。第一部《普鲁斯特传》的作者莱昂·皮埃尔-甘认为，"普鲁斯特的整个哲学真实即建立在这一基础上"②。普鲁斯特的美学观也正是来自这种探索方式——通过神秘朦胧的探索，找到艺术本身。

　　对于哲学家柏格森来说，"此刻的自我其实可以在与碎片联系的整体中认出自身——我们的特征，总是展现着我们的所有选择，也正是我们所有过去状态的现时合成。在这一浓缩形式之下，我们先前的心理生活对我们来说更多地仅仅存在于外部世界，而那是我们能认知的最小部分，却动用了我们的全部经验"③。然而，这首奏鸣曲、这辆马车，却具有痛苦生活的不可能性，它们就是碎片的整体，整体并不是过去的全部，而只是我们意识中所感受到的一部分，是作为未来

---

① Marcel Proust, *A la recherche du temps perdu*, édition publiée sous la direction de Jean-Yves Tadié, Paris : Gallimard, 1987-1989, t. II, pp.78-79.
② 莱昂·皮埃尔-甘：《普鲁斯特传》，蒋一民译，重庆：重庆大学出版社，2011年，第89页。
③ Luc Fraisse, *Le processus de la création chez Marcel Proust : le fragment expérimental*, Paris : José Corti, 1988, p.41.

的外部世界。小说的空间迫使普鲁斯特回到碎片生活的片段，用支离破碎去展现完整，用他的插入语，用他的无序，在被记忆损坏、拆解的时间中，即像海上浓雾隐藏起万事万物一般的时间中，在其中缩减，也在其中膨胀。与柏格森不同的是，普鲁斯特用小说构建出了绝对的中断，他让柏格森理论变成了对存在的哀叹。记忆的确是过去的碎片，本质的记忆是残缺的，它是过去毫无方向的碎片，没有可见的源头，也没有整体的影子。

乔治·布莱在柏格森的引导下，发现了"不可信的空间化时间与可信的时间之间的区别"，这位批评家在试图寻求一种能够脱离短暂的人世时间，以求达到完全充分的时间的出路时，正是普鲁斯特为他带来了希望。乔治·布莱因而也发现了柏格森与普鲁斯特的绵延时间观中的区别：同柏格森绵延并延续的时间相比，普鲁斯特的时间是间断与间歇的。"每一个时刻和地点，都构成了一个封闭的瓶子，时间中的不同时刻就像空间中的不同地点，同样都无法穿越。"[①]若把普鲁斯特的时间比作封闭的瓶子，每一个时刻被囚禁在时光不同的瓶内，重获的时刻并不是真正的绵延，而是时间中的微小部分，每一个不同时刻相距遥远，是孤立且多样的时间。普鲁斯特所重建的时间是一点一点在精神所能企及的独立存在体中建构起来的，因而，精神也为普鲁斯特带来了某种无能为力的痛苦。[②]

从某种意义上说，凡德伊的音乐特点便在于此，无论是奏鸣曲用短促的呼唤，将纯净延绵的长线切成碎段，还是七重奏将散乱的残音融入同一隐形的调号，"一个是如此沉静腼腆，近乎于分弓拉奏，又如哲学玄思，而另一个则是如此急促焦虑，苦苦哀求"[③]，它们是同一种祈祷，饱含着相似的深层目的——与内心国土的记忆合拍，音乐家用大幅度的变音转译，画家则是用色彩与结构的变换去转译。艺术家在无意识中，与失却的故国保持着某种程度的共鸣，用艺术呈现时间本质，以五颜六色和变奏旋律将内心世界外化呈现。

吕克·弗莱斯从碎片的角度发现，普鲁斯特与哲学家的关系已发生变化，我们也需要重估碎片在柏格森或叔本华理论中的角色。在碎片的主题中我们能

[①] George Poulet, *Studies in human time*, Baltimore: The Johns Hopkins Press, 1956, p.315.

[②] 乔治·布莱关于普鲁斯特的时间与空间研究，主要参照 George Poulet, *Studies in human time*, Baltimore: The Johns Hopkins Press, 1956, *L'espace proustien*, Paris: Gallimard, 1982, 以及臧小佳：《经典的诞生——〈追忆似水年华〉文学批评研究》，北京：外文出版社，2011年，第39-56页。

[③] Marcel Proust, *A la recherche du temps perdu*, édition publiée sous la direction de Jean-Yves Tadié, Paris : Gallimard, 1987-1989, t. III, p.759.

看到形式主义的拉斯金,他甚至是一位结构主义家,以及作为拉斯金的译者普鲁斯特——在拉斯金的著作中默默找寻,找寻与他未来的创作同质的抽象形象。普鲁斯特与艺术的关系,从脱离柏格森的断裂的碎片视角看,更凸显了作家先锋派的文化视阈。埃尔斯蒂尔的精细印象主义,也已被碎片充斥,这更靠近普鲁斯特的艺术哲学,这种艺术虽与更为当代的创新相比略显落伍,但立体主义的革新及电影技术的最初尝试在普鲁斯特的小说中业已表现为某种早期实验——小说中"平面的回转叠合,剪辑,粘贴,运动的印象由固定画面的连接所产生"[1],这似乎也在预见着某种未来艺术的诞生。

第三节　靠近叔本华

安娜·亨利曾指出:"普鲁斯特唯一辩读的乐谱,是叔本华谱写的,他将这曲谱与自己的个人变奏相联结。"[2]安娜·亨利也提到,普鲁斯特在 1895 年创作的散文《星期天的音乐学院》受到德国哲学的影响,写这篇散文之时,也是普鲁斯特靠近叔本华的音乐形而上学观念之际,这种影响一直延续到创作《追忆》之时。普鲁斯特在这篇文章中,并没有对音乐进行分析,而是将叔本华关于灵魂的提升及音乐对听众所产生的感应作为其虚构的初衷。普鲁斯特的《追忆》也明显受到叔本华的《作为意志和表象的世界》(*Le monde comme volonté et comme représentation*)中的美学观念的影响。

叔本华,可被视作 19 世纪最伟大的哲学家之一,他对音乐、绘画、诗歌和歌剧都有研究,并将艺术看作接触人类存在的痛苦的一个可能的途径,他也是为普鲁斯特带来最关键影响的哲学家之一。早年的叔本华认为,在这谜一般的世界中,万物的内在本质是完全统一的,他将这一本质归结并命名为"意志"。叔本华的"意志"类似康德的"自在之物"(thing-in-itself,亦称物自体),二者是等价的。根据康德的说法,我们通常所能感知到的只是世界的表象,而这个独立于感官的世界本身,对我们来说是不可思议的。康德的观点又类似于柏拉图的理念论:在我们遇到的事物中,有些事物与另一些如此相似,如果不是因为它们具有的个体

---

[1] Luc Fraisse, *Le processus de la création chez Marcel Proust : le fragment expérimental*, Paris : José Corti, 1988, avant-propos, p.XV.

[2] Anne Henri, *Marcel Proust, théories pour une esthétique*, Paris : Klincksieck, 1981, pp.302-303.

性就难以分辨。于是，柏拉图提出只有理念是永恒的，经验世界是不断变化的，我们认识的经验世界并不是真正的认识对象，只有理念才有意义，叔本华认为康德的"超越表象的现实"是由一股浩瀚无际且残酷的力量所支配的。"意志"便是这种力量，意志作为自在之物，不从属于时间、空间和因果律，柏拉图的理念就能够在作为意志的客体化的对象中找到。一切艺术都是对理念的直接把握，是理念的具体显示，这种把握和显示具有绝对的普遍性，以及超时间和空间的本质，是一种不知不觉、普遍存在的斗争和欲求的意志。因而，这种意志能将人类从无休止的欲求中解脱出来。后来弗洛伊德的"本我"其实也是在"意志"的基础上提出的：尽管感觉不到也意识不到，但完全可以支配"自我"。

叔本华的代表作《作为意志和表象的世界》基于两个重要的概念：世界是我的表象；世界是我的意志。世界是我的表象，作为该著作开篇第一句话，即揭示了我对外部世界的感知取决于我的身体、我的心境、我的自我，一切认知皆为间接。世界是我的意志，我们的行为跟随我们的目标，但这种行为是本能的，其实也被目的论所剥夺。因而，智力只不过是意志的产物和工具。同时，意志也在现象中被清晰地表达：它是单一的实体，居于时间之外。意志只能通过表象去接近。当普鲁斯特的叙述者将带着点心渣的一勺茶送入口中，他注意到自己身上"发生了非同小可的变化"①，此刻对于叙述者来说，他的外部世界被这种快感所带来的精神所充实，"我"的身体和"我"的心境，以及"我"的自我不再感到自己"平庸、猥琐、凡俗"，这种意志决定着对此时的世界的直觉与感知，这一体验到本质的直觉就是叙述者将要探索的故土，是要用意志捕捉的表象，所以"只有我的心才能发现事实真相"②。

叔本华在直觉与智力之间进行了严格的区分：我们能通过直觉立刻进入事物的本质，而智力借助观念和科学的理性建构了世界的表象。虽然智力无法在自我中抵达事物，但智力的角色并非负面的，因为如果艺术和哲学的领域能够让我们与本质世界产生联系，也就是与意志联系，这就让艺术家和哲学家的工作中充满了智力的积极干预。③艺术家借助理性智力把现象和意志分离，他们创造出的美也就具有了更高的价值。

---

① Marcel Proust, *A la recherche du temps perdu*, édition publiée sous la direction de Jean-Yves Tadié, Paris : Gallimard, 1987-1989, t. I, p. 44.

② Marcel Proust, *A la recherche du temps perdu*, édition publiée sous la direction de Jean-Yves Tadié, Paris : Gallimard, 1987-1989, t. I, p. 44.

③ Shopenhauer, *Le monde comme volonté et comme représentation*, Paris : P.U.F., 1966.

叔本华将艺术分为两种，一种以视觉艺术和诗歌为基础，这种艺术对立于科学和日常生活；第二种以音乐为基础，这种艺术对立于间接再现。前一种艺术是认知行为（理念的沉思），后一种艺术是意志的自我表现，也就是自在之物的自我表现。叔本华为音乐专门开辟了一种艺术种类，将其视为组成全部世界的意志的直接客体化和复制品。这一观念也深深地影响了瓦格纳。理查德·瓦格纳于41岁时读了《作为意志和表象的世界》，并被叔本华的思想所吸引，关于意志与世界的论述在瓦格纳看来，本身就是一曲美妙的音乐。瓦格纳将自己的歌剧《尼伯龙根的指环》献给叔本华，并且在威尼斯构思创作的《特里斯坦》中充满了叔本华风格。歌剧中的情侣被安排在一个没有因果、情理和责任的神话世界中，居于道德之外。男女主角于是陷入了叔本华所谓的意志世界中，这冷酷盲目的世界让他们成为命运的玩物。瓦格纳用音乐的形式将意志世界表现，将爱与死联系，让剧中恋人痛苦的情感在音乐中化为尘土。《追忆》中的斯万不也陷入了这一被意志主宰的爱情悲剧中吗？可以说，悲剧的本质就在于，意志永远表现为某种无法满足又无所不在的欲求。

无论是在《追忆》中，还是在《作为意志和表象的世界》中，音乐都被当作通往本质的高级世界的途径。对于叔本华来说，"音乐正是一种表象，是意志的瞬间表象"[1]。音乐和表象世界几乎并列存在。意志在每一个碎片中的表现，现于小乐句，或是音乐的平板中。普鲁斯特为了让《追忆》成为像瓦格纳的《帕西法尔》或是七重奏一样的救赎，"必须脱离于时间之外，让自己的小说成为哲学、文学和美学的单纯载体"[2]。艺术品在叔本华看来正具有超时间的本质，而音乐同时具备超时间和超空间的本质，所以音乐不只是对理念的复制，它更接近意志本身。音乐自然也就具备了更高的价值。

我们阅读叔本华的著作和普鲁斯特的《追忆》时，不禁感受到一种哲学家与文学家的遥相呼应——无论是对哲学家还是对文学家来说，即使是在世界构造的最低层面中，也同样存在美，岩石、水或是建筑，都在表达理念。叔本华建立起了从建筑到绘画，再到音乐的艺术等级。建筑作为一种直接的功能艺术而处于最底部；绘画处于居中状态，因为它反照着外部世界，即再现世界。叔本华认为，只有音乐能进入本质的最高级世界。对他来说，音乐像其他艺术一样，是一种再

---

[1] Shopenhauer, *Le monde comme volonté et comme représentation*, Paris : P.U.F., 1966, p.328.
[2] Jean-Jacques Nattiez, *Proust musicien*, Paris: Christian Bourgois Éditeur, 1999, p.175.

现，但因为它被提升到对世界的描绘之上，它便是意志的即刻再现[1]，也是生存意愿的即刻再现。《追忆》中的音乐家凡德伊，其音乐创作正是代表了这种从痛苦中汲取了神般的力量的意志再现：

> 不管它（小乐句）对心灵的这些状态的短暂易逝表示了什么见解，它从中所看到的都跟这些人不一样，并不是没有实际生活那么严肃的东西，相反却是远远高于生活的东西，是唯一值得表现的东西。这个小乐句试图模仿，试图再现的是内心哀伤的魅力，而且要再现这种魅力的精髓……[2]

展现在音乐家面前的天地，不仅仅是七个音符的键盘，而且是散布着表现温柔、激情、勇气和安谧的琴键，只有少数伟大的艺术家能发现其中所蕴藏的宝藏，像凡德伊一样伟大的音乐家告诉我们："在我们原以为空无一物的心灵这个未被探索，令人望而生畏的黑暗中却蕴藏着何等丰富多彩的宝藏而未为我们所知。"[3]正如叔本华在《作为意志和表象的世界》中说："作曲家为我们揭示了世界的深刻本质，他就是最为深奥智慧的传译者，用一种理智无法理解的语言去传译。"[4]这也是为何安娜·亨利甚至说，"是叔本华谱写了凡德伊的奏鸣曲"[5]。

叔本华和普鲁斯特都为音乐赋予了同样带有启示与超验的功能。叔本华也提到："音乐是在时间中，亦是通过时间被感知。"[6]普鲁斯特意欲达到纯粹的无时间性，必须借由主体全然融入客体的创造，达到吠陀经典《奥义书》中的境界：我是一切创造的总和，在我之外，一无所有。如莫奈作画时，鲁昂大教堂的建筑物是本质，而它的实际形状、颜色则出于观察者所感觉到的，从感觉中认识到的教堂，是教堂的理念，莫奈所绘制的系列画是他在个别观察中所表现出的偶然，因而包含了艺术家理念的教堂具有了新的意义。叔本华认为，艺术能从川流不息的世界中采摘它所观想的对象，并将这观想的对象孤立在自己的面前，当意志在艺术作品中变得可见时，那无尽的源泉是有限的尺无法度量的。

---

[1] Shopenhauer, *Le monde comme volonté et comme représentation*, Paris : P.U.F., 1966, p.328.

[2] Marcel Proust, *A la recherche du temps perdu*, édition publiée sous la direction de Jean-Yves Tadié, Paris : Gallimard, 1987-1989, t. I, p.343.

[3] Marcel Proust, *A la recherche du temps perdu*, édition publiée sous la direction de Jean-Yves Tadié, Paris : Gallimard, 1987-1989, t. I, p.344.

[4] Shopenhauer, *Le monde comme volonté et comme représentation*, Paris : P.U.F., 1966, p.332.

[5] Anne Henri, *Marcel Proust, théories pour une esthétique*, Paris : Klincksieck, 1981, p.8.

[6] Shopenhauer, *Le monde comme volonté et comme représentation*, Paris : P.U.F., 1966, p.340.

第四节　从现象学到艺术

19世纪后半叶，在几乎相同的历史背景下，产生了文学和艺术的印象主义，以及哲学的现象学。因为在这一时期，"现代人让自己的整个世界观受实证科学的支配，并迷惑于实证科学所造就的'繁荣'"。[①]

欧洲在《追忆》产生的这段时间（《追忆》的写作历时14年，1908~1922年）经历史无前例的恶战，满目疮痍。战争所引发的屠杀和动荡的政治余波从根本上动摇了欧洲资本主义的社会秩序。这一秩序惯常所依赖的种种意识形态及其借以进行统治的种种文化价值标准也陷于混乱之中。科学衰退为贫乏的实证主义，忙于事实的分类。形形色色的相对主义和非理性主义猖獗一时，艺术则充分反映了这种茫然无措的状态。在这场开始于第一次世界大战前的广泛的意识形态危机之中，德国哲学家埃德蒙德·胡塞尔（Edmund Husserl）开始尝试一种新的哲学方法，他将把绝对的确定性哲学方法给予这个分崩离析的文明。他在《欧洲科学的危机和超验现象学》（*The Crisis of the European Sciences and Transcendental Phenomenology*，1935年）一书中说，这是在非理性主义的野蛮与通过一种"绝对自足的精神科学"（absolutely self-sufficient science of spirit）而获得精神再生之间进行的一个选择。

在知识作为代言人的世界，充斥着抽象而孤立的科学决定论，西方人看世界的方式犹如戴着一副有色眼镜。为扭转这一看世界的方式，现象学应运而生并通往现代之方向。这一过程与艺术的努力殊途同归——引领我们回到初生状态的建构时刻。客体经由现象学创始人胡塞尔发展，也不再是康德的哲学概念"在其自身之物"，而是被意识所设定的或所"意指"的东西。"意指"是胡塞尔现象学中的重要概念，即意之所指，意之所指始终为物，"一切意识都是对于某物的意识"。胡塞尔将意识引入其主张，是现象学最重要之概念。

按照胡塞尔的观念，现象学是对意识及其本质进行描述的哲学，那么普鲁斯特的作品是否可以因为其中大量的以现象学为基础的观念再现，而被看作一部现象学著作？在现象学的"悬搁"直观中，将观看外部世界作为一种方法，即摆脱过去的经验和知识的束缚，以纯真之眼直观自然，把握被观看对象的本质与灵魂，以达到本质的还原。普鲁斯特的小说则表现为作家对生活的直接印象，他通过类

[①] 胡塞尔：《欧洲科学危机和超验现象学》，张庆熊译，上海：上海译文出版社，1988年，第6页。

似印象派绘画的手法，将主客体进行交融，将现象与本质合一，以传达生命之本真。胡塞尔认为："通过对直观的最原初的源泉以及由此建立的本质的东西的追求，通过这种方法对概念进行直观的解释，在直觉的基础上重新提出问题，并在同样地基础上加以解决。"[1]基于同样的方式，普鲁斯特采取了将某物的给予从直观中认识的方式，对转瞬即逝的印象从庸常琐事中去体味，发现生活的诗意，靠近生活的真相，表达生活的本质，用印象主义的描写方式融入现象学的"回到事物本身"，让本质因现象而生动，让现象因本质而深刻。普鲁斯特以独特的印象主义方式感受和介入生活，以直观、自然而原初的印象去还原生活，就像印象派画家，在他们的作品中让视觉印象变得纯粹，用色彩和光线还原印象中的世界，并专注于印象本身，让印象的价值产生于印象与体验它的主体之间，这种写作方式，可谓结合了印象主义与现象学的意向性，展现了凝结于作者生命中的主客体之间的新价值和特殊意义。

今天的科学告诉我们，视觉得以实现需通过光线：光线触及我们的视网膜，我们的神经将它传至大脑，并于大脑处建立一种我们称为视觉的精神现象，即一种"图像"。然而，"这一观念的哲学之美始建于一种悖论"[2]。大海是蓝色的，因为海水反射蓝色的光线，简言之，海水是蓝色并不因为它是蓝色，以现象学视角来看，海水是蓝色是因为从物理学的角度来看它并非蓝色。这种原理就像普鲁斯特描述希尔贝特蓝色的眼睛之美时的书写：

> 她的黑眼珠炯炯闪亮，由于我当时不会、后来也没有学会把一个强烈的印象进行客观的归纳，由于我如同人们所说的，没有足够的"观察力"以得出眼珠颜色的概念，以致在很长一段时期内，每当我一想到她，因为她既然是黄头发，我便把记忆中的那双闪亮的眼睛想当然地记成了蓝色。结果，也许她若没有那样一双让人乍一见无不称奇的黑眼睛，我恐怕还不至于像当年那样地特别钟情于她的那双被我想成是蓝色的黑眼睛呢。[3]

生命无常，世事虚无，万物变化，当图像在我们的欲望中静止了这"活动世

---

[1] 胡塞尔：《德国哲学》（第7辑），北京：北京大学出版社，1989年，第74页。

[2] Anne Simon, "Histoire de l'optique et recherche littéraire : le rayon visuel chez Proust", *Revue d'histoire des sciences*, tome 60-1, janvier-juin 2007, p.13.

[3] Marcel Proust, *A la recherche du temps perdu*, édition publiée sous la direction de Jean-Yves Tadié, Paris : Gallimard, 1987-1989, t. III, p.830.

界",这易逝的一切一旦被固定,我们所认识的对象也许会经历无数的变化,然而这一刻,它被我们固定于流逝与无常。于是,我们若想要不远离对象,在静止中保持对它(他或她)的印象,必须要让对象成为"底片"。被固定的图像在普鲁斯特的作品中扮演着持续而重要的角色,因为它最重要的特征和品质就是能停止时光的流动,而时光的流逝无时无刻不激起叙述者的焦虑:

> 我们明明知道岁月流逝,衰老取代了青春,最牢靠的巨产和宝座在分崩离析,名望是过眼烟云,我们认识这个由时间导引的活动世界的方式,也就是我们从这个世界摄取的相片却相反地把它给固定死了。[①]

观察对象生命中的不同时刻,或是在不同的心境下拍的"照片"都是完全不同的,因而当希尔贝特第一次出现在普鲁斯特的镜头中时,那张成像的照片中将黑眼睛"显影"成了蓝色,也因此,当马塞尔在多年之后见到那些他在过去时常往来的人时,竟然觉得不认识他们,因为他无法在那些他在时光中所记录的底片之间建立起一种联系。图像能排开历史的维度,有时它们是一些瞬间的连续序列,由一条时间轴所整合,在时光中形成相继的印象。

当拍摄成底片的愿望背离了将某些人物或某些事物在永恒的现在所固定的需要,图像在与时间的关系中,填补了另外两种功能,它能提前来到被希望的未来,或是能唤醒逝去的过去。在普鲁斯特的图像中,除了在记忆中的定格的图像,还有想象所产生的图像,"想象力尤其占据着关键位置,想象像是内部世界和外部世界之间的连接在运作"[②]。普鲁斯特也对"记忆"的景象和"想象"的图景进行了比较:

> 由记忆选择的景象与想象力所创造及现实所粉碎的图景如出一辙,是任意的、有限的、不可捕捉的。没有理由非要在我们身外,有个实在的地方拥有记忆中的图像,而不是梦幻中的图景。[③]

[①] Marcel Proust, *A la recherche du temps perdu*, édition publiée sous la direction de Jean-Yves Tadié, Paris: Gallimard, 1987-1989, t. IV, p. 542.

[②] Maarten van Buuren, "Proust phénoménologue", *Poétique*, No. 148, Paris: Le Seuil, 2006, p.387。作者在这篇文章中,主要通过现象学视角对普鲁斯特的"想象"展开探讨,而普鲁斯特作品中的"想象"也是被之前有关普鲁斯特的现象学研究所忽略的。

[③] Marcel Proust, *A la recherche du temps perdu*, édition publiée sous la direction de Jean-Yves Tadié, Paris: Gallimard, 1987-1989, t. III, p. 149.

所以，当马塞尔的父母决定带他去意大利北部度假时，关于威尼斯、佛罗伦萨和帕尔玛的画面已通过他的想象提前进入了他对未来的记录。尽管这些提前出现的图像只局限于几个关于旅行的画面的底片的并置，类似于在旅行中寄出的明信片的图像。提前出现的图像虽然只是二维的，与记忆所产生的画面相反，后者能带来隐藏在记忆标签背后的丰富而复杂的内容，然而，"提前出现的图像是在即将在这些城市所经历的未来生活或是未来一段时间中产生的第三种维度"①，在其中仍有某种马塞尔将要"徜徉"的深度。无论是记忆中的画面，还是想象出现的未来图像，都是符号和激励："由作为标签的令人向往的印象所填充的符号，激励着去挖掘图像的欲望，以从中探索到也许是在某个遥远过去的记忆中的东西，也许是即将要来的旅行经历中的东西。"②因渴望静止时光，让渐趋消失的人物固定于永恒的现在，而图像若仅作为一种二维再现，无法提供关于过去或未来的更多的透视效果，缺乏某种深度。普鲁斯特必须要用能够生根发芽的力量为图像添加第三种维度。普鲁斯特希望我们理解的是：深层的感受无法表达，也无法通过人物的直接存在去描述。他们都需要某种中介，而图像能够扮演这种中介功能；图像与过去记忆和未来图景为伴，能给我们提供一种关于感知的三维诗学。

感知的材料是某种即刻材料，它在意识与艺术的工作中形成某种对应，我们应当在普鲁斯特诗学的核心去探索这种将意识与艺术进行对应的行为。在小说的结尾，普鲁斯特展现了非自主记忆作为其艺术寻觅的解决方式的机制。这一宣告也被视作他的小说作品的诗学原则，去解释非自主记忆通过一个图像改变即刻材料，类似于画家在作画时用艺术作品去改变世界在他眼中的呈现。

当外祖母去世时，马塞尔还无法体会这种打击带来的痛苦感受。而一年后，在他弯腰脱鞋时、在非自主记忆中重新创造外祖母时，只有在这个时刻，在通过非自主记忆所展现出的作为介质的画面中，他才重拾第一次见到真正的外祖母时的感受：

> 我在记忆中刚刚发现了外祖母那张不安、失望、慈祥的面庞，对我的疲惫倾尽疼爱，我来此的第一个夜晚，外祖母就是这副形象；这并不是我那位徒留其名的外祖母的面孔，我对她很少怀念，连自己也感到吃惊，并为此而责备自己；这是我那位名副其实的外祖母的脸庞，自从她

---

① Maarten van Buuren, "Proust phénoménologue", *Poétique*, No. 148, Paris : Seuil, 2006, p.390.

② Maarten van Buuren, "Proust phénoménologue", *Poétique*, No. 148, Paris : Seuil, 2006, p.390.

在香榭丽舍大街病发以来，我第一次从一个无意但却完整的记忆中重又看到了外祖母活生生的现实形象。对我们来说，这种现实形象只有通过我们思维的再创造才可能存在（不然，凡在大规模战斗中沾过边的人个个都可成为伟大的史诗诗人）；就这样，我狂热地渴望投入她的怀抱，而只有在此刻——她安葬已经一年多了，原因在于年月确定有误，此类错误屡屡出现，致使事件日历与情感日历往往不一致——我才刚刚得知她已经离开了人世。①

数年前，外祖母的形象在同样孤寂和绝望的时刻，在叙述者曾空空无我的时刻，潜入了马塞尔的心扉。"对我们来说，这种现实形象只有通过我们思维的再创造才可能存在"，它意味着对我们感知中短暂材料的再创造，是亲身经历和实际经验的转换，否则，只要经历战争的人就都能成为伟大的史诗诗人。因而对即刻经验材料的再创造，能实现非自主记忆与艺术实践之间的关联。事实上，《追忆》中的一个重点便是这一亲身经历和实际经验的转化。我们从产生我们经验的现实中捕捉的画面，在我们的欲望与冲动的压迫之下，对我们的感知进行变形。在这一视角下，"图像作为从外在而来的感知印象与内在欲望之间的产物，触碰着、部署着、塑造着这些印象"②。遗失的记忆在图像的形式下，通过几种最原始的感官重新浮现出来：味觉（玛德莱娜小点心）；触觉（盖尔芒特家的石板令叙述者想到了圣马可广场的画面）；嗅觉（香榭丽舍上的绿色金属网纱小亭里略带烟味的气息使"我"想到了阿道夫叔公在贡布雷的那间小房里同样的潮气）；听觉（铁路的声音让他想到了在巴尔贝克的第一次旅行）。而视觉作为自主记忆的器官，在普鲁斯特的哲学中，似乎所有的自主记忆都是由视觉的再现构成的，无法开启非自主记忆，"因为其他四种知觉的印象会被自主记忆遗漏，无法或很难整理，它们在我们的精神深处被遗忘的角落里沉睡"③，只有非自主记忆能将它们唤醒。

《追忆》里，最接近视觉画面的感知，也能唤起记忆的便是凡德伊的奏鸣曲，当奥黛特弹奏这首奏鸣曲时：

---

① Marcel Proust, *A la recherche du temps perdu*, édition publiée sous la direction de Jean-Yves Tadié, Paris : Gallimard, 1987-1989, t.III, p. 153.

② Maarten van Buuren, "Proust phénoménologue", *Poétique*, No. 148, Paris : Seuil, 2006, p.393.

③ Maarten van Buuren, "Proust phénoménologue", *Poétique*, No. 148, Paris : Seuil, 2006, p.395.

斯万对我说:"这个凡德伊奏鸣曲很美吧?当树影暗下来,小提琴的琶音使凉气泻落在大地的时刻,这支曲子很悦耳。月光的静止作用表达得淋漓尽致,这是主要部分。我妻子正采用光线疗法,月光能使树叶静止不动,那么光线能作用于肌肉也没有什么奇怪的了。这一点是乐段中最精彩的,即得了瘫痪症的布洛尼林园。要是在海边就更妙了,海浪在喃喃回答,我们对浪声听得更真切,因为其他一切都凝定不动。在巴黎却不然,我们充其量注意到那些建筑物上奇特的光线、那片仿佛被既无颜色又无危险的大火照亮的天空,那隐隐约约的闹市生活。然而,在凡德伊的这个乐段,以及整个奏鸣曲中,没有这些,只有布洛尼林园,在回音中有一个清晰的声音在说:"'几乎能读报了。'"斯万的这番话原可能将我对奏鸣曲的体会引入歧途,因为音乐不能绝对排斥别人对我们的诱导,然而,我从其他的话语中得知他正是在夜间茂密的树叶下(许多傍晚,在巴黎附近的许多餐馆中)聆听这个小乐段的。因此,乐句带给他的不是他曾经常常要求的深邃含意,而是它四周那整齐的、缠绕的、着上颜色的叶丛(乐句使他渴望再见到叶丛,乐句仿佛是叶丛的内在灵魂),而是为他保留的整个春天,因为他从前焦躁而忧郁,没有闲情逸致来享受春天(正如为病人保留他吃不下的美食一样)。凡德伊的奏鸣曲使他重温布洛尼林园中的某些夜晚曾对他产生的魅力,而奥黛特对这种魅力全然无知,虽然她当时和小乐段一起与他做伴。[①]

斯万说,"声音竟可以反射,像水,像镜子。还有,凡德伊的乐句让我看见从前所未注意的东西"。凡德伊的音乐对斯万所显示的,不是"意志本身"和"与无限共同感应",而是记忆的画面。音乐的"乐句"将成为斯万所需要的记忆的记录。后来在叙述者这里,当阿尔贝蒂娜为他弹奏钢琴曲时,他又进一步将聆听音乐与品尝玛德莱娜小点心进行比较,这种类似的心灵状态具有真实性、幸福感,因为音乐是"非智力的"。

记忆与艺术就这样形成了某种内在的联系。在记忆与艺术所形成的关系中,一方面是外部世界,另一方面是我们的内在在这个世界的投射。二者可以以想象力为中介,成为我们对世界的图像意识。那么在这图像的内部,瞄准外部世界的意愿具有怎样的特质?按照胡塞尔及其继承者的理论,"瞄准"这个世界,就是从

[①] Marcel Proust, *A la recherche du temps perdu*, édition publiée sous la direction de Jean-Yves Tadié, Paris: Gallimard, 1987-1989, t. I, pp. 523-524.

中获取意识。意识是"有意的",它通过"意向行为"被创造,我们通过意识能瞄准我们周围的这个世界。胡塞尔认为意向性拥有丰富的本质:科学的认知、感知、爱情、仇恨,但又并不从细节中加工本质,也不建立其中的区分。《追忆》可被视为丰富而无限的意向性行为,它从一种意识所构造的意向性出发去瞄准这个世界。

胡塞尔认为,对对象的认识和对意识行为的认识是两种不同方式的认识。认识对象的方式主要是知觉,或者说是以知觉为基础的。我们可以看到东西、听到声音,看、听都是知觉行为,我们也可以在对事物进行知觉的基础上通过推理认识事物间一般性的规律。对对象的认识,无论是对实在的对象还是对观念的对象的认识,都有一个共同的特点,即它们都是被意向行为指向的或针对的,但是我们在认识一个对象的时候,我们不仅意识到认识的对象,而且也意识到认识的行为。例如,当我看一朵花的时候,我不仅意识到一朵花,而且意识到我对花的观看。当我听音乐的时候,我不仅意识到音乐的声,而且还意识到我的听。这时看和听的行为虽然没有被指向,但是它们都被体验到(erleben)或被体认到了(gewahren)。它们为什么能被体验到或被体认到呢?按照胡塞尔的观点,我们的意向活动在对准对象的同时有一种反观自照的(reflexive)行为,我们借助"反观自照"意识到意向行为本身。

胡塞尔现象学对意识结构的分析就是建立在这种"反观自照"的行为的基础上。现象学在某种程度上,可以被称为反观自照的和描述的心理学,因为现象学把反观自照到的意识结构描述下来。当普鲁斯特再次听到凡德伊的音乐时,所产生的正是这种意向性的反观自照:

> 在她(阿尔贝蒂娜)跟我说话的时候,我想到了凡德伊。于是,另一个假设,即有关虚无的唯物主义假设,再度在我的心灵出现,我重又发生怀疑。我心想,归根结底,凡德伊的乐句虽然似乎表达了类似我在品尝浸于茶中的玛德莱娜小点心时所感受到的某种心灵状态,可是没有任何东西可以使我肯定,这种心灵状态的模糊性即标志着其深刻性;它仅仅标志着我们还不善于分析这些状态。所以这些心灵状态可能比其他任何心灵状态都具有更多的真实性。我品尝那杯茶,我在香榭丽舍大街上闻到古树的香味,那时候我产生的幸福感,那种肯定自己置身于幸福之中的感觉,那绝不是幻觉。我的怀疑精神告诉我,由于对这些心灵状态投入了过多的我们还未意识到的力量,所以这些心灵状态在生活中比

其他心灵状态更加深刻,但是其深刻性本身就证明它是无法分析的。这是因为这些心灵状态牵涉到的许多力量,我们都无法察觉。凡德伊的某些富有魅力的乐句使人想到这些心灵状态,因为它们也是无法分析的,但这并不能证明它们跟这些心灵状态具有同样的深度。纯音乐的乐句之所以美,之所以容易形象地显示我们的非智力感受,或类似的东西,那纯粹是因为音乐的乐句本身就是非智力的。那么,我们为什么要认为这些反复出现于凡德伊某些四重奏和这"合奏"中的神秘乐句是特别地深刻呢?[①]

心灵状态被深刻地意识到,是通过音乐的激发,进而让"我"意识到对香味的意识和对幸福的感受。感受通过意向行为加工之后,会变成更为深刻的心灵状态。胡塞尔的现象学哲学方法在普鲁斯特这里,可以被视为类似拍摄底片的方式,埃尔斯蒂尔的绘画方式似乎也在实践着胡塞尔的方法:让现实服从于想象力的变化,从变化的重叠中抽离出永恒的不变。

现象学的首要主题是"构成的主观性",其方法是通过意向分析指出对象适合意识的何种行为或何种意向,而在"返回事物本身"的人类经历中,处处都能找到审美经验,因而法国哲学家杜夫海纳(M. Dufrenne)也提出,审美经验"可以实现现象学为哲学规定的任务",研究审美经验正是美学的任务。审美经验的重要基础是感觉与直觉。康德的这句话似乎正是对普鲁斯特在现象学视阈下的写作及其在写作中所体会到的愉悦进行的诠释:"人类能够感到美,这确实说明了人类的道德能力。只有当各种能力的运用就像被升华了时,它们才能自由协调,在我们身上唤起某种愉快的感觉。"[②]

第五节 艺术的符号世界

按照杜夫海纳在《艺术与符号学》中的区分方法,语言处于符号分类的中央,而艺术则属于中央之外的领域,属于超语言学领域。因而艺术的语言并不是真正

[①] Marcel Proust, *A la recherche du temps perdu*, édition publiée sous la direction de Jean-Yves Tadié, Paris : Gallimard, 1987-1989, t. III, pp.883.

[②] 米盖尔·杜夫海纳:《美学与哲学》,孙非译,北京:中国社会科学出版社,1985年,第3-4页。

的语言，艺术在不断发明着自己的句法。按照这一分类，文学可归属于符号的中央，在其外端分布着音乐、绘画，或者电影等艺术形式。绘画和它所表现的对象之间的关系不同于词与概念的关系，因而绘画不再是"无声诗"（也就是说，它脱离了话语的范畴），而是其存在向意指超越的能指（也是现代性所谓"感性的场所"）。而音乐也不是语言，因为音符只有在被演奏时才充分存在，它仅仅是声音的建筑。证明艺术不同于语言的目的，正是要证明艺术家通过作品传达意义，这一意义恰恰属于纯粹的作品本身，内在于感性，接受者只有在知觉中才能把握艺术品所要传达的意义。艺术品在知觉的中心被感受到，这种经验是主体与客体的共同行为。

艺术所涉及的符号及符号系统对我们的感知、行为、艺术甚至科学都发挥着作用，它也在普鲁斯特所创造的文学世界和普鲁斯特对世界的理解中发挥着重要的作用。普鲁斯特在文学形式中，不断借助着非语言的艺术符号——绘画和音乐去建构作品，其目的也可以看作：第一，作家所要表达的感性经验，无法用语言传达，而只能借助绘画或音乐等艺术去完善其表达效果；第二，整部小说通过语言与艺术的结合，也展现出感性、印象、知觉与视觉、听觉等经验的结合，让小说从文字世界走向了精神世界，此时的小说不再仅仅是文学作品，而是一部"整体"艺术作品。

法国哲学家、符号学家吉尔·德勒兹在《普鲁斯特与符号》中，将普鲁斯特《追忆》中的写作解读为四个符号世界：社交界、爱的世界、印象或感觉属性世界及艺术的世界。德勒兹认为，艺术是精神本质的显现，同时艺术符号也要优于其他符号，因为艺术符号不仅仅具有物质性，而且"具有非物质性"[①]。以普鲁斯特的小说为例，凡德伊的乐句超越了钢琴和小提琴的乐声，"与其说这些乐器正在演奏这个乐句，倒不如说它们在上演它的呈现所需要的仪式"[②]；而其他符号则是物质性的，例如，玛德莱娜甜点之于贡布雷，十字路之于威尼斯，当下的和过去的两种事物在记忆介入之时亦带有某种物质性。然而，德勒兹也借用普鲁斯特的文学告诉我们，"只要我们还是在另外的事物之中去发现一个符号的意义，那么就仍有一星半点的物质持存并抵抗着精神。相反，艺术给予我们一个真正的统一体：一个非物质性的符号和一种完全精神性的意义所构成的统一体。本质恰恰就是此种符号和意义的统一体，正如其在艺术作品之

[①] Gilles Deleuze, *Proust et les Signes*, Paris: Presses Universitaires de France, 1964, p.53.

[②] Gilles Deleuze, *Proust et les Signes*, Paris: Presses Universitaires de France, 1964, pp.51-52.

中的呈现"①。普鲁斯特的小说运用了艺术呈现本质的哲学特点，找到了他渴望在生活中所追寻的东西。

德勒兹又在《差异与重复》中将这种本质定义为："虚构的本质——不仅仅是寻找到的，也是创造出的本质"②，这种本质存在于"永远无法成为现在的过去"③，"在纯粹理念中的过去"④。当《追忆》的主人公再次品尝到童年享受假期时故土的"本质"，这种体验带给他的是关于这片土地的"理念"，是"贡布雷本身"。关于何为本质，普鲁斯特的解释是"某种存在于主体之中的事物，作为某种存在于主体的核心的最根本性质：内在的差异，'性质的差异存在于世界向我们呈现的方式之中，如果不曾有艺术，那么此种差异就将始终作为每个人永恒的秘密'"⑤。当不同的艺术家以不同的视点（即差异）表达世界时，被表达的世界是作为本质被表达的，它可能是一个国家或某片故土，它是"独一无二的世界的未知的性质"，普鲁斯特便是利用这种本质与表达主体之间的关系完成了灵魂不朽的证明。本质被"囚禁"在个体的灵魂之中，"若它们是永恒的，则我们也以某种方式成为不朽"⑥。因而当作家贝戈特死于维米尔所画的那一小片黄色墙面时，才可能会出现"贝戈特并没有永远死去"⑦这种真实可信的想法。

作为主体的艺术家是如何传达这令他得以永恒的本质的呢？德勒兹的答案是"被体现于物质之中"⑧。对画家来说，这物质就是颜色；对音乐家来说，这物质就是声音；对作家来说，这物质就是文字。它们是自由的物质，可以通过文字、声音或颜色得以表现。因而，艺术可以被视作一种真正地对物质的转化，同时艺术也拥有一种绝对的特权——在艺术中，"物质被精神化，介质被去物质化"⑨。因此，艺术作品就是一个符号的世界，是非物质性的符号世界。同时，本质的呈现也只能属于艺术的领域，这种呈现超越了客体，也超越了主体自身。我们甚至

---

① Gilles Deleuze, *Proust et les Signes*, Paris: Presses Universitaires de France, 1964, p.53.
② Gilles Deleuze, *Différence et répétition*, Paris: Presses Universitaires de France, 1968, p.119.
③ Gilles Deleuze, *Différence et répétition*, Paris: Presses Universitaires de France, 1968, p.115.
④ Gilles Deleuze, *Différence et répétition*, Paris: Presses Universitaires de France, 1968, p.119.
⑤ Gilles Deleuze, *Proust et les Signes*, Paris: Presses Universitaires de France, 1964, p.54.
⑥ Gilles Deleuze, *Proust et les Signes*, Paris: Presses Universitaires de France, 1964, p.57.
⑦ Marcel Proust, *A la recherche du temps perdu*, édition publiée sous la direction de Jean-Yves Tadié, Paris : Gallimard, 1987-1989, t. III, p.187.
⑧ Gilles Deleuze, *Proust et les Signes*, Paris: Presses Universitaires de France, 1964, p.60.
⑨ Gilles Deleuze, *Proust et les Signes*, Paris: Presses Universitaires de France, 1964, p.64.

可以将艺术看成是寻找真相的《追忆》作者无意识的命运。也是在这里，普鲁斯特的著作更凸显出一种哲学上的深层意义——他把所有的探寻都奠基于一种先天就被赋予的思想的闪亮意志，并由此产生出哲学的方法。

在对艺术的追寻中，普鲁斯特从文学惯常所处的语言的符号世界中跳出，进入了非语言系统——从描述转而进入描绘、再现、表现等符号系统。图像在进入普鲁斯特的文本之后，成为"描绘"，音乐则成了"表现"；艺术可被看作普鲁斯特对现实的"再造"，让文本同时实现多个功能。纳尔逊·古德曼曾说："我们从一个符号读到的东西和我们通过一个符号所学到的东西，会随着我们带给它的东西的不同而不同。"[①]这里，古德曼所谈到的是通过一个符号进入另一个符号，通过对符号的发现而发现世界。当我们通过语言符号进入绘画或是音乐的符号世界中时，会发现其中新的、微妙的审美价值与意义。普鲁斯特在《追忆》中，对凡德伊的七重奏从起先的不屑变成喜爱，他将这种感受解释为：

> 我们对任何杰作，起初感到失望，后来作出相反的反应，究其原因，是因为起初的感受在弱化，或者因为我们为发觉真理作出了努力。这是适用于一切重要问题——艺术现实的问题、现实的问题及灵魂永恒的问题——的两种假设……我们对生活的感受不是以思想的形式出现的。我们是靠文学转译，即精神转译才使人们对我们的生活感受产生意识、分析阐释的……音乐似乎就是跟随我们变化、再现我们内心感受的最高音符，是赋予我们特殊陶醉的声音……[②]

可以说，凡德伊的作品所引起的模糊感受，并非来自回忆，而是来自一种感受。这段话通过艺术的符号去理解会更容易一些，从不屑到喜爱出现在对一个符号的兴趣发生变化之时，也出现在对这个符号有了新的发现之时，即通过不同符号发现世界，并根据我们的经验不断对符号进行理解和重估。艺术的符号是我们与世界进行交往的媒介，普鲁斯特在文本中实则完成了以下几种交往：①通过对艺术符号的再现寻找现实；②通过一种艺术符号认识另一种艺术符号；③通过对艺术符号的观看或欣赏对随后观看的世界产生影响。及此，我们自然也就理解了缘何德勒兹在考察过普鲁斯特的符号之后会告诉我们，普鲁斯特的作品不是教我

---

① 纳尔逊·古德曼：《艺术的语言——通往符号理论的道路》，彭锋译，北京：北京大学出版社，2013年，第198页。

② Marcel Proust, *A la recherche du temps perdu*, édition publiée sous la direction de Jean-Yves Tadié, Paris：Gallimard, 1987-1989, t. III, p.876.

们如何记忆,而是如何"学习"。"学习"是认识一种物质、一个对象、一个存在的过程,对它们所产生出的有待破译和阐释的符号进行思考,"不是一种对于不自觉的记忆所进行的揭示,而是对于一种学习过程的叙述"①。

普鲁斯特在《追忆》的最后一卷《重现的时光》中用这段著名的、带有深刻哲学意味的表述,揭示出艺术如何帮助我们实现对精神世界的发现:

> 真正的生活,最终得以揭露和见天日的生活,从而是唯一真正经历的生活,这也就是文学。这种生活就某种意义而言同样地、每时每刻地存在在艺术家和每个人身上。只是人们没有察觉它而已,因为人们并不想把它弄个水落石出。他们的过去就这样堆积着无数的照相底片,一直没有利用。因为才智没有把它们'冲洗'出来。我们的生活是这样,别人的生活也是这样;其实,文笔之于作家犹如颜色之于画师,不是技巧问题,而是视觉问题。它揭示出世界呈现在我们眼前时所采用的方式中的性质的不同,这是用直接的和有意识的方式所做不到的,如果没有艺术,这种不同将成为各人永恒的秘密。只有借助艺术,我们才能走出自我,了解别人在这个世界,与我们不同的世界里看到些什么,否则,那个世界上的景象会像月亮上有些什么一样为我们所不知晓。幸亏有了艺术,才使我们不只看到一个世界,才使我们看到的世界倍增,而且,有多少个敢于标新立异的艺术家,我们就能拥有多少个世界,它们之间的区别比已进入无限的那些世界间的区别更大……②

梅洛-庞蒂③曾借助这段文字揭示艺术的"可见"与"不可见",在《可见的

---

① 吉尔·德勒兹:《普鲁斯特与符号》,姜宇辉译,上海:上海译文出版社,2008年,第4页。

② Marcel Proust, *A la recherche du temps perdu*, édition publiée sous la direction de Jean-Yves Tadié, Paris: Gallimard, 1987-1989, t. IV, p.474.

③ 梅洛-庞蒂(Maurice Merleau-Ponty, 1908—1961),法国著名哲学家,存在主义的代表人物,知觉现象学的创始人。曾与萨特一起主编过《现代》杂志。主要著作有《行为的结构》《知觉现象学》《意义与无意义》《眼和心》《可见的和不可见的》等。他被称为"法国最伟大的现象学家"。1961年,在突然离世之时,梅洛-庞蒂正在准备 1960~1961 年的课程:"笛卡儿的本体论与今日本体论",其中也有他以反柏拉图术语对《追忆》的特点所进行的解读。梅洛-庞蒂关于《追忆》的思考在其生前已产生广泛影响。同德勒兹一样,梅洛-庞蒂也在《追忆》中找到了自己哲学思考的坚定依靠。梅洛-庞蒂对普鲁斯特的关注贯穿其哲学思考始终,并走向了自己的最终理念——"存在"的关系变化。梅洛-庞蒂也曾针对画家塞尚进行了专门研究,分别见诸《塞尚的怀疑》(1945年)、《间接的语言与静默的声音》(1952年)以及《眼与心》(1960年)。而这三篇文章同样也见证了梅洛-庞蒂哲学理念的三个阶段。这三个阶段大致是:1945年的学位论文时期;1945~1953年的过渡期以及1953~1961年的后期。参见 R. Barbaras: *De l'être du phénomène*, Grenoble: Million, 1991。

与不可见的》（*Le visible et l'invisible*）一书中，梅洛-庞蒂指出，"在可见的与不可见的关系的确定中，以及在对理念的描述中，没有人比普鲁斯特走得更远，这一理念不是感知的对立面，而是感知的内里和深入"①。艺术通过间接而无意识的方式（即感知），揭示出我们的存在本质——真正的生活。在《1959—1961年讲义》中梅洛-庞蒂也解释说："可见的（以及它所背负的不可见的）是'存在'，是我们的共同存在，（间接而无意识的）艺术家的语言是完成我们对于该存在的共同参与之手段。"②

普鲁斯特指出，本质是存在于主体之间的事物，而主体的核心之根本性质是内在的差异，即世界呈现在我们眼前时所采用的方式的性质的不同。德勒兹认为，从这个方面来说，普鲁斯特是莱布尼兹主义者："本质是真正的单子，每个单子都根据它们表现世界的视点而被界定，而每个视点自身都归结于某种居于单子的基础的终极性质。正如莱布尼兹所说，单子既没有门也没有窗子：视点就是差异自身，对于同一个世界的种种视点与那些彼此间最为远离的世界一样，是相互差异的……我们唯一的门窗都是精神性的：只存在艺术性的主体间的沟通。只有艺术才能给予我们那种我们曾在一个朋友那里徒劳寻觅的东西，那种我们将在一个爱人身上徒劳寻觅的东西。"③对比二者观点，可以看出梅洛-庞蒂源于现象学哲学的方式更强调感知与艺术之间的连续性，相对于感知，似乎他将艺术的独特性置于次要地位；相反，德勒兹更强调二者的非连续性，他将提取感知与艺术之间的联系的意识置于次要，而突出艺术的独特功能——给予单子之间沟通的可能性。④因为在德勒兹这里，"哲学的领域是虚拟，艺术的领域是可能"⑤，"可能"也可看作形体化的虚拟。艺术具有沟通可能的作用，艺术让感觉成为有感的表达材料。由此可见，艺术与哲学都能抓住事物的意义，而真正能够深刻扣住事物的是艺术。

德勒兹带领我们关注普鲁斯特小说中的多元性、异质性和动态生成的符号，并将艺术世界看作普鲁斯特的四个符号世界之"最终世界"。艺术符号优越于其他符号，因为其他符号都是物质性的，它们的一部分被包含于客体之中。无论是感觉属性还是被爱的人的面容，都属于物质范畴，当下的和过去的两种印

---

① Maurice Merleau-Ponty, *Le visible et l'invisible*, texte établi par C. Lefort, Paris: Gallimard, 1979, p.274.
② Maurice Merleau-Ponty, *Notes de cours 1959-1961*, texte établi par S. Ménasé, Paris, Gallimard, 1996, p.196.
③ Gilles Deleuze, *Proust et les Signes*, Paris: Presses Universitaires de France, 1964, pp. 54-55.
④ 关于梅洛-庞蒂与德勒兹二者观点的异同，参见 Mauro Carbone, *Proust et les idées sensibles*, Mayenne: Vrin, 2008.
⑤ 雷诺·博格：《德勒兹论音乐、绘画与艺术》，李育霖等译，台北：麦田出版社，2016年，第243页。

象具有同一种性质，同样也具有物质性。因为艺术所具有的本质呈现的独特功能，能够让我们借由它找到生活里的求索，所以普鲁斯特在其漫长的文学思考之路上，才能体悟到唯有艺术能和主体沟通，只有通过艺术，才能让我们走出自我，去认识世界。艺术的符号世界象征着寻回的时光，在《追忆》中构成了时间世界的一部分。

第六节　进入深层现实的绘画

　　长久以来，话语被视作启蒙，呼唤着超越；而图像则意味着凝固和静观，它能使生活愉悦，留下光阴中最生动最富想象力的记载。绘画作品在忠实表现艺术家个体印象的同时，扣留了对象的主要特点，同时带有一种人类记忆的夸张。作为观看者的想象力通常会成为这种记忆的接受者，洞察出事物给艺术家精神留下的印象。而写作稍有不同：书籍能经年传递，能作为一种产生影响的元素改变生活，为人类生活提供建议。同时作为绘画作品观者和文字作者的普鲁斯特，必然领悟了文字能提供给读者认知和建议的功能，同时，他也打算将灵感融入小说，将鲜活的生活和具有想象力的记忆融入文本，这就必然需要借助其他工具——能让他在主观和客观间转换，能在过去和现在中游走的工具。

　　虽然普鲁斯特说过，即使拥有最卓越的才智，"由于它并非再创造而来，便没有什么深度"[1]。而创作艺术作品的方式，可以将直觉感受与智力之间的对立化解："艺术植根于自然，但艺术并不满足于记录由自然直接带给它的图像；艺术将这些图像变成符号，将它们重新加工，用使它们开口的方式重新创造它们。"[2]《追忆》中，当叙述者第一次走进埃尔斯蒂尔的画室观察这位艺术家的作品时，他从中发现，每幅画的魅力都在于它所表现的事物有了某种变化，好像是画家重新创造了它们，就像上帝创造事物时，赋予了它们与我们理性中的概念相呼应的名称，但名称与真正的印象却格格不入。普鲁斯特在《追忆》中创造了画家埃尔斯蒂尔，并赋予了他一种特殊的绘画方式——按照我们感知的顺序展示事物。当埃尔斯蒂尔在画作中取消海与天之间的分界，或是对调了海水与陆地，仿佛海洋进

---

　　[1] Marcel Proust, *A la recherche du temps perdu*, édition publiée sous la direction de Jean-Yves Tadié, Paris : Gallimard, 1987-1989, t. IV, p.458.

　　[2] Pierre Macherey, *Proust entre littérature et philosophie*, Paris : Edition Amsterdam, 2013, p.199.

入陆地，陆地也有了海洋的性质。这种突破常规的印象倍加引人入胜，"同时也通过唤起我们的印象而让我们回归自己"[①]。画家埃尔斯蒂尔按照我们的原始视觉所构成的光学幻觉呈现出自然的景物，这种方式阐明了视觉中的某种远景规律，也让我们看到，"正是艺术，首先揭示了这些规律"[②]。

艺术揭示视觉规律的功能让绘画艺术成为一种创造模式，更进一步考察普鲁斯特的艺术观，我们会发现，这种规律中有某种主客体、人与世界之间的平衡。因为每一位画家都属于他自己而不同于他人的世界，而这种不同于他人的世界的产生依靠的是直觉与智力；反之，通过艺术，我们能够在现实面前脱去直觉与智力的所有先验观念。因而我们看到画家埃尔斯蒂尔的艺术手法，类似于胡塞尔现象学所谓的"括号括起"：将我们视线中所有惯常的东西和阻碍我们进入"事物本身"的东西用括号括起。看过埃尔斯蒂尔的画后，叙述者因为喜欢画中所表达的东西，而极力在现实中重新寻找它们，在最常用的物件中，从"静物"深沉的生命中极力寻找美。因为这个画家也是普鲁斯特的再创造，我们可以想见，正是普鲁斯特在寻常的生活中发现了美，希望借用脱去寻常智力规律的方式再现现实，而创造埃尔斯蒂尔以及他的绘画风格，将"现实—画面"变为"画面—现实"的倒置，完成了从文学世界到艺术世界以及从艺术到文学的旅程。

在这段旅程中，因为精神的材料渗透在由智力从现实所引出的真实里，其中包含着过去与现在的印象，并仍保有其原本的养料，这种做法就是"在用两种感觉所共有的性质进行对照中，把这两种感觉汇合起来，用一个隐喻使它们摆脱时间的种种偶然，以引出它们共同的本质"[③]。镶嵌于过去和此刻的感觉，为普鲁斯特带来了宝贵的印象——"被我们称为'现实'的东西正是同时围绕着我们的那些感觉和回忆间的某种关系"[④]，作家的任务在于重新发现这种关系，并将其摄入优美的文笔，只有这样，方能产生真实的存在。普鲁斯特于是在现实与文学、真实与记忆的唯一交汇点，设置出了情节点。显然，对普鲁斯特来说，在现实中寻找记忆是矛盾的，对某个形象的记忆只不过是对某一片刻的遗憾之情，现实中存在的房屋、

---

① Marcel Proust, *A la recherche du temps perdu*, édition publiée sous la direction de Jean-Yves Tadié, Paris : Gallimard, 1987-1989, t. II, p.194.

② Marcel Proust, *A la recherche du temps perdu*, édition publiée sous la direction de Jean-Yves Tadié, Paris : Gallimard, 1987-1989, t. II, p.194.

③ Marcel Proust, *A la recherche du temps perdu*, édition publiée sous la direction de Jean-Yves Tadié, Paris : Gallimard, 1987-1989, t. IV, p.468.

④ Marcel Proust, *A la recherche du temps perdu*, édition publiée sous la direction de Jean-Yves Tadié, Paris : Gallimard, 1987-1989, t. IV, p.468.

道路，都像岁月一样容易逝去。事物对于我们来说在变化，其自身也在发生变化，这也是为何普鲁斯特更惧怕环境———一处景色、一座城市、一条马路，在构成审美视觉的同时，也形成一种环境的改变，他对旧物无比珍惜。

任何事物都在经历衰退，无论是艺术品还是思想观念。因而，由过去和现时的交汇所带来的印象才是真正需要被把握的，因为"这些印象比较珍贵，也十分稀少，致使艺术作品不可能全部由它们构成……我意识到艺术作品是找回似水年华的唯一手段的那个真实的灿烂辉煌……"①在普鲁斯特看来，自然本身就是艺术，但自然往往让他在另一事物中才能认识到某事物的美，所以"真正的艺术，其伟大之处便在于重新找到、重新把握现实，在于使我们认识这个离我们的所见所闻远远的现实"②。可以说，借助于对艺术作品的引用，普鲁斯特完成了使叙述者和读者共同转变时间的站位与空间的视角。

当普鲁斯特创作他的小说时，试图用词语完成其"绘画"行为，就像在埃尔斯蒂尔的艺术中，有一种先决的理论指导着艺术家的绘画行为，这一方式间接地呼应了康德关于艺术的先验形式，即"将审美对象作为感觉"，而不是作为表象素材去进行"纯粹形式"的把握，通过艺术将现实思想升华为审美意识，把现实中的对象转化为审美对象，也就是康德的"审美意象"。普鲁斯特通过孔多赛中学的哲学老师阿尔封斯·达律的教授已熟悉了康德的哲学，根据康德的理论，我们通常所感知的只是世界的表象，普鲁斯特又进一步意识到，如若进入深层的现实，必须借用文字，展示出声音的组合或是形象和色彩的排列，从而能够通过对客体的感觉，以艺术的方式去展现现实———另一种现象中的现实。

我们在《追忆》中看到艺术与现实世界的相遇：从绘画走向现实，乔托在帕多瓦的壁画中塑造的人物让我们在现实中看到了帮厨女工。西斯廷教堂中的塞福拉，是斯万爱上的奥黛特。反之，从现实到绘画，普鲁斯特告诉我们，每天的现实仿佛都在演绎着艺术作品，每个人面孔中的特征仿佛都在大师的画笔之下。来来回回的往复，在普鲁斯特的文字中不间断且永恒地"搬移着艺术与现实"③，让现实和艺术持续地相互渗透。有些东西，当我们在我们认识的世界中看到它时，它已在艺术作品中存在，而发现的过程就是一种创造艺术的方式。普鲁斯特教给

---

① Marcel Proust, *A la recherche du temps perdu*, édition publiée sous la direction de Jean-Yves Tadié, Paris : Gallimard,1987-1989, t. IV, p.477.

② Marcel Proust, *A la recherche du temps perdu*, édition publiée sous la direction de Jean-Yves Tadié, Paris : Gallimard,1987-1989, t. II, p.474.

③ Jean Grenier, "Elstir ou Proust et la peinture", *Proust*, Collection Génie et Réalité, Paris : Hachette, 1965, p.202.

我们一种发现的方式：艺术家是在观看，他们揭开蒙在我们面前遮蔽世界的幕布。像雷诺阿或是莫罗，他们教会我们观看首饰，夏尔丹让我们懂得欣赏乡村生活平凡中的美。现实中却有些领域还被隐藏，我们只需要去唤醒麻木的意识，学会用画家的目光去观看。

在普鲁斯特看来，任何印象都是双重的，一半在客体之中，另一半延伸到我们身上，我们可以用重新聆听一首交响乐、重赏一幅画作，让一棵山楂树或是教堂的景象在我们心中耕耘过的小小犁沟中显露出来。艺术和文学，不是去获得它们的表象，而是去深入其中，让我们回归自己的印象，让它们呈现于表达，正如叙述者所说："既然它已经存在于我们每个人身上，作家的职责和使命就是把它转译出来。"① 艺术所肩负的责任是将真实现实化。于是，普鲁斯特的作品宏大的规模及其作品中所描绘的想象的艺术作品，建筑在（艺术家）个体、瞬间与印象三者之上，让文学无论是转译，还是表达，都在借用内心感受或印象的同时，将存在于个体的瞬间真实提升至理想的主观性层面。

第七节　朝向未来的音乐

在《驳圣伯夫》中，普鲁斯特将作家的写作比作将脑海中的曲调见诸笔下的歌调，同时在阅读一位作家作品时，读者也能从字里行间识别出其不同于他人的歌调，在这种带有作家特色的歌调中，能让人不自觉地和着曲调吟唱起来："时而加速音符，时而减慢音符，时而中断音符，为的是划出音符节拍段及其回复，像唱歌那样，有时根据曲调节拍段，常常等待良久才唱完一个词的最后音符。"②

普鲁斯特始终认为，在写作的时候，在作家身上有某种纯属于个人的东西作为原则，这种原则是独一无二的，是内在于作家的，它像是某种确实的、类似于听觉感受的内省意识，能发现个体的心灵状态。约翰·杜威曾说，"若文字可以充分表达意义，那音乐便不复存在"③，这句话意味着某些价值和意义只能靠声音

---

① Marcel Proust, *A la recherche du temps perdu*, édition publiée sous la direction de Jean-Yves Tadié, Paris：Gallimard, 1987-1989, t. II, p.469.

② 马塞尔·普鲁斯特：《一天上午的回忆——驳圣伯夫》，沈志明译，北京：北京燕山出版社，2006 年，第 228 页。

③ 大卫·戈德布拉特，李·B. 布朗：《艺术哲学读本（第二版）》，牛宏宝等译，北京：中国人民大学出版社，2016 年，第 213 页。

转瞬即逝的特质来表达。时常在聆听一段音乐时，我们能深切感受到某些无法用语言表达的东西，音乐的这一"不可言喻""无法表达"的特性，被普鲁斯特借用。在自己的小说中尝试复制声音，反复出现的音乐家和音乐作品，虚拟的音乐家人物，等等，这些都让音乐在普鲁斯特的文字中成为填补不可言喻和无法表达之手段，亦成为一种无法回避、无可争辩的艺术表达形式。

音乐是普鲁斯特熟悉的美学领域，对音乐的独特理解也成就了他对内在的深入探索。在所有曾书写过音乐的作家中普鲁斯特几乎是"唯一一位像作曲家一样，能看见声音、绵延、色彩和节奏的作家"[1]。他像叔本华一样，将音乐作为美学哲学中人类活动的顶点。普鲁斯特在自己的作品中为音乐所赋予的地位，是他艺术等级的最高级，就像叔本华在《作为意志和表象世界》中的系统，对叔本华来说，"除了音乐之外，所有的艺术都受到模仿的束缚；而音乐，可以通过其意志本质的结构去表达，也就是说感知无须通过再现提供一种富有生机而多样的相似"[2]。普鲁斯特所说的真实的生活，是类似于叔本华的"超越表象的现实"。

虽然普鲁斯特从未明确提起过叔本华的名字，但他却在《追忆》中几乎忠实地阐述了叔本华，在《作为意志和表象世界》的影响下，普鲁斯特在《追忆》中阐述了包括生存的意志、心灵的间歇，以及爱情、性、睡眠等观念。被叔本华上升至哲学高度的音乐，在普鲁斯特的小说中不断呈现，包括虚构的音乐家凡德伊的音乐情节、沙龙中的音乐会，以及真实的音乐家瓦格纳、德彪西、贝多芬等，他也会将音乐阐释为感觉的召唤，或是自然的场景。

但普鲁斯特对音乐的叙述并不是通过音乐理论的分析方式进行的，而是遵循个人经验与感受来进行：充满感情地聆听音乐。叔本华将音乐定义为"情感的共同本质的表达"，在《追忆》中，音乐也始终作为一种对世界的感知与召唤的表达。叔本华认为，音乐是本质——意志的本质——的表达。普鲁斯特在他的文字中，将音乐构思为一种作曲家"深层自我"的表达。继承了叔本华音乐观念的瓦格纳，也是普鲁斯特最喜爱的，并在《追忆》中提及最多的一位音乐家。如果说普鲁斯特用描绘音乐的文字阐释叔本华的哲学，瓦格纳则是用音符解读叔本华。瓦格纳对于普鲁斯特而言，始终是恒定的参照，他分析过瓦格纳的《特里斯坦和伊瑟尔德》，将战争中空袭的警报声比作瓦格纳的进行曲，他也曾和他的音乐家好友雷纳尔多·哈恩探讨过瓦格纳主义。

---

[1] Jean Grenier, "Vinteuil ou Proust et la musique", *Proust*, Paris : Hachette, 1965, p. 222.

[2] Jean-Jacques Nattiez, *Proust musicien*, Paris : Christian Bourgois Éditeur, 1999, p.156.

在写到虚构的音乐家凡德伊的七重奏时，叙述者从中听到了海边的上午（灵感源于德彪西的音乐作品《海》），这时而又让他忆起贡布雷星期天的阳光，在舒缓的音乐段落中，他似乎回到了儿时的梦境，在韵律中又传出了教堂敲响的钟声。在普鲁斯特的音乐主题中，这些作品的产生时而源于他的想象，时而受到叔本华音乐观念的影响，而音乐总是呼应着感知的环境或是自然的场景，正如叔本华的观点，人们不会为了记忆，而在自己的意志下努力追随对象，发现记忆其实处于回忆的努力之外[1]。当叙述者每次听到"奏鸣曲"或是"七重奏"，或者音乐会时，都会带回一些回忆，包括音乐在《重现的时光》中最后一次响起，并不是作为一种兴趣或是艺术象征，而是作为一个永恒的真实。其实，言语无法解释音乐的本质，但它就像人类闪现的某种感知，能够用文字去记录，音乐与文字之间的相似性似乎是绝对的。甚至有人认为，《追忆》的结构也运用了瓦格纳音乐的结构。尽管音乐本身无法像语言或绘画那样表达，但音乐以它特有的手段和方式在表达。"在音乐中，如同在绘画中，甚至如同在文字中一样，虽然文字是一种最确实的艺术，总是有一种需要由听者的想象力加以补充的空白。"[2]瓦格纳的音乐便是如此——由若干种艺术进行集合和重合，是最综合也是最完美的艺术。

那么普鲁斯特借音乐意欲表达什么？起初，他受到叔本华的形而上学音乐观——作为意志本质的表达的影响；当听过德彪西的音乐之后，普鲁斯特也尝试借音乐表达事物的和谐；同时普鲁斯特也提出，音乐可以让灵魂中的不可见变得可见，这也是他所追寻的真实。在《女囚》中，叙述者提出艺术是否意味着"某种现实"？同时，"生活能否用艺术给我安慰呢？在艺术中是否有一种更加深刻的现实呢？"[3]这些问题的答案似乎都与音乐相关。在听罢凡德伊的奏鸣曲后，流泻的音响将叙述者带回贡布雷的那些日子——曾经希望成为一个艺术家的日子。叙述者意识到"作曲家似乎是不朽的，他能在其音乐中获得永生。我们感觉得到，他选择某一音色，给它配上其他音色，这时他的心情是何等快乐"[4]，音质带来快乐，快乐的心情再促使他寻找其他音质，这种寻找引领着听众从一个发现到另一个发现。音乐家唱起独特的歌曲，"无论他处理的是什么主题，他与自身始终保

---

[1] Luc Fraisse, *Le processus de la création chez Marcel Proust : le fragment expérimental*, Paris : José Corti, 1988, p.45.

[2] 夏尔·波德莱尔：《现代生活的画家》，郭宏安译，上海：上海译文出版社，2012年，第141页。

[3] Marcel Proust, *A la recherche du temps perdu*, édition publiée sous la direction de Jean-Yves Tadié, Paris : Gallimard, 1987-1989, t. III, p.664.

[4] Marcel Proust, *A la recherche du temps perdu*, édition publiée sous la direction de Jean-Yves Tadié, Paris : Gallimard, 1987-1989, t. III, p.759.

持统一——证明了他灵魂的构成因素是永恒不变的"[1]。音乐能让灵魂不朽,能为听者带来新的目光——用艺术家的目光观察宇宙,能让个体的内心世界通过音乐得以外化。

音乐最重要的原理是重复,音乐家将音符置于空间中,用对位法将它们安放于局部空间,再通过节奏的切分去中止时光。同样,普鲁斯特将通过收集记忆和经验,将过去置于现在和真实,而当下并不是真正的当下。他的全部工作都与"过去"相关,过去可以让他获得失去的时间和真正的快乐。借助音乐,普鲁斯特最终明白,他所体会到的快乐类似于叔本华所描绘的:从时间秩序中所释放的每一分钟,都在我们身上产生了感受,人才能从时间秩序中解脱。即使这种快乐是来自一块小玛德莱娜点心的味道,或来自一曲乐句。

在《追忆》中,当斯万听到凡德伊的奏鸣曲时,他的内心感受到极大的乐趣,他无法清楚地辨认,也不知道自己喜欢的东西叫什么,"反正是突然感到着了迷"。他努力通过意志去体会,得到了模糊的印象,这也许正是真正的、纯粹的、音乐的印象。当斯万在这种感受中加入了智力,他开始琢磨这种印象的广度,琢磨与之对称的改编的乐句,琢磨它的记谱法,琢磨它的表现力,此时斯万面前的这个事物就不再是纯音乐了。

通过像瓦格纳和凡德伊这样的伟大音乐家的音乐主题——个体的追寻——所引发的思考,叙述者没在生活中找到的东西,却在艺术中、在音乐中找到了。因为每一部艺术作品的目的就是"连接起不同的个体"。用音乐的观念和音乐的隐喻进行写作,是为了让每一个人物的特殊显现或是每一个思想的显露都能借助于特别的声音形象:"音乐是感知中最为独立的部分,保留着它外部的现实并且完整而明确。"[2]

当斯万夫人偶然为叙述者弹奏起凡德伊的奏鸣曲,作者比较了记忆与聆听音乐的感悟之间的关系,奏鸣曲本身并没有给他带来新的启示,因为认同作品,如同认识在时间中实现的事物一样。当记忆中有了对音乐的感知,他便能在相继的时间中去感受奏鸣曲带给他的一切。当凡德伊奏鸣曲中最先被领略的,也是与人们的已知最接近的"美"远去之后,我们会开始爱上某个片段。音乐的任务在于,朝向有足够深度的地方,朝着真正的未来跑去。因为这个未来的时间是一部杰作的真正愿景。

---

[1] Marcel Proust, *A la recherche du temps perdu*, édition publiée sous la direction de Jean-Yves Tadié, Paris: Gallimard, 1987-1989, t. III, pp.761-762.

[2] Marcel Proust, *A la recherche du temps perdu*, édition publiée sous la direction de Jean-Yves Tadié, Paris: Gallimard, 1987-1989, t. III, p.160.

第八节　从艺术走向真理的文学

所谓真正的艺术，普鲁斯特说："这个我们可能至死都不得认识的现实，其实正是我们的生活。"[1]画家塞尚在 1905 年写给朋友伯纳德（E. Bernard）的信里承诺说："我应该用绘画向你说出真理，我欠你绘画中的真理，我画了画但还欠你真理，我将向你说出它。"[2]德里达在《绘画的真理》中引述塞尚这句话并提出："绘画中的真理可以用这种表述方式表达吗？言语或绘画能够解释真理吗？"[3]德里达通过解构的哲学思考提出，艺术之中某种无法确定的归属，让绘画在展示一种可能性的同时又消解了自身，意义不断失落如同符号之延异。艺术确实能呈现给我们现实的某些侧面，同时也能凸显出现实中被我们所忽视的更多的部分，正是这被我们忽视的东西才有其再现的必要性，真理或许正隐匿其中。

安娜·亨利说，艺术家由一种超验的力量走向现实。因为按照叔本华《作为意志和表象的世界》中的观点，外部现实更多地是由我们的感官制造的现实，这个现实正是艺术向我们揭示的现实，是艺术家所寻找的真理，因而可以说，"艺术家的工作旨在反向地追溯感知的习惯，而文学的目的就是通过陈述与常用事物相反的事实来发现现实"[4]。艺术的观念直接来自自然的哲学现实，而艺术作品就是一种进入现实的方式，它一方面发现事物表象背后的精华，另一方面也激励我们从自身中提取美。艺术可能是伦勃朗或埃尔斯蒂尔的画作，也可能是瓦格纳或凡德伊的音乐，或者是普鲁斯特渴望创造的文学艺术，它们的功用都在于让我们认识真正的生活。如果没有艺术，一味地希冀从无意识的深层中挖掘宝藏，结果只能流于表面。

从荷马以降到福楼拜，伟大作家作品中真实的或想象出的作家/艺术家摩肩接踵、比比皆是。《追忆》中，普鲁斯特始终在尝试通过艺术家去汲取艺术的经验：画家埃尔斯蒂尔、音乐家凡德伊，以及作为作家的贝戈特，当然也包括拥有写作

---

[1] Marcel Proust, *A la recherche du temps perdu*, édition publiée sous la direction de Jean-Yves Tadié, Paris : Gallimard, 1987-1989, t. IV, p.474.

[2] Jacques Derrida, *The Truth in painting*, Geoffrey Bennington, Ian MeLeod(Trans.), Chicago : University of Chicago Press, 1987, p.271. 转引自袁先来：《德里达诗学与西方文化传统》，长春：东北师范大学出版社，2015 年，第 131 页。

[3] 袁先来：《德里达诗学与西方文化传统》，长春：东北师范大学出版社，2015 年，第 131 页。

[4] 张新木：《普鲁斯特的美学》，南京：南京大学出版社，2015 年，第 242 页。

信仰的叙述者。作家在凝聚不同创造经验的同时，企图用他自省的目光为自己找到最终的道路——成为作家。皮埃尔-路易·雷伊曾指出埃尔斯蒂尔与叙述者之间的关系："埃尔斯蒂尔画室的最重要功能始终在于叙述者可以从中学习观看，同时也是为了学习写作。"同时，对于普鲁斯特来说，对艺术之美的发现，也是"寻回时光"的一种准备。

普鲁斯特在《重现的时光》中阐述了他关于生活和文学的观念："真正的生活，最终得以揭示和见天日的生活，从而是唯一真正经历的生活，这也就是文学。这种生活就某种意义而言同样地每时每刻地存在在艺术家和每个人身上。"[①]"最终得以揭示的生活"，是存在的偶发事件从心灵的朦胧模糊中所提取出的精华，这也是文学所关注的、所要揭示的内容，这种生活所存在的世界，也是人类思想所运作的世界。普鲁斯特在整合他所有关于艺术的理念时，使用的都是文学的语言，如作曲家思索和运用音色，这种语言中有大量的具有精神动力的概念可供使用。鲍威说，"这完全不是一种同质的或纯化的哲学语言，而是一连串可不断实验心灵运作和创造力的抽象名词"[②]。自小说伊始，叙述者便已将艺术作品当做自我分析的工具，"是心智浓缩的精华，也是心灵在紧急或紧张状态下的自我揭示"[③]。因而，书中贝戈特的文学作品会成为叙述者的心灵之书：

> 在贝戈特的那些段落中，有一段我抽出来细细玩味，那是第三段或第四段吧，它所给予我的愉快同我在读第一段时大不一样，那种愉快在我内心深处更统一、更广阔，因而是一切障碍一切隔阂仿佛都已排除掉的那个部位所感受到的。因为——其实在开头几段引起我兴趣的，也正是他这种在遣字造句上唯求生僻的偏爱，这种回荡着悠悠乐声的音韵，这种唯心主义的哲理，只是我当时没有意识到而已——我一旦认出这些东西，我仿佛感到自己不再只是读贝戈特的某一本书的某一个别段落，浮现在我思想表面的也不是一个纯属平面的形象了，而是一个"理想段落"，跟贝戈特的其他著作有着共同的特点，而仿佛同这个理想段落难

[①] Marcel Proust, *A la recherche du temps perdu*, édition publiée sous la direction de Jean-Yves Tadié, Paris : Gallimard, 1987-1989, t. IV, p.474.
[②] 马尔科姆·鲍威：《星空中的普鲁斯特》，廖月娟译，台北：联经出版事业公司，2000年，第96页。
[③] 马尔科姆·鲍威：《星空中的普鲁斯特》，廖月娟译，台北：联经出版事业公司，2000年，第97页。

以区分的其他类似的段落，一起形成一种厚度、一种体积，使我的心智也得以扩展。①

贝戈特的作品出现在心灵的横剖面上，是探索心灵的地图，这一阅读经验会沿着思绪的表面前行，扩展成三度空间，手中的书能衍生成心灵之书。文学作品能帮助心灵丈量其容积的大小。在普鲁斯特的小说中，如贝戈特一样想象的艺术家和真实的对艺术作品的体验共同容纳在真实的也是虚构的书写中。在凡德伊或是瓦格纳、贝戈特或是埃尔斯蒂尔的才华所散发强光的作品中，心灵生命的基本结构在行文的字里行间豁然显现。当贝戈特看到维米尔的那一小块黄色墙面时所发现的微妙笔触，同样也是叙述者在贝戈特的作品中找到的，由平面扩展成的一层层有深度的空间，引人进入。代尔夫特的景色已被艺术作品中那一小块黄色夺去了光芒，这猛烈的局部也正是普鲁斯特在小说中意欲用文字布下的色块。

无论我们如何思考或是谈论这种生活，即便我们没有察觉，它都真真切切、每时每刻存在，普鲁斯特说，这种生活存在于"艺术家和每个人"身上。普鲁斯特在这里为何要将"艺术家"和"每个人"区分开来？在重新加工每个人生活中的偶发事件时，艺术家将自己的印象加工为一件作品，可以呈现给观者，这件作品便是进入真正生活的方式，这便是艺术的功用和魅力。乔治·皮鲁埃（George Piroué）曾说过："普鲁斯特不是仅仅与自己的记忆进行游戏，同时也是在玩味我们的记忆。"②借助艺术，"我"的记忆不再是一个人的记忆，而是"我们"每个人的记忆，作品中每一件艺术品、每一首乐曲，无边无际地参观和重复，让他的"我"渐渐变成了"我们"，让他的视角逐渐成为跟随《追忆》的"我们"的视角。

不同的艺术家可以通过不同的视角，用以揭示"世界呈现在我们眼前时所采用的方式中性质的不同"，一条线是心弦的震响，一点色是情绪的吐露，因而画家的颜色、音乐家的旋律、作家的文笔，都是这些艺术家走出自我的方式，艺术家透过艺术品将自己所把握的理念传达给我们。我们借助于艺术才能理解别人的世界，普鲁斯特在《追忆》最后一卷《重现的时光》中也写出了这样的话，可以作为其艺术哲学观的最高总结："幸亏有了艺术，才使我们不只看到一个世界，

---

① Marcel Proust, *A la recherche du temps perdu*, édition publiée sous la direction de Jean-Yves Tadié, Paris : Gallimard, 1987-1989, t. I, p.93.

② Jean Grenier, "Vinteuil ou Proust et la musique", *Proust*, Paris : Hachette, 1965, p. 222.

才使我们看到世界倍增，而且有多少个敢于标新立异的艺术家，我们就能拥有多少个世界。"①

尽管作为文学作品，普鲁斯特小说中的虚构特质似乎并不突出，在这方面许多欧美现代文学的表现要比《追忆》更出色。而正是因为他笔下那充满自我教育意识的叙述者，让作者关于艺术的美学思辨思想在小说中遍地开花，以令人惊异的方式发出回声，成就了《追忆》的永恒魅力。

---

① Marcel Proust, *A la recherche du temps perdu*, édition publiée sous la direction de Jean-Yves Tadié, Paris : Gallimard, 1987-1989, t. IV, p.474.

结　　语

> 印象通过感官进入我们内部，它还具有一个精神内涵，对于我们来说，提取这一精神内涵是可能的。
>
> ——普鲁斯特

从文艺复兴到印象派，从意大利到荷兰，从乔托、波提切利到伦勃朗和莫罗，从"代尔夫特风景"到"睡莲"，从被隐去姓名的马奈、惠斯勒到集诸位艺术家于一身的虚构画家埃尔斯蒂尔，《追忆》中，无论是叙述者"我"以及身边形形色色的人物，还是埃尔斯蒂尔和斯万，都非常熟悉艺术作品，他们将时间用于在生命中找寻绘画所再现的东西；《追忆》又像一场场时而磅礴、时而沉吟的音乐会，无论是贡多拉的船歌，还是象征命运与凯旋的交响曲，抑或是听众斯万、弹奏钢琴的阿尔贝蒂娜，他们仿佛都在告诉我们：你看，这就是世界。

而这个世界，正如普鲁斯特所说，并不是一个世界，它们一个和另一个不同，它们在无限中蔓延，在几个世纪里为我们带来特殊的光亮。我们不禁要问，完成一部文学作品，或是找寻真正的美，是否一定要调动其他艺术形式？答案也许不只是文学内部的研究可以回答的。

一、为艺术而艺术

无论是作家、画家或音乐家，似乎都比其他人更珍惜美之理念，或者说美学价值。可以说，美成就了艺术的主题，同时也构成了文学或其他艺术模仿外在世界的过程与规则本身。美国艺术批评家克莱门特·格林伯格认为，"一个社会，当它在发展过程中不能证明其独特的形态是不可避免的时候，就会打破艺术家与作家们赖以与其观众交流的既定观念"[1]。艺术家在传达他们的艺术理念或是美学

---

[1] 克莱门特·格林伯格：《艺术与文化》，沈语冰译，桂林：广西师范大学出版社，2015年，第4页。

价值时，在生产其艺术作品时，往往需要借助其他艺术手段，或打破艺术形式壁垒，以及突破与观众或听众交流的既定方式，将其内在的、主观的、超验的、现实的、混合着记忆与未来的、追寻真理的个体世界全面而深入地加以呈现，以完成其艺术家使命，并创造出能在永恒中绵延的艺术作品，而最终实现艺术之美。

艺术作品的功用，首先在于打开现实世界美的视野，用叔本华的话说："一件艺术品的美在于，它高举一面清澈的镜子，反映这世界某些一般固有的观念；一首诗歌作品的美尤其在于：它解释人类固有的观念，从而引导人类对这些观念有所了解。"[1]艺术作品的美，需要我们去观察。普鲁斯特在早年写的一篇没有标题和结尾的文章（在2009年出版为一本五十几页的小书——《伦勃朗与夏尔丹》[2]）中对此已有阐述。阿兰·玛德莱娜-拜得里亚(Alain Madeleine-Perdrillat)为此书撰写的后记中提到了两种观察世界的方式和观察艺术作品的方式——一种是内在的艺术家的方式；另一种是外在的和表面的，类似书中这位年轻人的方式。而正确的观察艺术作品的方式是重构一个真实的世界，错误的则是从表面的美中获取简单的快乐。普鲁斯特，作为这本书中和蔼的导师，他的任务便是告诉我们该如何去发现艺术的作用，以及如何探寻内在而真实的世界。

普鲁斯特钟爱的艺术，并不仅仅是模仿自然界中的人物或景色，还是涉及世俗社会的附庸风雅，关乎爱情、欲望与感知，甚至是用艺术所构建的符号，这些不同的世界不再是按照层层递进而叠加。当人感受外物之讯息时，感觉中枢就像"一个无限宽广的键盘"[3]，会在同一时间唤起一连串的其他感觉。感觉的机能对外与自然万物呼应并和谐共存，对内则承受大脑的运转之于五官产生相同的运动。艺术家感觉的原真与艺术的原创保持着密切关联。正是这些有画面、有节奏的呈现构建了感知的存在，让感知符号成为渐趋消逝的物质的坚实存在——牛奶的泡沫、作响的钟声、去皮的芦笋——是艺术让这些颤抖的物质被封装在关于"美"的风格之中。因此，美是存在的，它应该被人们憧憬和喜爱，"美是一切艺术的真正目的"[4]，当然也是文学艺术的目的。

我们之前所提及的艺术作品或艺术家只是普鲁斯特关于艺术的大教堂建构中

---

[1] 叔本华：《叔本华论说文集》，范进等译，北京：商务印书馆，2012年，第645页。

[2] Marcel Proust, *Chardin et Rembrandt*, Paris: Le Bruit du Temps, 2009.

[3] Marcel Proust, *A la recherche du temps perdu*, édition publiée sous la direction de Jean-Yves Tadié, Paris: Gallimard, 1987-1989, t. I, p.344. 普鲁斯特在此将音乐家面前的天地描述为一个无限宽广的键盘，这些琴键彼此之间有天地之别，只为少数伟大艺术家所发现，凡德伊就是这样的音乐家之一。

[4] 叔本华：《叔本华论说文集》，范进等译，北京：商务印书馆，2012年，第645页。

的只砖片瓦，我们的任务旨在建立起一种绘画或音乐与文字最根本的认同，去探寻普鲁斯特庞大的美学根基中的一点启示：对"美"的发现也是"寻回时光"的一种准备。

普鲁斯特以及伟大的艺术家已为我们证明美与现实有内在关联，美学的愉悦正好伴随着对真实的发现。在《追忆》中，在普鲁斯特的文学观及艺术哲学中，美一直都是有关真相与现实的问题。例如，虚构的画家埃尔斯蒂尔没有展示他所知道的事物的样子，他对视觉上的幻象充满信心，这个幻象就是我们第一眼看到的东西。在《追忆》的最后一章《重现的时光》中，普鲁斯特走向了对艺术以及对艺术创作之使命的最终总结：

> 我们在艺术作品面前无丝毫自由，我们不能随心所欲地进行创作。然而，鉴于它先于我们存在，还因为它既是必需的又是隐蔽的，所以我们得去发现它，就像为发现一条自然法则那样去做。[①]

艺术作为揭示某种现实规律和自然法则中最初的东西，在当普鲁斯特以埃尔斯蒂尔为画家、以凡德伊为音乐家、以贝戈特为作家的范例中就已明确。《伦勃朗与夏尔丹》中那位彷徨的年轻人与《追忆》中的叙述者一样，成为像斯万一样的艺术的爱好者。而《追忆》中的叙述者也通过不由自主的内心感知抓住一些快乐，成为像埃尔斯蒂尔或凡德伊一样的艺术家，并且找到了可以进行写作的不由自主的回忆（"非自主记忆"）。时间与回忆、印象与直觉、爱情与现实生活同绘画作品之间，以及对世界的召唤、内心的间歇、意志的本质与音乐作品之间关联的思路，形成了普鲁斯特美学的一个重要基础：为艺术而艺术，让普鲁斯特在这种绝对的表达中，维持着其文学艺术的极高水准。

二、文学的哲学面向

早在古希腊，苏格拉底和柏拉图便界定出一个前提，那就是回答任何"什么是什么"的本体论问题之前，都要先回答"什么是哲学"。哲学也必然成为文学这一能指的所指。如果我们阅读普鲁斯特的作品，满足于其中心理的、诗学的感性认识，这种第一印象在我们与文本走得更近时就会显得贫乏甚至是错误的。普鲁斯特的作品中有太多对绘画、对音乐以及对不同艺术形式的参照，多重且深入。

---

① Marcel Proust, *A la recherche du temps perdu*, édition publiée sous la direction de Jean-Yves Tadié, Paris : Gallimard, 1987-1989, t. IV, p.459.

我们尝试揭示和解释这一特殊的多重性现象，是它让变换的美在整部作品中无限发挥，就像阿尔贝蒂娜的种种表情在叙述者新萌发的爱情中，让《追忆》的主人公追寻着它们的不同与多样，并让这些表情与云和海的流动、与夜曲的节奏相互应和、相得益彰。

  我们已从感受功能的角度证明，对文学、音乐或绘画的阅读、聆听或观看，都会提供与情感相关的审美经验。特别的色彩和音符在文字中结合，引发出特别的情感，成为最具智力和最激动人心的艺术经验。无论是从心理学、生理学还是物理学、哲学背景所产生出的情感，都能在艺术的装饰中置换，或是创造出新的情感，为本来普通的感受赋予某种带有魔法的添加剂，它能让"憧憬"的心情转换为提香笔下的威尼斯；让"顿悟"成为维米尔的《代尔夫特风景》中一块小小的黄色墙面；让"欢乐"变成瓦格纳的一曲《帕西法尔》；凡德伊奏鸣曲中的小乐句对思念情人的斯万来说意味着"激奋"是"痛苦"，那小提琴奏出的高音唱出了"肝肠寸断"的感觉……

  画作是景色的隐喻，音乐是内心间歇的旋律，虚构及想象的人物则是真实回忆与理念的书写，普鲁斯特是在艺术想象与虚拟中完成了哲学层面"对真理的追寻"。艺术，在普鲁斯特看来，并非一种装饰，艺术首先能超越现实；艺术也是一种宗教，是一种哲学，其功能在于反映人类的焦虑，同时指引人们在外部世界和生活中寻找真正的本质。法国当代普鲁斯特学家吕克·弗莱兹说，"普鲁斯特像他之前的许多哲学家一样，作为理论家将艺术置于智力生活与心理生活的最高地位"[①]。

  普鲁斯特的文学对艺术的需要，以及反之艺术对文学的需要，有几乎相当的需求。艺术的元素存在于文学内部，为文学带来活力、知觉感受和情动之力，也是这种对艺术的推崇与《追忆》中深厚的美学根基，让普鲁斯特构筑起了文学的哲学面向，与他的作品一起永恒而不朽。从广义上来看，艺术与思想，最终在普鲁斯特这里构成的都是"真理"问题，通过书写的实践产生：艺术为思考着的人类提供了实现充分发展与理解自身的特殊方式，因而，艺术存在，并在人类生活中完成其使命。从狭义上来说，在普鲁斯特的《追忆》中，外在现实的内省与认知以艺术的方式紧密联系，能够让他的艺术创造行为在内外两极之间，建立起一条相通的路。

[①] Luc Fraisse, *L'Esthétique de Marcel Proust*, Paris : Cèdes, 1995, p. 31.

三、从艺术到精神

诗人马拉美认为,精神是作为唯一的现实被理解的,于是寻求现实土壤的文学变成了有关精神探索的见证。在文学的土壤上,为精神所煎熬的人类通过虚构的形式汇聚了人类单纯的情感和形式,精神的基本经验在艺术的形式中溶解。而精神和语言或作品一样,不能等同于文学。如何防止文学陷入其固有的严肃(即逃避表达的严肃性),同时作者又不至于陷入精神的深渊。法国哲学家雅克·朗西埃认为,普鲁斯特解决了这一矛盾:通过记忆的方式将这种文学矛盾化解。[①]在《追忆》这部关于作品可能性的小说中,普鲁斯特用他的敏感填充着其文学作品中每一个微小的部分,小说的材料就是他的根本经验:高低不平的石板带来的快乐,与一声不响的树木道别,透过薄纱看到的倒错场景,抑或是一杯茶呈现的世界,普鲁斯特用"印象"回答了小说的材料问题。普鲁斯特用自身记忆写下了书本中的象形文字,通过刀叉发出的声响勾勒出一整个世界,形成了语言自我距离的表达,并让万物成为语言双重性的表达,以完成有意识和无意识的联合。

普鲁斯特用形容语、用命名、用色彩、用线条、用音符,用克洛德·莫奈式的闪烁将我们的意识与他的感情相连接。有一天,他像贝戈特一样幡然醒悟——面对一幅进不去的杰作时,他会被那一小块黄色墙面所震撼。当然不能否认,《追忆》仍然是一部文学作品,其中滔滔不绝地陈述着的,除了艺术,还有整个社会的方方面面,尤其是作家自己的文学印象。只是这些生动的描述和评论时不时地需要维米尔、伦勃朗的配色和瓦格纳、肖邦的配乐。或许我们可以说,叙述者之所以强调和描绘场景与艺术作品之间的相似,是要创造出一种想象的一致和作家的独特性。叙述者在不断思索早先在凡德伊和埃尔斯蒂尔作品中领悟的美学发现,在自己的文学叙述中不断建构起一种相互拉扯的紧张感、两端对称的空间感、漫长语句中时间的延伸感,只是在这期间每种文学印象中,普鲁斯特总会巧妙地安排绘画或是音乐等艺术参与其中进行制衡。普鲁斯特不断翻新并不知疲倦地在真正的艺术作品以及俗世中穿梭,凭借着他沟通万物的想象与转换跨界的语言能力,这种能力是一种心智活动,也是一项技艺,能因地制宜地联系起不同领域的人类活动。普鲁斯特就像他所喜爱的瓦格纳或是虚构的凡德伊一样,是精于色彩调整、导引主题变换并架构主题的艺术家,他的作品中充分反映了艺术从物质层面流动到精神层面的技巧。

---

① 雅克·朗西埃:《沉默的言语》,臧小佳译,上海:华东师范大学出版社,2016年。

普鲁斯特认为作品产生于"深层的我,这个'我'只能在不考虑他人的情况下才可能找到……我们只能感到唯一的实在,为了让它们变得独一无二,艺术家必须用生命去完成,这个我就像艺术家们一点一点献出生命的神,用生命向他表示敬意"①。普鲁斯特在作品中反复告诉我们,人可以经由艺术认识自己,艺术是人类文化成就的巅峰。无论是作家普鲁斯特还是他所推崇的艺术创作者,在将客观对象转化为艺术品的过程中,必须入乎其中,对对象进行体悟,用思维进入对象方能得以升华。这是叔本华对艺术创作的审美主体或创作主体在接触对象时所达到的忘己境界的描述,也类似于我国清代诗人袁枚在《续诗品·神悟》中所言:鸟啼花落,皆与神通;人不能悟,付之飘风。

格拉克在《边读边写》中说:"人们从艺术中获得乐趣,在一生当中,十有八九不是与作品的直接接触(作品是载体),而是唯一的回忆。"②诗学作为一种存在的艺术,能烙刻在记忆之中。对记忆的恢复对普鲁斯特来说其实只是为了去识别和确认,因为在这位作家这里,时光在失去之前就已重现,这是在一个已然建立的系统中去吸取。当音乐唤起叙述者的记忆——他曾希望成为一个艺术家时的记忆,叙述者不禁自问,而今早已放弃了成为艺术家的雄心,是否意味着放弃了某种现实?"生活能否用艺术给我安慰呢?在艺术中是否有一种更加深刻的现实呢?"③普鲁斯特生前最后的乐趣,一是倾听四重奏,一是在《重现的时光》的写作中暂时逃离病痛,是艺术和文学带给他在尘世最后的力气和信仰,也是艺术和文学让我们看清物质世界的冷漠和外在世界的苦难,同时也让我们像普鲁斯特一样,鼓起勇气拥抱这种冷漠,优雅地接受这考验。

至此,我们是否终于可以说,《追忆似水年华》就像埃尔斯蒂尔的画作,像凡德伊的七重奏,像哥特式的大教堂,像乔托在教堂里画的壁画,这部伟大作品中的每一位艺术家、每一件艺术品都是这部文学作品的代言人,换言之,作者也可以化身千万,像腹语者一般让种种声音发言。艺术让斯万的灵魂附身于叙述者,让奥黛特变成了阿尔贝蒂娜,梅塞格利丝和盖尔芒特从泾渭分明走向了合二为一,甚至威尼斯和巴尔贝克,蒙舒凡和絮比安的旅馆,失眠的夜与茫茫黑夜漫游,这些出现在作品中的对位或是两分法,都似乎成了作者关于艺术的评论和实践。贝戈特濒死前最后一刻的凝望,那画卷的一隅,意味深长地成了铭刻在这部作品中,

---

① 克洛德·阿尔诺:《普鲁斯特对阵谷克多》,臧小佳译,上海:上海人民出版社,2015年,第186页。
② 朱利安·格拉克:《边读边写》,顾元芳译,上海:华东师范大学出版社,2015年,第211页。
③ Marcel Proust, *A la recherche du temps perdu*, édition publiée sous la direction de Jean-Yves Tadié, Paris: Gallimard, 1987-1989, t. III, p.664.

在某个不可忽视的角落里的,构成关于艺术与文学的瞬间欢喜,以及接下来无法抵御的逝去。

四、被超越的时空

莫里斯·布朗肖曾用奥德修斯的漂泊比喻马塞尔·普鲁斯特的叙事——站在看得见塞壬之岛的地方,听她们谜一样的歌,只有这样,奥德修斯那漫长而忧伤的漂泊才能得以实现。当马塞尔·普鲁斯特无意间走上崎岖不平的道路,看见可以下笔书写的三棵树,似乎找到了他的塞壬之岛——可以开始写作的时间和空间,这一场景让普鲁斯特感到"头脑在某一遥远的年代与当前的时刻之间跌跌撞撞……这三株老树,是否就是从你正在阅读的书籍上面抬起双眼来重新找到的现实"①。于是普鲁斯特极尽其艺术之能,倾诉真实的感受。可以说,普鲁斯特最终之所以成为文学家,是因为他找到了形、象、故事或文字的对等物,让我们有可能像他一样"在内心看见那三株树"②。在布朗肖看来,普鲁斯特动笔写作,是因为想象之路与真实生活之路交叠,在时间毁灭之时——头脑中的某一遥远时刻与当前的时刻之间的跌跌撞撞,在虚构之处——在内心看见那三株树,能遇到让叙事成为可能的时间和空间,这一相遇对普鲁斯特来说,是唯一的可能世界,能让他的存在活动被理解、被体会和被实现。其中发生的事件只属于叙事的世界,作者最终"神奇地活出了两个样子:生活着,也能讲述自己的生活,或至少在自己的生活中认出转变的活动,正是这一转变的活动让生活转向作品、朝向作品表达中的时刻——作品完成之时"③。这种写作所进行的时刻,构建出了一个"意象化(imaginaire)领域","这个意象化的领域,是现实的时间之外的,无所谓过去,无所谓现在,无所谓将来,因此是时间的不在场(absence du temps)"④。因而,在布朗肖眼中,普鲁斯特的书写之源,即普鲁斯特的真正体验,是另一个时间和另一个空间:另一个时间是意向的时间、纯粹的时间(或者说是时间碎片),就像本雅明的"纯语言"(单一的,没有意义却涵盖一切的词语);另一个空间是意象化的空间、一个想象的空间,是一点点变形、突然变形、不断变形的空间。

---

① Marcel Proust, *A la recherche du temps perdu*, édition publiée sous la direction de Jean-Yves Tadié, Paris: Gallimard, 1987-1989, t. II, p.77.

② Marcel Proust, *A la recherche du temps perdu*, édition publiée sous la direction de Jean-Yves Tadié, Paris: Gallimard, 1987-1989, t. II, p.78.

③ 莫里斯·布朗肖:《未来之书》,赵苓岑译,南京:南京大学出版社,2015年,第15页。

④ 邓刚:《布朗肖和巴特论作者之死》,《当代作家评论》2016年第4期,第201页。

布朗肖认为，这便是文学作品的全部丰富性、复杂性之源，它无面目、空洞有如深渊，这个让所有意义消失的根源之地、起点之地，是一个空白的、不祥的沉默之地，它像是大海的沉默，再远处是沙漠。布朗肖所说的意象化空间中，有某种精神性——由普鲁斯特的"三株树"所构成的时间和空间的"精神等价物"，它是内在生活的呼唤与外界物质的潜能构建的独一无二的精神生活。

严格地说，"时间是一种被分配的力量，因为它为每一客体和每一存在都规定了一个空间——无论在现实中还是在意识中都如此，但这一空间远离其他客体和其他存在"[①]。在柏格森的绵延哲学观中，绵延就如同音乐的韵律，从自我在绵延到宇宙在绵延。而从记忆到艺术，从出生到死亡——前者在内心的绵延中展开，后者在时间中呈现。时间在哲学理念中有两种形式：一去不返的社会性时间和内心绵延的时间。时间的主题在《追忆》中反复出现的目的仿佛就在于提醒我们：外在时光的流逝终将失落，无法寻回；而内心绵延的时间会幻化作回忆，那些转瞬即逝的场景、短暂的欢乐只有在记忆中才能重现，才是我们能重新获得的财富。普鲁斯特把任何可以与时间抵抗的方式都视为珍宝，对任何能勾起回忆的画面都努力去捕捉。当绘画将过去拉进现实，音乐从现在朝向未来，在这两种艺术中，时间完成了它真正的绵延，因而，对绘画及音乐作品的参照，便成为他追寻时光的重要手段。"逝去的时光"通过艺术的哲学进入了"现实的时光"，《追忆》在艺术的哲学中被创造。

普鲁斯特曾将自己的创作称为"心灵的间歇"——一种重现时间的运动：由无意识主宰着的非自主记忆的间歇性与他本人的生活经验，共同构成了这种间歇，"心灵的间歇"在《追忆》中"构成了来回摆动的偶然，心灵的间歇构成情节的间歇，情节的间歇形成艺术的间歇，这一间歇构成了艺术的时间特征"[②]。当普鲁斯特用记忆唤起无意识，而创造性的凝结却需要间歇性的完成，他只有借助艺术创作的方法，将生命与艺术合二为一，让小说成为一个被间歇控制的整体。

普鲁斯特在《追忆》的创作中，为艺术赋予了重要角色，包括对绘画、音乐，甚至是服饰、戏剧等艺术的谈论，也通过深刻的哲学思考，在艺术方面展开了无穷的隐喻，其作品和美学思考中渗透着深刻的艺术哲学观。张新木教授认为，普鲁斯特的艺术哲学在《追忆》中"体现为印象的复活，即复活所有生活中积累的

---

① Luc Fraisse, *Le processus de la création chez Marcel Proust : Le fragment expérimental*, Paris : José Corti, 1988, p.38.

② 臧小佳：《经典的诞生——〈追忆似水年华〉文学批评研究》，北京：外文出版社，2011年，第111页。

印象，从千万个封闭的花瓶中释放出不同的颜色、气味与温度；还有类别的思考，即从建筑艺术开始，经贝戈特的风格、戏剧的艺术、教堂的雕塑、绘画、音乐与文学，直至最终的觉悟"[①]。通过这种艺术的哲学，我们可以跟随普鲁斯特从"逝去的时光"走向"重现的时光"，从由艺术的非物质符号所构成的时光中，走出自我，认识世界。

波德莱尔说："过去之有趣，不仅仅是由于艺术家善于从中提取的美，对这些艺术家来说，过去就是现在。"[②]普鲁斯特不仅仅是一位努力从绘画和音乐等艺术中提取美的文学家；同时，他也通过文字，通过他对艺术的哲学思考向我们证明：时间的绵延和寻回也是可能的。可以说，《追忆》这部作品的伟大之处，在于文学、艺术与哲学三者的交互淬励。

作家倾尽内心所有光华与污秽，结晶成艺术作品，盖起了这座雄健、瑰丽的教堂。最后，普鲁斯特也在小说中，将毕生的作品比作伸展双翅的天使，飞入了时间与永恒，这段饱含强烈情感写下的贝戈特之死的献词，也像是为他早已预见到的文字的未来命运，所表达的充满艺术家尊严的宣言：

> 人们只能说，今生今世发生的一切就仿佛我们是带着前世承诺的沉重义务进入今世似的。在我们现世的生活条件下，我们没有任何理由以为我们有必要行善、体贴、甚至礼貌，不信神的艺术家也没有任何理由以为自己有必要把一个片断重画二十遍，他由此引起的赞叹对他那被蛆虫啃咬的身体来说无关紧要，正如一个永远不为人知，仅仅以维米尔的名字出现的艺术家运用许多技巧和经过反复推敲才画出来的黄色墙面那样。所有这些在现实生活中没有得到认可的义务似乎属于一个不同的，建筑在仁慈、认真、奉献之上的世界，一个与当今世界截然不同的世界，我们从这个不同的世界出来再出生在当今的世界，也许在回到那个世界之前，还会在那些陌生的律法影响下生活，我们服从那些律法，因为我们的心还受着它们的熏陶，但并不知道谁创立了这些律法——深刻的智力活动使人接近这些律法，而只有——说不定还不止呢！——愚蠢的人才看不到它们。因此，贝戈特并没有永远死去这种想法是真实可信的。
>
> 人们埋葬了他，但是在丧礼的整个夜晚，在灯火通明的玻璃橱窗里，他的那些三本一叠的书犹如展开翅膀的天使在守夜，对于已经不在人世

---

① 张新木：《普鲁斯特的美学》，南京：南京大学出版社，2015年，第330页。
② 夏尔·波德莱尔：《现代生活的画家》，郭宏安译，上海：上海译文出版社，2012年，第2页。

的他来说，那仿佛是他复活的象征。[①]

普鲁斯特带领我们进入艺术的神秘王国，让精神在这无限自由的领地中永恒。艺术是能超越现实、苦难和堕落的永恒国度与精神归宿。艺术能化身为万物。普鲁斯特在自己一面宿命苍凉、一面在艺术中飞翔的生命中，用文学的羽笔托付给艺术某种力量，去追逐为"艺术而艺术"的崇高理想，这份信念足以托起芸芸众生，在他的作品中离地三尺。

我们在普鲁斯特的《追忆》中探寻文学、绘画、音乐及哲学的关系不仅仅是以一种学科间的态度，也是遵循比较学的思路。因为"比较"，不仅仅能让相似和差异出现，也能通过更多、更积极的方式寻找关联，让不同的艺术之间产生出张力，同时创造出更多的独特性。同时，我们也渴望让这几种艺术表现形式（绘画与文学、音乐和文学、艺术和哲学）冲破捆绑，自由展翅。而我们亦小心翼翼不做盖棺定论，以呼唤解读普鲁斯特的更多可能性。

[①] Marcel Proust, *A la recherche du temps perdu*, édition publiée sous la direction de Jean-Yves Tadié, Paris : Gallimard, 1987-1989, t. III, p.693.

参考文献

边平恕:《柏格森的直觉主义及其对现代派艺术的影响》,《杭州师范学院学报》1994年第2期。
大卫·戈德布拉特,李·B.布朗:《艺术哲学读本(第二版)》,牛宏宝等译,北京:中国人民大学出版社,2016年。
丹纳:《艺术哲学》,傅雷译,南京:江苏文艺出版社,2012年。
邓刚:《布朗肖和巴特论作者之死》,《当代作家评论》2016年第4期。
菲利普·拉库-拉巴尔特:《让-吕克·南希. 文学的绝对——德国浪漫派文学理论》,张小鲁,李伯杰,李双志译,南京:译林出版社,2012年。
丰子恺:《音乐与人生》,北京:海豚出版社,2015年。
亨利·柏格森:《创造进化论》,姜志辉译,北京:商务印书馆,2004年。
胡塞尔:《德国哲学》(第7辑),北京:北京大学出版社,1989年。
胡塞尔:《欧洲科学危机和超验现象学》,张庆熊译,上海:上海译文出版社,1988年。
胡适:《我的信仰》,北京:中国工人出版社,2013年。
吉尔·德勒兹:《普鲁斯特与符号》,姜宇辉译,上海:上海译文出版社,2008年。
加斯东·巴什拉:《梦想的权利》,顾嘉琛,杜小真译,上海:华东师范大学出版社,2013年。
蒋孔阳:《二十世纪西方美学名著选》,上海:复旦大学出版社,1987年。
克拉克:《现代生活的画像——马奈及其追随者艺术中的巴黎》,沈语冰,诸葛沂译,南京:江苏美术出版社,2013年。
克莱门特·格林伯格:《艺术与文化》,沈语冰译,桂林:广西师范大学出版社,2015年。
克洛德·阿尔诺:《普鲁斯特对阵谷克多》,臧小佳译,上海:上海人民出版社,2015年。
莱昂·皮埃尔-甘:《普鲁斯特传》,蒋一民译,重庆:重庆大学出版社,2011年。
乐黛云:《论文学与艺术的关系》,《深圳大学学报(人文社会科学版)》1987年第3期。
雷诺·博格:《德勒兹论音乐、绘画与艺术》,李育霖等译,台北:麦田出版社,2016年。
刘勰:《文心雕龙》,黄霖导读,上海:上海古籍出版社,2008年。
罗基敏:《文话音乐》,桂林:广西师范大学出版社,2003年。
马尔科姆·鲍威:《星空中的普鲁斯特》,廖月娟译,台北:联经出版事业公司,2000年。
米盖尔·杜夫海纳:《美学与哲学》,孙非译,北京:中国社会科学出版社,1985年。
米歇尔:《图像学——形象、文本、意识形态》,陈永国译,北京:北京大学出版社,2012年。
莫里斯·布朗肖:《未来之书》,赵苓岑译,南京:南京大学出版社,2015年。
纳尔逊·古德曼:《艺术的语言——通往符号理论的道路》,彭锋译,北京:北京大学出版社,

2013年。

帕斯卡尔·皮亚:《波德莱尔》,何家炜译,上海:上海人民出版社,2012年。

让-马里·舍费尔:《现代艺术——18世纪至今艺术的美学和哲学》,生安锋,宋丽丽译,北京:商务印书馆,2012年。

叔本华:《叔本华论说文集》,范进等译,北京:商务印书馆,2012年。

孙晓青:《文学印象主义》,《外国文学》2015年第4期。

夏尔·波德莱尔:《现代生活的画家》,郭宏安译,上海:上海译文出版社,2012年。

雅克·朗西埃:《沉默的言语》,臧小佳译,上海:华东师范大学出版社,2016年。

雅克·朗西埃:《词语的肉身:书写的政治》,朱康,朱羽,黄锐杰译,西安:西北大学出版社,2015年。

杨革新:《音乐与诗歌的互动:〈啃噬心灵的牙齿〉述评》,《当代外国文学》2015年第2期。

尤昭良:《塞尚与柏格森》,桂林:广西师范大学出版社,2004年。

袁先来:《德里达诗学与西方文化传统》,长春:东北师范大学出版社,2015年。

约阿基姆·加斯凯:《画室——塞尚与加斯凯的对话》,章晓明,许苪译,杭州:浙江文艺出版社,2007年。

臧小佳:《从艺术到现实——绘画在普鲁斯特写作中的价值》,《陕西师范大学学报》2014年第6期。

臧小佳:《经典的诞生——〈追忆似水年华〉文学批评研究》,北京:外文出版社,2011年。

臧小佳:《普鲁斯特的文学批评观》,《译林》2009年第1期。

臧小佳:《普鲁斯特的艺术哲学——文学中的绘画与音乐》,《西北工业大学学报》2015年第2期。

张新木:《普鲁斯特的美学》,南京:南京大学出版社,2015年。

朱利安·格拉克:《边读边写》,顾元芬译,上海:华东师范大学出版社,2015年。

Anguissola A B, "Proust et les peintres italiens", *Marcel Proust, l'écriture et les arts*, Paris: Gallimard, 1999.

Arnaud C, *Proust contre Cocteau*, Paris: Grasset, 2013.

Autret J, *L'influence de Ruskin sur la vie, les idées et l'oeuvre de Marcel Proust*, Genève: Droz, 1955.

Barbaras R, *De l'être du phénomène*, Grenoble: Million, 1991.

Bouillaguet A, "Entre Proust et Carpaccio, l'intertexte des livres d'art", *Proust et ses peintres,* études réunies par Sophie Bertho, Amsterdam-Atlanta: Editions Rodopi B. V., 2000.

Bouillaguet A, Brian G R (Eds.), *Dictionnaire Marcel Proust*, Paris: Honoré Champion, 2014.

Boyer P, *Le petit pan de mur jaune, sur Proust*, Paris: Seuil, 1987.

Calvin S B, *Music and Literature. A Comparison of the Arts,* Athens: The University of Georgia Press, 1948.

Carbone M, *Proust et les idées sensibles*, Mayenne: Vrin, 2008.

Daudet L, *Autour de soixante lettres de Marcel Proust*, Paris: Gallimard, 1929.

Debussy C, *Monsieur Croche et autres écrits*, Paris: Gallimard, 1987.

Deleuze G, *Différence et répétition*, Paris: PUF, 1968.

Deleuze G, *Proust et les signes*, Paris: PUF, 1993.

Derrida J, *The Truth in painting*, Bennington G, MeLeod I(trans.), Chicago: University of Chicago

Press, 1987.
Dethurens P (Ed.), *Ecrire la peinture—De Diderot à Quignard*, Paris: Edition Citadelle & Mazenod, 2009.
Dupart D, "Les déchets de la *Recherche*", *Vacarme*, No.65, Paris: Vacarme, 2013.
Elledge S (Ed.), *Eighteenth Century Critical Essays*, Ithaca: Cornell University Press, 1961.
Ferguson S, "Du chair de lune à l'éternel matin: Étude de vocabulaire associé à la musique dans l'œuvre de Marcel Proust", *Romance Notes*, automne, 1974.
Foucault M, *Les mots et les choses*, Paris: Gallimard, 1966.
Fraisse L, *L'esthétique de Marcel Proust*, Paris: Cèdes, 1995.
Fraisse L, *Le processus de la création chez Marcel Proust: le fragment expérimental*, Paris: José Corti, 1988.
Grenier J, "Elstir ou Proust et la peinture", *Proust*, Collection Génies et Réalité, Paris: Hachette, 1965.
Grenier J, "Vinteuil ou Proust et la musique", *Proust*, Collection Génies et Réalités, Paris: Hachette, 1965.
Guillerm J-P, "L'imaginaire de la couleur à la fin du XIXe siècle", *Portrait de la couleur*, Orléans: Institut d'Arts Visuels, 1993.
Heidegger M, "The Origin of the work of art", *Poetry, Language and Thought*, Hofstadter A (trans.), New York: Harper Collins, 1971.
Henri A, *Marcel Proust: Théorie pour une esthétique*, Paris: Klincksieck, 1981.
James D H, *The Oxford Companion to American literature*, New York: OUP, 1956.
James H, *The art of fiction and other essays*, New York: OUP, 1948.
Kolb P (Ed.), *Correspondance*, Paris: Plon, 1970-1993.
Kronegger M E, *Literary Impressionism*, New Haven: College and UP, 1973.
Lichtenstein J, *La Peinture*, Paris: Larousse, 1995.
Macherey P, *Proust entre littétrature et philosophie*, Paris: Édition Amsterdam, 2013.
Matoré G, Mecz I, *Musique et structure romanesque dans la* Recherche du temps perdu, Paris: Klincksieck, 1972.
May G, Chouillet J (Eds.), *Diderot: Essais sur la peinture – Salon de 1759, 1761, 1763*, Paris: Hermann, 1984.
Méchin B, *Avec Marcel Proust*, Paris: Albin Michel, 1977.
Merleau-Ponty M, *Le visible et l'invisible, suivi de notes de travail*, texte étabil par C. Lefort, Paris: Gallimard, 1979.
Merleau-Ponty M, *Notes de cours 1959-1961*, texte établi par S. Ménasé, Paris: Gallimard, 1996.
Momcilo M, *Les figures du livre: Essai sur la coïncidence des arts dans* À la recherche du temps perdu, Paris: Honoré Champion Editeur, 2005.
Monnin-Hornung J, *Proust et la peinture*, Genève: Droz; Lille: Giard, 1951.
Morand P, *Venise*, Paris: Gallimard, 1971.
Nattiez J-J, *Proust Musicien*, Paris: Christian Bourgois Éditeur, 1999.
Poulet G, *L'espace proustien*, Paris: Gallimard, 1982.

Poulet G, *Studies in human time*, Baltimore: The Johns Hopkins Press, 1956.

Ruskin J, *La Bible d'Amiens*, traduction, notes et préface par Marcel Proust, Paris: Mercure de France, 1904.

Shopenhauer A, Burdeeau A, "Le monde comme volonté et comme représentation", *Revue Philosophique De La France Et De Létranger.* No.76. 2005,pp.479-510.

Simon A, "Histoire de l'optique et recherche littéraire: le rayon visuel chez Proust", *Revue d'histoire des sciences*, Vol.60,No.1, 2007, pp. 9-24.

Stebbins S R, "'Those blessed days': Ruskin, Proust, and Carpaccio in Venice", Christie Mcdonald, Fransoic Proulx(Eds.), *Proust and the Arts*, Cambridge: Cambridge University Press, 2015.

Stendhal, *Life of Rossini*, Richard N C(trans.), New York: Criterion Books, 1957.

Sugiura J, "Proust et Watteau", *Études de langue et littérature française*, (76), Tokyo: La société japonaise de langue et littérature françaises, 2000.

Tadié J-Y, *Marcel Proust*, Paris: Gallimard, 1996.

Tamraz N, *Proust portrait peinture*, Paris: Orizons, 2010.

Adorno T W, *Aesthetic Theory*, Lenhardt C(trans.), London: Routledge & Kegan Paul, 1984.

Uenishi T, *Le style de Proust et la peinture*, Paris: Cèdes, 1988.

Vago D, *Proust en couleur*, Paris: Honoré Champion, 2012.

Van Buuren M, "Proust phénoménologue", *Poétique*, No.148, Paris: Seuil, 2006.

Vouillioux B, *La peinture dans le texte, XVIIIe-XXe siècle*, Paris: CNRS Language, 1994.

Yoshikawa K, *Proust et l'art pictural*, Paris: Honoré Champion, 2010.

附 录

法文版《追忆》：

Marcel Proust, *A la recherche du temps perdu*, Edition originale par Bernard Grasset, 13 vol, Paris: 1913-1927 (Grasset, Vol. I, NRF, Vol. II-XIII):

 I. *Du côté de chez Swann* (1913).

 II. *A l'ombre des jeunes filles en fleur* (1918).

 III. *Le côté de Guermantes* (2 volumes, 1921).

 IV. *Sodome et Gomorrhe* (3 volumes, 1922).

 V. *La prisonnière* (2 volumes, 1923).

 VI. *Albertine disparue* (2 volumes, 1925).

 VII. *Le temps retrouvé* (2 volumes, 1927).

Marcel Proust, *A la recherche du temps perdu*, 15 vol, Paris: Gallimard, 1946-1947:

 1. *Du côté de chez Swann. Première partie.*

 2. *Du côté de chez Swann. Deuxième partie.*

 3. *A l'ombre des jeunes filles en fleurs. Première partie.*

 4. *A l'ombre des jeunes filles en fleurs. Deuxième partie.*

 5. *A l'ombre des jeunes filles en fleurs. Troisième partie.*

 6. *Le côté de Guermantes. Première partie.*

 7. *Le côté de Guermantes. Deuxième partie.*

 8. *Le côté de Guermantes. Troisième partie.*

 9. *Sodome et Gomorrhe. Première partie.*

 10. *Sodome et Gomorrhe. Deuxième partie.*

 11. *La prisonnière. Première partie.*

 12. *La prisonnière. Deuxième partie.*

 13. *Albertine disparue.*

 14. *Le temps retrouvé. Première partie.*

 15. *Le temps retrouvé. Deuxième partie.*

Marcel Proust, *A la recherche du temps perdu*, en 3 volumes, édition établie par Pierre Clarac et André Ferré. Paris: Gallimard, Bibliothèque de la Pléiade, 1954:

 I. *Du côté de chez Swann ; A l'ombre des jeunes filles en fleurs.*

 II. *Le côté de Guermantes ; Sodome et Gomorrhe.*

III. *La prisonnière ; Albertine disparue ; Le temps retrouvé.*

Marcel Proust, *A la recherche du temps perdu*, en 10 volumes, édition établie par Jean Milly, Paris: Garnier Flammarion, 1984-1987:

   1. *Du côté de chez Swann* (SWA).

   2. *A l'ombre des jeunes filles en fleurs 1* (JF1).

   3. *A l'ombre des jeunes filles en fleurs 2* (JF2).

   4. *Le côté de Guermantes I* (GU1).

   5. *Le côté de Guermantes II* (GU2).

   6. *Sodome et Gomorrhe I* (SG1).

   7. *Sodome et Gomorrhe II* (SG2).

   8. *La prisonnière* (PRI).

   9. *La fugitive ou Albertine disparue* (ALB).

   10. *Le temps retrouvé (TRE).*

Marcel Proust, *A la recherche du temps perdu*, en 4 volumes, édition publiée sous la direction de Jean-Yves Tadié, Paris: Gallimard, « Bibliothèque de la Pléiade », 1987-1989:

   I. *Du côté de Chez Swann, A l'ombre des jeunes filles en fleurs. Esquisses.*

   II. *Le côté de Guermantes. Esquisses.*

   III. *Sodome et Gomorrhe, La prisonnière. Esquisses.*

   IV. *Albertine disparue, Le temps retrouvé. Esquisses.*

Marcel Proust, *A la recherche du temps perdu*, édition en 3 volumes de Bernard Raffalli, Paris: Robert Laffont, 1987:

   1. *Du côté de chez Swann ; A l'ombre des jeunes filles en fleurs.*

   2. *Le côté de Guermantes ; Sodome et Gomorrhe.*

   3. *La prisonnière ; Albertine disparue ; Le temps retrouvé.*

Marcel Proust, *A la recherche du temps perdu*, édition établie sous la direction de Jean-Yves Tadié, Paris: Gallimard, Collection Folio, 1988-1990:

   1. *Du côté de chez Swann* (SWA) n° 1924.

   2. *A l'ombre des jeunes filles en fleurs* (JFI) n° 1946.

   3. *Le côté de Guermantes* (GUE) n° 2658.

   4. *Sodome et Gomorrhe* (SOG) n° 2047.

   5. *La prisonnière* (PRI) n° 2089.

   6. *Albertine disparue* (ALB) n° 2139.

   7. *Le Temps retrouvé* (TRE) n° 2203.

Marcel Proust, *A la recherche du temps perdu*, édition établie sous la direction de Jean-Yves Tadié, Collection Blanche, Paris: Gallimard, 1992:

   1. *Du côté de chez Swann* (SWA).

   2. *A l'ombre des jeunes filles en fleurs* (JFI).

   3. *Le côté de Guermantes* (GUE).

   4. *Sodome et Gomorrhe* (SOG).

   5. *La prisonnière* (PRI).

6. *Albertine disparue* (ALB).

  7. *Le temps retrouvé* (TRE).

Marcel Proust, *A la recherche du temps perdu*, Quarto : édition en un volume, Paris: Gallimard, 1999.

Marcel Proust, *A la recherche du temps perdu*, édition en 2 volumes, Collection Omnibus, Paris : Presse de la Cité, 2011:

  1. *Du côté de chez Swann ; A l'ombre des jeunes filles en fleurs ; Le côté de Guermantes* (T1).

  2. *Sodome et Gomorrhe ; La prisonnière ; La fugitive ; Le temps retrouvé* (T2).

普鲁斯特的其他作品:

Marcel Proust, *Chardin et Rembrandt*, Paris: Le Bruit du Temps, 2009.

Marcel Proust, *Contre Sainte-Beuve*, texte établi, présenté et annoté par Pierre Clarac, Paris: Gallimard, Bibliothèque de la Pléiade, 1971.

Marcel Proust, *Correspondance*, en 21 volumes, édtion établie par Philip Kolb, Paris : Plon, 1970-1993.

Marcel Proust, *Écrits sur l'art*, présentation par Jérôme Picon, Paris: GF Flammarion, 1999.

Marcel Proust, *Les plaisirs et les jours*, Paris: Gallimard, 1993.

Marcel Proust, *Les plaisirs et les jours*, *Jean Santeuil*, établie par Pierre Clarac et Yves Sandre, Paris: Gallimard, Bibliothèque de la Pléiade, 1971.

Marcel Proust, *Pastiches et mélanges, Contre Saint-Beuve, Essais et articles*, édition établie par Pierre Clarac et Yves Sandre, Paris: Gallimard, Bibliothèque de la Pléiade, 1971.

Marcel Proust, "Pèlerinages ruskiniens en France", *Le Figaro*, le 13 février 1900.

中译本:

马塞尔·普鲁斯特:《那地方恍如梦境》,冷杉译,北京:金城出版社,2013年。

马塞尔·普鲁斯特:《一天上午的回忆——驳圣伯夫》,沈志明译,北京:北京燕山出版社,2006年。

马塞尔·普鲁斯特:《追忆似水年华》,七卷本,南京:译林出版社,1989-1991年:

  第一卷《在斯万家那边》(李恒基,徐继曾译);

  第二卷《在少女们身旁》(桂裕芳,袁树仁译);

  第三卷《盖尔芒特家那边》(潘丽珍,许渊冲译);

  第四卷《索多姆和戈摩尔》(许钧,杨松河译);

  第五卷《女囚》(周克希,张小鲁,张寅德译);

  第六卷《女逃亡者》(刘方,陆秉慧译);

  第七卷《重现的时光》(徐和谨,周国强译)。

马塞尔·普鲁斯特,《追忆似水年华》,三卷本,李恒基等译,南京:译林出版社,1994年:

《追忆似水年华》(上):《在斯万家那边》《在少女们身旁》;

《追忆似水年华》(中):《盖尔芒特家那边》《索多姆和戈摩尔》;

《追忆似水年华》(下):《女囚》《女逃亡者》《重现的时光》。

马塞尔·普鲁斯特,《追忆似水年华》,(上、下),李恒基等译,南京:译林出版社,2001年:

《追忆似水年华》(上):《在斯万家那边》《在少女们身旁》《盖尔芒特家那边》;

《追忆似水年华》(下):《索多姆和戈摩尔》《女囚》《女逃亡者》《重现的时光》。